君愛勾勾嬋

下

風文創 395

杜款款 著

目錄

第十四章

記憶就此中斷，再醒來時人已在重華院寢殿的臥榻上。

臥榻仿古畫中的款式製造，十分低矮，四面皆無欄杆，設置於房間正中，榻下設重席，席上鋪狐裘，再往外才是低垂落地的青紗幔帳，透過紗帳可見天仍光亮。

顧嬋撐著手肘想起來，輕輕一動便覺周身痠痛難耐。

韓拓睡在她身旁，她一動他便醒來，就看到皺成一團的小臉。

「還疼？」他拉她入懷，柔聲問道。

顧嬋大力點頭，對罪魁禍首絲毫不用客氣。

韓拓放開她，從枕下摸出一隻掌心大小的青花瓷圓盒。「這是出發前找蕭鶴年配的藥。」他說著，揭開蓋子，用食指挖出一團便往她傷處探去。

「王爺，我自己來。」顧嬋雙手捂臉，扭身躲著。

「剛才我都給妳上過一次藥了……」他伸手壓住她，說話間已將藥膏抹好。

顧嬋只覺陣陣清涼從傷處傳來，疼痛好似真有所減輕。

身體舒適些，頭腦便轉得快，想起之前的放縱，低聲抱怨道：「那裡本來是我最喜歡的池子，以後……叫人家怎麼再去泡……」

韓拓俯身壓住她，戳著她癟嘴時更形明顯的酒窩。「為什麼不能再去？」

這種事怎麼說得出口？難道不是只可意會不可言傳嗎？他們都那樣親密了，他居然不懂她的意思……

顧嬋感到有點失落。

見她不說話，韓拓的手指輕輕撫上她紅唇。雖然那手指之前碰的是自己的身體，顧嬋還是嫌棄地抿唇偏開頭去。見她這般，韓拓不由好笑，追著那小嘴輕啄幾下，才道：「我還以為，應該是有美妙回憶之處，經常希望故地重遊呢。」

她很想說那事一點都不美妙，正在糾結措詞，肚子搶先一步發聲。

「餓了？」韓拓笑問。

顧嬋大窘，連頭也不好意思點，忽閃兩下眼簾便算回應。

韓拓立刻命人傳膳。不到一刻鐘工夫，宮人便送來三菜一湯，分別是溫泉蛋、炙烤牛肉、清波膠餌、蕈菇豆腐湯，還溫了一瓶梅花釀。

行宮因地制宜，御廚烹煮的菜品皆與溫泉有關。

溫泉蛋臥在剔紅木盤內，乳白色半凝固的蛋清，包圍著金黃色全未凝固的蛋黃，像極被雲朵環繞的夕陽。

牛肉選用行宮牧場內不超過三個月大的小牛犢之肋條肉，肥瘦相宜，切成微卷薄片，尚膳局的宮人在院中支起烤爐，現場烤製，入口即化，配上桂花、沙茶、海鮮、鮮蘑四種醬料，一道菜可品嚐四種不同口味。

清波膠餌，又名水餃，皮呈綠色，用行宮牧場種植的蔬菜榨汁和麵，再用同種蔬菜拌肉為餡，肉質鮮嫩，蔬菜多汁，俱是外間吃不到的美味。那蕈菇豆腐湯更不必說，鮮得人舌頭都能掉進湯裡。

韓拓親自端了托盤到榻上餵顧嬋。

她晌午便未吃飽，此時胃口大開，將幾道菜吃得乾乾淨淨，末了意猶未盡地看著韓拓，委婉地表達沒吃夠還想要的意思。

此時天漸黑了，韓拓怕她積食，自是不准，只哄勸著餵她喝了幾盅梅花釀。

那酒入口滿是花香，清醇甘美，後勁卻極大，不多時顧嬋便睏得睜不開眼，偎在韓拓懷中沈沈睡去。

接下來幾日皆過得十分安逸悠閒，白天兩人或攜手至各處景色優美之地遊玩，或在不同類型的溫泉池內泡湯，入夜後相擁而眠，日漸親密。

離開行宮的前一天傍晚，顧嬋在韓拓半誘哄半強迫的對待下，終於和他一起去小魚池共賞落日，霞光消退，暮色降臨後，自然少不得又被他鬧上一場。

前一晚鬧得累了，翌日啟程時顧嬋便不肯起床，韓拓只好拿斗篷將人裹了，抱上馬車。

車內鋪著狐裘褥子，還設熏籠取暖，顧嬋又有熱呼呼的人形湯婆抱著，睡得更加香甜，直到近午時才悠悠轉醒。

她朦朦朧朧地在韓拓懷裡輕蹭，忽然身上一重，竟是被他翻身壓住。

「呀，不行……」顧嬋立刻全然清醒，驚叫道。「這是在馬車裡……」

「是誰先撩人的？」

韓拓手上絲毫不停，解完她的衣裳，撐起半身解自己的。

顧嬋乘機翻身，拿脊背對他，以為這樣他便無法可施。

誰知韓拓含著她耳垂輕笑道：「嗯，我們璨璨想試試不同的嗎？為夫當然要如妳所願……」

於是，晚間宿於驛館時，顧嬋又是被韓拓裹在斗篷裡抱下馬車，早晨她在睡夢裡不知情，此時清醒著自然大感羞澀，埋在他懷裡，只覺自己這王妃毫無威嚴，將來如何服眾？

顧嬋兩世為人，自認循規蹈矩，從來沒做過出格的事情，自然也從未曾如今日這般羞窘過，以至於在驛館的房間內沐浴後依然不肯從韓拓懷裡抬起頭來。

沐浴麼，當然是和韓拓一起。

說句不雅的，這幾天下來，兩人除了各自去恭房的片刻，其餘時候皆是黏在一處。當然，顧嬋認為這都是因為韓拓太過纏人，尤其特別愛纏著她做那事……

更令顧嬋感到不可思議的是，最初兩日的身體不適消逝後，她竟然也漸漸在其中得了趣味。這才是她今日害羞如斯的關鍵。

顧嬋不明白自己是怎麼了，同樣的兩個人，同樣的一件事，上輩子她可完全不是這般感覺。她試著推想差異到底出在哪裡。難不成是因為時間提前，兩人相處的景況改變，不再像當初那麼抗拒他，甚至有心與韓拓親近，所以才會如此嗎？

顧嬋更說不清她感受到的究竟是種什麼感覺，只知每每令她如同神魂抽離，頭腦不能思考，雙目不能視物，雙耳也聽不到聲音，彷彿天地間只剩下與韓拓一起飛上雲端的刺激。

今日在馬車上也是這般……當她從那種感覺中清醒過來時，才想起自己之前低吟淺唱，一直未曾停歇過，只怕……車夫與隨行的近衛們全都聽了去。

如此一來，叫她往後哪裡還有面目做人？便是此刻，見不到人，光是想著他們聽到那聲音時的反應，已令她恨不得找塊豆腐一頭撞死。

顧嬋嗚咽兩聲，因為嗓子還啞著，聽起來像舔舐傷口的貓兒般又嬌又可憐。

「怎麼了？可是哪裡不舒服？」韓拓已將顧嬋從淨室抱回床上，正拿著熏爐替她烘乾濕髮。

顧嬋的長髮又黑又亮，緞子似的豐厚柔軟，簡直令人愛不釋手。

韓拓手上忙活著，嘴上也不忘關心嬌妻。「下午時不是很好嗎？」

好什麼？顧嬋愣了愣才反應過來，急忙伸手去捂他嘴不許說。

見她頭髮乾得差不多了，韓拓把熏爐放在一旁，拉下她手，笑道：「還是妳覺得不夠好？」

顧嬋抽手捂在自己臉上。

可是韓拓偏偏不放過她，附在她耳邊道：「妳覺得哪裡好或者哪裡不好，得告訴我，下次才能更好。」

誰要和他討論這種事了，她可不像他那麼厚臉皮。

話雖如此，顧嬋還是不由自主回想了一下，這幾日他需索很多，在行宮時，甚至連沐浴時都不肯放過，也就是今晚她才好不容易能夠安安生生地洗一次澡。

不是說，行那事是為了開枝散葉嗎？他們如此頻繁，不知是否會有孕？上輩子她久病不癒難免影響身體，可是這輩子她很健康，說不定已坐了胎。

正想得出神，忽然天旋地轉地被韓拓壓在床褥上，她手還捂在臉上不放，他便去親她手指，從指尖一路吻到手腕，又酥又癢。

韓拓很沈，之前她不覺得有什麼，這會兒卻擔心起來，推著他，道：「王爺，別這樣，當心壓到孩子。」

「什麼孩子？」韓拓皺眉，頗有些莫名其妙。

顧嬋一本正經地將自己的猜想說出。

「真有了，也不可能這樣快知道。」韓拓難免有些好笑，輕撫她眉眼，問道：「妳很想趕快有孩子？」

「嗯。」顧嬋點頭。

她當然想。他們都是夫妻了，哪家夫妻不生孩子？

顧榕與盧湘，顧松與馮鸞，都是婚後很快就有了孩子，夫妻間的感情也因此更好，顧嬋便覺世間夫妻皆應如此。

「王爺不想嗎？」她猶豫問道。

韓拓確實另有想法。他比她懂得多，想得也就多。他們才成婚，正是應當多親密的好時候，孩子麼，當然要有，但也不用那麼急。

「妳還小呢，不用急，」他親一親她紅撲撲的臉頰。「等妳再大些，過個兩、三年最好。」

顧嬋在心裡數數，再過兩、三年，她十七、八歲，確實剛剛好。可是，韓拓那時候都二十八、九了……

有些人家三十出頭便當祖父母了呢，像她自己的爹娘，今年也不過才三十有五。

韓拓快三十歲才有第一個孩子，難道不嫌太晚嗎？

顧嬋想做女四書裡講的賢妻良母，所以她急也都是為韓拓著想，於是，毫不隱瞞地把這一盤數算給他聽。

「妳這是嫌我老了嗎？」韓拓佯裝惱怒，改親為啃，咬一口那好似林檎果般可愛的臉頰。

「疼！」顧嬋咕噥道，繼續大力推他，想從他身下掙扎出來。

韓拓偏不讓她如願，惡作劇地重重往下壓。「想要孩子，我們還得再努力些。」

顧嬋想再說些什麼，可是很快又進入那讓她說不清、道不明，直衝雲霄的境界中去，再也顧不上其他。

第二天，她倒是按時醒來，可是雙腳才一落地，就跟被抽去筋骨似的，軟得好似一團棉花，不受控制地向一旁歪倒。要不是韓拓眼明手快將人扶住，只怕要摔傷破相。最後，她還是被韓拓抱著走出房間，走出驛館，送上馬車。

顧嬋進步很快，已學會自我安慰，反正能丟的臉昨日已經丟盡，今日不會更糟，便由它去吧。

乘馬車又行兩日，在淮安改走水路，沿南北大運河逆流而上，可直達幽州城內。

韓拓到底是王爺之尊，陸上有寶馬，下水也少不得寶船。

那是由雙連船改造的雙體畫舫，兩條並列船身中間以橫梁相連，船上重樓高閣，裝飾華美。雖是逆水行舟，航速較慢，但船行卻極平穩，人在船上不論行走坐臥皆與平地無異。

沿途經過商丘、開封等州府時，韓拓會命令船舶停靠碼頭，帶顧嬋上岸遊玩。

顧嬋兩世加起來，出遠門的次數一隻手都數得清，自是對一切見聞都興致勃勃，可稱得上樂不思蜀，流連忘返。不僅如此，出乎她意料的還有韓拓。他顯然是個極好的嚮導，對各處風俗，吃喝遊樂，風景名勝皆瞭若指掌，各種典故信口拈來，每多經過一處，顧嬋對他的欽佩也就多增添一分。

遊走過幾個州府後，她對韓拓的崇拜之情，幾乎可與顧楓媲美。

如此一路走走停停，經過月餘，才回到幽州。在北海碼頭下船後，便乘馬車至靖王府正門。

顧嬋曾被韓拓帶回三恪堂兩次，皆是馬車直至院內，還需掩人耳目不能聲張。

今次是頭一回光明正大地由那五間三啟的朱漆銅釘大門進入，從今以後，她將以女主人的身分生活在此。

韓拓有公務積壓，先去書房處理，顧嬋便入淨室洗去一路風塵。

三恪堂正房一共七間，淨室在西盡間，浴池同京師王府一樣是漢白玉石鋪就，但要大得多，足有一丈寬兩丈長，從後面耳房裡設的茶水間裡引了銅鑄管道，一天十二個時辰熱水隨用隨有。

池子大，熱水盛得多，浮力也就大，顧嬋泡在裡面覺得自己都快漂了起來，蕩啊蕩的，疲勞鬆乏過後，忽然想起湯泉山行宮小魚池裡發生過的事情，本就被熱水蒸騰得泛出櫻粉色的肌膚瞬間再紅上三分。

若她想的只是事情本身也就罷了，偏不知為何，身體因為回憶發生某種變化。這些天下來，顧嬋太熟悉這種變化了，突然發現自己竟會主動渴望，她全然不能接受，悶聲不響地把自己沈到了水底。

不過幾息工夫，便被人拎著胳膊撈了出來。

睜眼一看，是韓拓坐在池邊矮凳上，笑看她問：「這是在浴池裡睡著了？看來以後不能放妳一人沐浴。」

兩個人沐浴，最後根本不可能正常沐浴。經過一個多月的新婚時光，顧嬋已經太明白了。這個話不能接，她只道：「王爺來沐浴嗎？我洗好了，這就讓給你。」

扯過疊在白瓷托盤裡的棉巾，見韓拓目不轉睛地盯著她，她到底還是害羞。

「你先轉過去。」顧嬋對他如是說。

回答她的是他的衣物無聲落地，跟著是嘩嘩的水聲。

一切結束後，顧嬋累得幾乎睜不開眼睛，且心情低落。她真的反抗了，可是韓拓力氣太大，輕易便將她無情鎮壓。她的身體也不聽話，完全與意志背道而馳。

越想越覺得彆扭，縮在被子裡，她的腦袋都快整個埋到枕頭下面去了。

韓拓似乎並未滿足，從背後擁著她，一下一下地撫弄著，意圖不言而喻。

「我好累，沒力氣了。」顧嬋委屈地嬌聲抗議。

「妳躺著就行，力氣我來出。」他這般說，也真的再次行動起來。「記得妳第一次來這裡是什麼時候嗎？那時我就快忍不住了，就想在這張床上，好好地擁有妳。」

顧嬋真的把軟枕抓起來壓在腦袋上，再不想聽他胡言亂語。

寢間設在西梢間，碧落和碧苓在正中明間站著，中間隔了一個次間，都能清晰入耳。

兩人早已習慣王爺與自家姑娘動不動要親熱一番的舉動，雖然難免害羞，但也無甚反應，只是照常相對而立，等裡面完事後再傳喚。

正在妳眼望我眼，我眼望妳眼地發著呆，卻聽得外面廊簷裡腳步輕響，不多時，簾櫳被打起，簡嬤嬤慢步走進明間裡來。

伺候顧嬋的人，除了負責她安全的白樺、紅樺是韓拓安排，其餘皆是從家中帶來的原班人馬，碧苓、碧落是近身伺候的一等大丫鬟不必說，還有四個二等丫鬟以及庭院裡灑掃雜事的小丫鬟若干。

另外，還帶來兩個嬤嬤。一個是寧氏身邊的管事嬤嬤姚氏，夫家姓李，她經驗老道，是寧氏專門安排來協助顧嬋管家的，另一個是賜婚後由寧皇后送來的教養嬤嬤簡氏了。

簡嬤嬤不過四十來歲，年紀不大，耳聰目明，寢間裡的響動自然聽得清清楚楚。她從小伺候寧皇后，當然懂這動靜因何而來，不由臉色大變，眉頭緊皺，厲聲道：「怎麼光天化日，如此這般……你們兩個真不知好歹，竟也不勸誡王妃。」

碧苓與碧落都是永昭侯府的家生子，從小就被選出來在顧嬋身邊伺候的人，今年一個十七、一個十八。

顧嬋出嫁前，兩人的娘各自把人叫回家中去，耳提面命一番姑娘婚後伺候時應當注意的事情，當然也少不得瞭解過夫妻房中之事。

她們只知道夫妻行此事天經地義，從來沒聽過丫鬟可以跑到主子房裡去阻止主子夫妻同房的。真要是那樣做了，以下犯上不算，還沒臉，王爺王妃不處置她們，她們也會待不下去的。

碧苓和碧落從京師一路貼身跟到幽州，眼見王爺對王妃越來越寵愛，只知道這是好事，想不出有什麼理由需要勸誡阻攔？

聽了簡嬤嬤的話，她們面面相覷，顯然不能理解。

簡嬤嬤看二人這般模樣，更是來氣，搖著頭走出房去。

簡嬤嬤的立場與丫鬟們不同，所謂教養嬤嬤，負責的可不光是教導主子如何坐臥行走，還有保持皇家體面。

這裡面學問就大了，如何說話，如何行事，如何待人，如何自處……簡直沒辦法一一羅列。

所以，監督顧嬋遵循三從四德，恪盡為妻之道，也是簡嬤嬤自認的本分。

這日下午，韓拓吃飽喝足，抹抹嘴去前面書房繼續處理公務，顧嬋卻在後院被簡嬤嬤好一頓教訓。

「為人嫡妻應以賢良淑德為立身根本，以色侍人、媚夫邀寵是下作行徑，只有出身低賤的妾室才如此行事。

「分院而居乃是禮制，自古以來皇家夫妻皆是如此，便是皇帝皇后也不能違背。

「王妃是侯府出身，應比尋常女子更守禮知進退。

「王妃身為主母，當務之急是如何打理好王府內院，而不是一味與王爺癡纏。」

……

顧嬋聽後，面上紅白交錯，直到日落西山還未緩過勁來。

簡嬤嬤一番說詞，話裡話外都在說顧嬋失了高門貴女的作派，不單不貞靜賢淑，簡直就是以色侍人，只重房中術的淫娃蕩婦。

不論是前一世還是這一世，顧嬋從來都是被親人百般寵愛地過日子，可謂捧在手裡怕凍著，含在嘴裡怕化了。就算那時韓拓逼宮篡位成功，立她為后明顯居心不良，也從沒苛待過她，反倒人前人後更加事事體面周到。

是以，顧嬋從未受過半句重話，自然也受不得。而今日，就算她念著簡嬤嬤是寧皇后賜下的，需得多幾分敬重，擴寬著心胸將被斥責的委屈壓下，卻也平不了那話中意指所帶來的難堪。

更何況，顧嬋本就在為自己竟然對那事有些喜愛，甚而生出渴望，感到彆扭，心中有些焦躁不安。

這樣一來無異於火上澆油，令她羞愧得簡直連自己都面對不了了。

顧嬋立刻喚來碧苓和碧落，嚷嚷著要收拾東西搬走。

依照皇家禮制，親王與妻妾應分院而居，所以顧嬋在王府中另有一處居所紫韻山房，位於三恪堂以北，五進大院依次攀山而上，正房地勢最高，景致也最佳。

但她與韓拓新婚情濃，自然願意時時黏在一處，王府中韓拓最大，顧嬋第二，誰也管不著他們在閨房中是否依足了禮制。

「王妃，不等王爺回來商量商量再決定嗎？」碧落試探問道。

她不提韓拓還好，一提反叫顧嬋更惱火，如同被人踩了尾巴一般跳起來道：「我要住哪裡是我的事情，才不要他管。」

碧苓、碧落兩個交換一下眼神，換碧苓勸說道：「姑娘，您這光是衣服就好幾大箱，更別提首飾和旁的東西，光是收拾，沒個兩、三天也收拾不完呢。」

先把人穩住，晚上王爺回來自然就能勸服，碧苓對韓拓是非常有信心的。

顧嬋知道碧苓說的是實情，點了點腳尖，半妥協道：「給妳們半日收拾出一套簡單的，我……我明日一定要搬過去，其他的慢慢收拾。」

她可是鐵了心，不但要搬走，還要嚴格限制韓拓到紫韻山房來的次數和時間，再也不想受到今日這般侮辱。

韓拓回來用晚膳時，顧嬋就覺得看他處處都不順眼，只想有多遠躲多遠，因此並不似平日那般坐在他身旁，而是揀了正對面的位置坐下。

不僅如此，她還吩咐碧芩和碧落進來伺候布菜。總而言之，是不肯與韓拓單獨相處說話。

韓拓持著牙筷淡淡地看了她一眼，因兩個丫鬟就在一旁，並未作聲。

飯後韓拓又回到前院處理事務，再回來時已近交子時。

顧嬋早洗漱妥當，點了晚妝，穿著雨過天青色軟緞繡紫菊的中衣倚在內間的美人榻上看書，見韓拓回來只淡淡問候一句，不再理睬。

韓拓看出顧嬋臉色不對，親暱地捏她鼻尖。「今日事務有些多，不是故意冷落妳，嗯。」

他還以為自己回來晚了，顧嬋一個人寂寞才不高興。

顧嬋也不解釋，只是扭頭躲他。

兩人平時嬉鬧，都是他進攻她躲避，此時韓拓當然絲毫不覺得不妥，只管一味親熱逗弄，又將人抱回床上，欲索取為人夫君的福利，不料顧嬋說什麼也不肯配合，最後急得竟然哭了出來。

韓拓不知道究竟怎麼了，問她也不肯說，只是一個勁兒淌眼淚。

「好了好了，不哭，不想做咱們就不做，」韓拓抱著顧嬋躺好，柔聲哄道。「妳不是說最喜歡抱著睡覺嗎？咱們今日就抱著睡，別的什麼都不做。」

顧嬋偎在他胸前，哭得更厲害了。

她想的。就是因為想，才更覺得羞恥，更加難過。

她不是不正經的女子，她也不知道自己為何會想這種事。

翌日清晨，韓拓起床時，顧嬋也跟著醒了。

顧嬋向來晚起，之前在路上時，韓拓多半是陪她賴床，可如今回到幽州，各事纏身，韓拓不能再那般悠閒。

他見顧嬋掀了掀眼皮，便俯身去親親她額角。「再睡會兒吧，我去前面議事，一會兒回來陪妳用早膳。」

誰知顧嬋突然坐了起來，其動作之堅決猛烈，將韓拓都唬了一跳。

「我伺候王爺更衣洗漱。」

顧嬋揉著眼睛，只穿寢衣便跳下床去。

做賢妻除了分院而居，守禮禁慾，還得服侍丈夫。

韓拓心疼她，當然想她多睡一會兒，可見她都起來得這麼痛快，也就不拒絕，張開兩臂由她服侍穿衣。

顧嬋從來沒做過這種事，當然十分不熟練，磕磕絆絆地折騰了一刻鐘，勉強算是將內外衣袍全部搞定，又拿了玉帶來低頭給他繫上，最後還不忘用小手將他衣袍上的褶子一一撣平。

撣平下襬褶子時，難免要蹲低，顧嬋蹲下去時絲毫不覺得異狀，站起來時卻一陣天旋地轉，眼前一黑，昏了過去。

王妃身子不適，那可是天大的事情。

王府裡良醫所當值的林嶽善被內侍從被窩裡挖出來，連拖帶拉地直奔三悋堂，進了垂花門才算真正從睡夢裡面清醒過來。

隔著屏風一診脈，脈象不浮不沈，和緩有力，明明健康得不得了。

林嶽善作勢摸了摸尚不存在的鬍鬚，眼角餘光瞄了瞄眉頭緊皺的王爺，立刻決定不能直說。否則豈不是告訴一屋子下人王爺小題大做？這等打主子臉的蠢事，別說林嶽善這會兒醒著，就是夢裡頭他也不會做。

於是，他煞有介事地仔細詢問一番王妃平日的起居作息、飲食習慣，最後做出結論。「養生之道重在起居飲食定時定候，王妃今日早起，兼且並未按照習慣起身後便用膳，所以身體虛乏，才會頭暈。待我開個方子，調理數日即可無礙。」

韓拓聽了明顯鬆一口氣，下人們也跟著吁氣，屋子裡適才緊張沈重的氛圍也自動消散。

顧嬋其實只是起身時暈了那麼一下，韓拓將她抱回床上時已醒來，這會兒問道：「我可是有孕了？」

當初馮鸞因早起頭暈嘔吐，請了大夫來看診，結果診出喜脈。顧嬋雖然沒犯噁心，但畢竟占了頭暈一項，況且她也沒發覺自己哪兒難受像生病的樣子，越想越覺得像馮鸞當初同她描述的孕初感受。

林嶽善聞言轉了轉眼珠，剛才沒診出有喜脈啊。

不過，他還是重新伸出手來，搭在顧嬋覆著絲帕的手腕上，神情凝重地又診過一次脈，才道：「王妃此時並無滑脈之象，」邊說邊掐手算了算日子。「或許是王爺王妃成婚時日尚短，即便有孕脈象也不顯，過些日子才能確診。」

林嶽善是大夫，自然瞭解女科，待過些時日，王妃小日子一來，便知道自己並未懷孕，何須他出頭掃興。

顧嬋聽後難免有些失望，若是有孕了，便能告訴簡嬤嬤之前所做都是為了傳宗接代，不用再被人當作行徑不正經的女子。

「以此方調理七日，每日早晚各服一帖。」林嶽善已在外間寫了方子，由徐高陸呈給韓拓過目。

韓拓粗通藥理，見方子上寫的都是溫補的藥材，便點頭命人去煎藥，又吩咐林嶽善每旬來給顧嬋請一次平安脈。

林嶽善撚著他尚不存在的鬍鬚應下。他以前是在宮裡太醫院當差的，宮裡的各位主子也不過每月請一次平安脈，每旬一次實在有點頻繁，不過足見王爺對王妃的重視，反正請脈也不費多大工夫，照做便是。

王府的良醫所裡自有藥房，草藥之齊全比之幽州最大的藥鋪也不遑多讓，當值內侍很快將藥煎好送來。

韓拓親自餵顧嬋喝了藥，又陪她用過膳，看她安然睡熟，這才動身去前院處理公務，原定的晨間議事也推遲到了午後。

或許這一日注定多事，晌午剛過，便有一隊車馬從京師來到靖王府。

原來又是宮裡送來的秀女。

元和帝上一年連折了兩個兒子，心傷之下，對剩餘兒子們的子嗣問題更加看重。今次選秀，但凡年紀在十三歲以上的皇子，都收到皇帝送的秀女兩名，太子東宮裡收到的則是三名。

靖王府裡，從前這等事務皆是回稟韓拓，但如今府裡有了王妃，內院姬妾等事，自是交由王妃處理，於是，門房一層層地將事情向上稟去顧嬋那裡。

顧嬋睡飽了回籠覺，人又恢復精神勃發的狀態，便將昨日的決定實行起來，搬去了紫韻山房。

李嬤嬤前來通傳時，顧嬋正指揮著碧落從嫁妝裡找擺件佈置屋子，想也不想便道：「嗯，將人領過來我見見。」

一刻鐘工夫後，李嬤嬤將人領了過來。

紫韻山房的正房也是七間，各間功能大抵與三恪堂相同，只在前頭多了抱廈，內裡設榻，給值夜的丫鬟們睡覺用。

顧嬋端坐在當中明間的矮榻上，擺出王妃的架勢來，受了兩名秀女跪拜。

她頭一次真正以王妃身分理事，新鮮感十足，並未多想王府裡添了姬妾有何不妥，反而興致勃勃地打量起二人來。

兩名秀女分別是尤氏與楚氏，皆是人如其名。

尤氏十七歲，容貌豔麗，身量較高，身材豐滿，邁著碎步走兩步，前凸後翹的兩處都顫巍巍地抖了三抖，晃得顧嬋眼花撩亂，小臉不自覺地羞紅了。幸好為擺王妃的譜，之前碧落給她上了濃妝，此時有厚粉蓋住臉色，旁人看不出來；楚氏十六歲，模樣清秀，嬌小玲瓏，說話時細聲細氣，確實有一種楚楚惹人憐的姿態。

顧嬋知道前年時元和帝也送過秀女入王府，便吩咐李嬤嬤比照當時情況安置二人。李嬤嬤領命帶兩人離去後，顧嬋又重新熱火朝天地投入佈置房間的「大業」中去也。

白天忙著，沒有心思想東想西，入了夜卻不同。

掌燈時分，紫韻山房大致佈置妥當，眼見已比平日擺飯的時候遲了小半個時辰。從成婚後，顧嬋每日都與韓拓同桌吃飯，同床睡覺，自覺理所當然，還以為韓拓不知道自己搬來紫韻山房才沒按時過來，便命碧苓前去三恪堂請人。誰知等了快三刻鐘，才等到碧苓回來。

「王爺正與幕僚議事，請王妃先用膳，不必等他。」

顧嬋孤伶伶一個人吃起飯來，越吃越覺得淒涼，越吃越沒有胃口，明明一碗飯的飯量，今日只吃了不到小半碗，幾道菜怎麼擺上來的，便怎麼端了出去，幾乎沒動過筷子。

用畢飯，洗漱過，又等了半個時辰，還是不見韓拓人影。

顧嬋耷拉著耳朵歪在次間榻上，什麼都沒有心情做，只抱著引枕發呆。

碧落見顧嬋晚膳吃得少，便叫廚房做了幾樣她平日愛吃的糕點來。豌豆黃、琥珀核桃、牛乳紅豆九重糕、薏米龍井茶酥餅，都是顏色鮮亮誘人，見者垂涎欲滴的，就擺在矮几上，顧嬋伸手可得之處，偏偏她看也不看一眼，更別說張口吃了。

碧苓與碧落交換一下眼神，便上前勸道：「姑娘，吃點東西吧，早上林醫正才說過，飲食得定時定候，可不能隨心所欲。」

「不想吃。」顧嬋軟綿綿地說了一句，抱著引枕換個姿勢，又道：「妳再去看看王爺是不是還在議事呢，要是議完了就請他過來，沒議完也叫徐高陸記得提醒他我搬到這裡來了。」

她這會兒早忘了昨日還雄心壯志地打算要限制韓拓到紫韻山房來的次數，只想他趕快過來陪著她。

碧苓依言去了，出了明間在遊廊底下正好跟簡嬤嬤打了個照面。

「王妃，就算王爺忙得沒時間過來，妳也得好好吃飯呀，不然王爺知道了肯定擔心。」碧落還在勸著。

「可是他從來沒有不陪我用飯過。」顧嬋道，她也不大懂自己的情緒反應，平時覺得他纏人，今兒難得不纏一回，她反而難過起來。「而且都過了亥時，該安置了，他怎麼還不來。」

簡嬤嬤這時候進了門，聽見這句話，便道：「這種事王妃應當放寬心，王爺若是去旁人那裡用膳安置，本也再正常不過，何況今日府裡添了兩位新人。」

顧嬋眨了眨眼睛，愣了好一陣，才反應過來簡嬤嬤的意思。

「他在三恪堂議事。」她反駁道。

「王爺那是顧忌王妃的心情才這麼說……」

「簡嬤嬤。」碧落出聲打斷，心裡十分不滿，這是勸人嗎？她其實也猜過會不會是這樣，但看顧嬋的模樣哪敢提，就怕刺激她，沒想到被簡嬤嬤這麼直接說出口來。

簡嬤嬤自覺有理，根本不理碧落的阻止，繼續道：「雨露均霑是常理，就算王爺不去旁人房裡，王妃也應當勸王爺過去，這不光是為了多為皇家開枝散葉，王爺多得子嗣，也是為了王妃的賢德之名。」

「……他沒有……」

顧嬋好像沒聽見簡嬤嬤的話似的，依舊堅持自己的說法，只是聲音極低，明顯信心不足，說到後面「去別人房裡」幾個字，只張了嘴做出口形，連聲音都沒發出來。

碧落善解人意，幫腔道：「就是，王爺說了是議事呢，王爺不會騙王妃的。」

去旁人房裡又不是見不得人的事，也用不著騙不是。再說就算真騙了，也用不著一個嬤嬤趕著過來戳破。

「王妃，忠言逆耳，老奴說的都是為王妃好。」簡嬤嬤卻不肯轉彎。「王妃年紀不小了，應當明白事理，妳們貼身伺候的，也不應全由著王妃性子來，多勸誡才是道理……」

「都說他沒去了！」顧嬋突然把引枕丟在地上，跳下榻來便往外衝。「妳不信，我去找他給妳看……」

話還沒說完，人已經踏出門去。

碧落狠狠瞪了簡嬤嬤一眼，拿過一旁衣架上的斗篷追出去。「王妃，晚上天涼……」

遊廊上每隔一丈便掛一盞羊角燈籠，即便在夜裡也照得燈火通明，可是放眼望去，哪裡有顧嬋的影子。碧落急得直跺腳，只能加快腳步去追。

紫韻山房建在山上，遊廊依山勢起伏，時高時低，盡是臺階。

顧嬋腳不沾地地跑著，腦子裡轉來轉去，全是韓拓曾經對她做過的事情。她不要。不要他也那樣對旁人。韓拓對她的溫柔她自己知道，她不願意將那些溫柔分給別人。

這是不講道理嗎？這是不賢良嗎？

顧嬋不知道，可是一想到他會與別人一起沐浴，親暱地給別人熏頭髮，甚至餵別人吃飯，她就難過得不行。

尤氏與楚氏的模樣在她腦中晃過。一個天生尤物，一個楚楚可憐，男人是不是會很喜歡？會不會對她們比待她更溫柔？

韓拓不會的。他不是說，是他自己去向皇帝求娶的嗎？

那時她不願嫁給他，明確拒絕過，他還要這樣，不是說明他很在意她嗎？

顧嬋不知道自己怎麼了，簡嬤嬤說的道理她都懂，上輩子韓啟納妃時她什麼感想也沒有，反而樂見其成。

為什麼到韓拓這裡便不一樣了？為什麼會那麼委屈？

眼淚不由自主地往下淌，漸漸模糊了視線。

顧嬋依舊高高低低地在遊廊上奔跑著，忽然腳下一空，整個人向前撲倒，沿著傾斜的石階滾了下去。

第十五章

韓拓真的非常繁忙。旁的不提，單說軍事這方面，一月時接手了原本屬於楚王的邊防責任，再加上他自己原就固有的，等於相關的各種事物都變成雙倍。

然而一個人一天能利用的時間只有十二個時辰，並不會隨著公務翻倍而增加。何況，韓拓是人，不是鐵打的，他得吃飯睡覺，還要抽空陪陪自己的小嬌妻。所以，難免時間有些不夠用。

原本今日除去日常公務，還安排了兩次議事，都與近期內必須要出的兩趟遠門有關。冬月裡戰勝韃靼，按常規需要重新前往邊境布防，只是韓拓一直留在京師，後又在回程路上耽擱良久，此事不能再拖，需盡快起行，這是其一。

其二則是關於從楚王那裡接手的大般與瓦剌交界處的布防。關於此處是否需要重新布防，得等他走一趟，真正熟悉過後才能決定，今次主要是與楚王舊部會面，聽一聽他們口頭的彙報。雖然很多情況之前已經透過公文瞭解了，但許多事情仍舊需要當面詳談，因此這第二場議事格外耗費時間。

待到終於商議完畢，訂下啟程日期後，才發現亥時已過。

韓拓想起顧嬋一個時辰前便著人過來請自己去用晚膳，那時走不開又不想她餓著，便叫她先吃別等。也不知道沒有自己看著，這一頓她吃得如何？

朝夕相處了一個多月，韓拓可算是知道顧嬋有多挑嘴，稍稍不合胃口便撂筷子，也難怪當初岳父大人不得不略嫌草率地從外面聘請廚子。

這樣想著，人也走出了三恪堂。

徐高陸已經回稟過王妃下午搬去了紫韻山房。

韓拓有些莫名其妙，不知道三恪堂哪裡讓顧嬋住得不滿意。他安排她住在此處，最主要的目的是離得近，可以隨時見到她。從外書房到後面正房，往返不過半盞茶時間，他處理公務間歇便可過去看看她。

紫韻山房雖是二十二院中距三恪堂最近的一處院落，單程也得走上一刻鐘，而且還得是疾步快走。若碰上今日這般繁忙的時候，只能等所有事情完成後才能過去找她了。

徐高陸在前邊打著燈籠，韓拓其次，後面跟著八個內侍，分別捧著他的衣服飾物等等日用品，一行人浩浩蕩蕩地往紫韻山房進發。

半路上，韓拓摸摸肚子，感覺有點餓，他還沒用飯呢，於是吩咐去傳消夜。

走過竹橋，轉過影壁，遠遠地已見到紫韻山房的垂花門，忽然聽到一聲尖利的驚叫，嚇得徐高陸差點把燈籠掉到地上。

韓拓皺起眉頭，加快了步伐。

再近些，又聽一個悽惶的女聲道：「王妃，妳別嚇我呀，妳快醒醒……」

然後是數聲低泣，很快又變作哽咽的喊叫聲：「有人在嗎？快來人啊！王妃受傷了！」

徐高陸這回真的把燈籠掉在地上了，不過不是他丟出去，而是被突然跑起來的韓拓撞掉的。他顧不得去撿，也跑著跟了上去。

進了垂花門，便見到碧落跪坐在遊廊石階盡頭，懷裡抱著的紫衣女子不是顧嬋還能是誰。

韓拓搶上前去，將顧嬋打橫抱起，她雙目緊閉，額角有血，看得他心驚膽顫，怒喝道：「快去找林嶽善！」

言畢，他抱著顧嬋大步踏上石階，快步奔向正房。

由於顧嬋只是皮肉傷，用了止血化瘀的藥包紮好傷口，只等將養便好。

韓拓仍不放心，命林嶽善在耳房裡過夜，好方便有情況時隨傳隨到。

待下人們都退出去，只留韓拓與顧嬋兩人在寢間時，他才問她：「到底發生什麼事？為什麼一個人都不帶就出去，為什麼在遊廊上亂跑？」

其實韓拓已經問過碧落，得到了答案，但他還是想聽顧嬋自己說。

顧嬋抱膝坐在床上，額頭綁了繃帶，紅著眼眶，腦袋耳朵都耷拉下來，更顯得小小一團惹人憐。

換作平時，韓拓早將人摟過來了，可今日他只是站在床前看著她，等她回答他的問題。

顧嬋仰起頭來看他，眼睛裡迅速蒙起水霧，在眼淚落下來前，突然跪坐起來，撲過去摟住韓拓脖頸，小臉埋進他肩窩，嗚咽道：「我不要。」

「不要什麼？」韓拓破天荒地沒去反摟住她。

「不要你陪別人……」顧嬋說著，淚花滴在他肩頭。

淚水很快浸透薄薄的春衫，那濡濕的觸感令韓拓心軟幾分，語氣也跟著溫和起來。「不是說了我在議事，為什麼不相信？還是那個什麼嬷嬷比妳夫君我更值得妳相信？」

顧嬋抬頭與他對視，小嘴張了兩下，才道：「我不是……」

她委屈地低下頭去。「我就是難過，一想到……一想到如果你像對我那樣對別人，我就難過……我不要……」

會嫉妒，有醋意，想獨占，那是在乎的表現，說明她對他有了情意。

韓拓心裡開出一朵花兒來，可是臉上還繃著，一本正經地問道：「那妳想我怎麼辦？」

顧嬋低低地咕噥了一句，幾不可聞。

不過，韓拓還是聽清楚了。她說的是：「可以不要陪別人嗎？」

「好！」他應道。

韓拓太爽快了，以至於顧嬋有些難以置信。「真的？」

「我騙過妳嗎？」他問道。

顧嬋十分認真地回憶一番，然後鄭重地搖頭。

「那不就是了。」韓拓揉揉她頭頂。

顧嬋笑著再次撲到他身上，因為得到他的遷就而進一步要求道：「那你每頓飯都要來陪我吃，一個人吃飯感覺太不好了。」

「嗯，妳搬到這裡來，離我那麼遠，忙起來往返不及怎麼辦？再搬回三恪堂去，好不好？」韓拓乘機誘哄道。

他顧慮她情緒，若她真的不願意，他自然不會強逼，但還是想多爭取一番，還有，要瞭解她搬過來的原因。

「可是……」顧嬋猶豫道。「簡嬤嬤說，分院而居是必須遵守的禮制，就是皇帝和皇后也不能違背……」

只是這樣嗎？韓拓不大相信，她的腦袋瓜要是那麼迂腐守禮，當初跟自己共乘一騎，又被自己摟抱過，有了肌膚之親，還會一個勁兒拒絕自己嗎？

「簡嬤嬤還說什麼了？」他連套話的心思都懶得費，直接問出來。

顧嬋卻鬆開了雙臂，又坐回床上，抱住膝蓋，耷拉下腦袋，恢復最初的那個姿勢，明顯是不願意回答。

韓拓坐到床畔，伸臂將她撈過來坐在自己腿上，捏著她下巴迫她抬起頭。「我們是夫妻，妳有什麼心事、想法，有什麼高興的事情，或是受了什麼委屈，不管是什麼事，都可以告訴我。和妳有關的事情，我全都想知道。」

「她說……」顧嬋明顯鬆動一些，雖然還是吞吞吐吐的，但總算出了聲。「說我以色侍人，說做王妃、做嫡妻的人不可以這樣，不然就是不正經的女子……」說到最後又低下頭去。

韓拓聽到以色侍人時沒忍住笑出聲來，待聽到後面就想打人了。當然是打那個簡嬤嬤，竟然管到他堂堂靖王殿下的房事上來了。

「妳覺得她說得對？」

顧嬋小聲道：「有點道理。」

「道理確實是道理，只不過……」韓拓故意話說一半，觀察顧嬋反應。

她果然仰起頭看他，追問道：「不過什麼？你覺得她說得不對嗎？」

韓拓淡淡道：「簡嬤嬤一生未嫁，這夫妻之間的道理，她都是書上學來。書上的道理自然是對的，只不過片面了些，講的都是妻子應如何，卻沒告訴做妻子的丈夫需要如何。就如帶兵打仗，如果能將兵書與實戰經驗結合，那才是事半功倍、戰無不勝的硬道理。」

顧嬋似懂非懂，偏著頭想了想，才道：「那丈夫需要什麼？」

韓拓在她耳邊輕聲說了一句，顧嬋瞬間脹紅面孔。

韓拓乘勝追擊道：「賢良的妻子當然要以丈夫的需求為先，盡力滿足丈夫，對不對？如果一味自己想當然，而忽略丈夫真實的需求，能算好妻子嗎？」

顧嬋搖頭。

「所以，簡嬤嬤講的那些只是紙上談兵，不是正經的夫妻之道，知道嗎？要是聽她的就糟糕了。」韓拓緊追不放，勢要一次搞定。

「我不想聽她的……」顧嬋囁嚅道。「我討厭她，她說……我應該主動讓你陪別人，我不要。」

對於這種類似背後告狀的行為，她有點不適應，可是說完了，卻覺得心裡卸下個大包袱，終於全都告訴韓拓，再沒有隱瞞了。

「我也不要，」韓拓學著她腔調。「我們都討厭她，就把她送走，再也不看見她，好不好？」

顧嬋很想點頭，但最後還是猶豫。「她是姨母送來的，不能退回去。」

「不怕，」韓拓親親她臉頰。「我們把她送到莊子上去，讓她離得遠遠的，母后什麼都不會知道。妳也不需要出面，我來處理。」

對寧皇后送來的人，不論男女老少，韓拓一律沒有好感，尤其像這種會對顧嬋造成影響的老太婆，絕對不能留下。

韓拓可不是顧嬋，他壓根兒不相信寧皇后會有好心，也不相信她會眼睜睜看著他和顧嬋琴瑟和鳴，與顧家日漸親密。他還不打算主動出手，但必要的放人之心總要有。

難得這個簡嬤嬤自己犯了事，這樣好的機會當然不能白白放過。

顧嬋終於點了點頭，安心地偎在他懷裡不動。

韓拓為什麼那麼好呢？怎麼辦，她好像比早上還要更喜歡他了。

喜歡？這個詞在她腦海裡重複了一遍。

顧嬋突然有些慌亂。她喜歡韓拓，不是那種普通的喜歡，而是男女間的心悅之情，所以，她今日的情緒才會這般反常，行為更是離譜到連自己都覺得不可思議。顧嬋被突然而至的領悟震驚得說不出話來，愣愣地看著面前的男人。

只是這呆愣在韓拓眼中就變了味道。才哭過的眼睛水汪汪的，晶晶亮亮，似有星子藏在其中，直勾勾地看著他，簡直要將人的魂魄都吸出來。

韓拓猛地將顧嬋壓在床上，俯身親吻，手也四處遊走起來。

顧嬋稍有推拒，便聽他道：「妳忘了身為賢妻要滿足丈夫的需求嗎？」她只好將推他的手收回來。可是，好像有什麼不大對勁……

來不及細想，顧嬋已在韓拓的動作中失神，頭腦一片空白，再也無法思考。

屋簷下，遊廊間，四個傳膳的內侍一溜排開，拎食盒的、捧托盤的、提火炭的，齊齊享受著春日涼風的吹拂足有半個時辰，才等到靖王殿下出聲吩咐他們進屋布膳。

韓拓命人準備的是火鍋，上下兩層帶煙囪的青花瓷爐擺上矮几，菜品是魚蝦蟹雞四色包心丸，新鮮的牛上腦與羔羊肉，各色時令鮮蔬，還有拉麵。

他讓下人都退下，與顧嬋兩個在榻上圍坐，親手涮鍋子。

開始時還能記著一半挾給顧嬋一半挾給自己，但他晚飯就沒吃，剛才又好一番耗費體力，餓得著實急了，漸漸狼吞虎嚥起來，也就不大顧得上照顧顧嬋。

「王爺沒用晚飯嗎？」

顧嬋也餓，但是向來吃得秀氣，既是不慌不忙，自然有閒情注意其他。

「一直忙著議事，錯過了。」

聽了韓拓的回答，顧嬋忽然自責起來，他公務繁忙，身為妻子不但不能為他解憂，還只顧著自己的情緒宣洩，連他用飯這等簡單事情都疏於關心，實在是太不應該。

「王爺。」她嬌嬌軟軟地叫他一聲，將自己的想法悉數告知。

韓拓心中開出的花兒已經從一朵增加至漫山遍野，美得他眉梢眼角盡是笑意，一個不碰旁人的承諾換一個體貼入微的小嬌妻，遠遠超出他本來的期望。

「過來。」韓拓放下牙筷，拍拍身邊的位置示意。

顧嬋乖乖地挪過去，還沒待坐穩，韓拓的吻便落下來，他唇齒間盡是肉香，她也一樣，誰也不必嫌棄誰。

可是，韓拓明顯並不滿足於一個吻，當他開始動手解顧嬋衣服時，她掙扎起來。「王爺，你還沒吃飽吧，再多吃一點吧。」

其實是顧嬋自己沒有吃飽。

韓拓道：「我是沒吃飽。」

手上動作卻不停。他更想飽餐的不是火鍋，是她。

顧嬋全然不懂他的言外之意，附和道：「我也沒飽，我們再接著吃……」

「好，」韓拓應得極爽快。「這不是正在吃麼。」

伴著最後一件小衣被剝下時的微微涼意，顧嬋終於明白他們兩個人說的餓與吃根本不是同一回事。

被火鍋熱氣燻蒸得紅撲撲的小臉再紅上幾分，變成讓人垂涎欲滴的紅石榴。

顧嬋一點都不傻，剛才吃飯的時候，她已經想明白哪裡不對勁了。身為賢妻要從丈夫角度出發，滿足丈夫真實需求是沒錯，可是韓拓把丈夫的需求說成……

他根本只是想自己不能拒絕他做那事而已。

可她並不想拒絕呢，她也喜歡的，尤其在領悟了自己的真實感情之後，更沒有理由要去拒絕他。

顧嬋雖然不好意思說自己也有點喜歡那事，但這不妨礙她嘗試做出回應。只是幅度極小地學著韓拓攪動舌尖，已令他震動，帶來更加瘋狂的舉動。

夜深人靜，雲收雨散。

極致的歡愉過後，兩人身體雖疲乏，精神卻都格外亢奮。

「下月初一，我要出發去布防。」

韓拓輕聲宣佈晚間議事的結果。

今日是二十四，距初一還有六天，顧嬋既意外又不捨。「要去多久？」

「先去擒孤山一帶，再去山西，兩處加起來需要三、四個月。」

現在是三月，等他回來，最快也得七月了。

顧嬋抱住他的雙臂緊了又緊，她才發現自己對他的感情，居然就要分離那麼久，她不想和他分開。可是，那是正經事，她不能說不要，男人的天地本就在宅院之外，她應當支持他……

為了將對韓拓的支持貫徹到行動上，顧嬋第二天起便開始親手為他收拾行裝。作一名經驗並不豐富的賢妻，她處理此事完全憑著體貼二字。各色換洗的衣服鞋襪以春裝、夏裝區分，各備足十五套。因聽說邊境有草原的地方入夜寒涼，便將秋裝與冬裝也加入，各備十套。

這還不夠，行軍住帳篷，擔心睡得不舒適，又準備了冬夏被鋪各兩套。布防也許要走很多路，邊疆之處定沒有大道坦途，鞋子肯定比在城裡穿得廢，於是，再加多十雙皂靴。

不過兩日，已經堆出三個樟木箱來，而顧嬋還覺得才打包一半而已。

若不是韓拓出來阻止，只怕她最後可以堆滿數量馬車，完全不輸當年顧楓首次隨軍出征時寧氏的作風。

「衣服不帶夠，冷了熱了沒得換怎麼辦？還有靴子……」

直到臨行前，顧嬋仍在試圖勸服韓拓多帶些行裝。

「邊境那裡有城鎮，如果實在不夠，可以臨時去買。」韓拓安撫道。「別太擔心，我去過許多遍，沒關係的。」

「邊城小鎮怎麼能比家裡繡娘的手藝呢，肯定不舒服，說不定都不合身，就再多帶五套……兩套，兩套，好不好？」

她故意把尾音拖長，希望透過撒嬌讓他讓步。

韓拓因為那一句「家裡」而感動，點頭應下。

「那我去裝。」顧嬋興奮得一骨碌爬起來，立刻要下床去裝箱。

韓拓拉她躺下。「明天早晨讓丫鬟們裝，快點睡覺了。」

「不想睡……」顧嬋吶吶道，隱隱透出哭腔。

這是最後一個晚上，如果她睡著，再醒過來時就看不到他了。

可惜，不管顧嬋如何堅持，最後還是沒能贏過睡意侵襲。

清晨的微光裡，顧嬋漸漸清醒，她情緒十分低落，緊閉雙目不願睜開。

身畔已無人，觸手是冰冷的床褥。

她就知道，他不會叫醒她，因為怕她會哭，連告別都省去……

等等……為什麼床會搖晃，耳邊還有轆轆的車輪聲？

顧嬋睜開眼睛，發現自己置身在馬車裡。

她驚奇地坐起身，掀開車窗圍簾，正看到騎在白蹄烏上英姿勃發的韓拓。

看到窗簾後露出來的面孔，韓拓笑著催馬上前，躍上馬車。

車簾才打起，一個嬌小的身軀便猛地撲入懷中，衝力大得他幾乎仰倒。

韓拓連忙穩住身形。

「開心成這樣？」他笑道，一邊說一邊抱著顧嬋坐下。

顧嬋掛在韓拓脖子上，貼著他臉頰蹭來蹭去，嬌笑連連。「王爺，你怎麼那麼好。」

「嗯，我怕把妳留在家裡，等我回去時王府已經被大水淹沒了。」韓拓一本正經道。

怎麼會有水？顧嬋眨巴著眼睛看他，好一會兒才明白過來，這是取笑她愛哭呢。

「不想理你了。」她捶了韓拓肩頭一下，扭身背對他。

韓拓包住顧嬋的小拳頭。「既然不想理我，那肯定不想跟我在一起，好，叫林修送妳回去。」他揚聲道：「林……」

顧嬋連忙轉過身，捂住他嘴不讓喊人。「我不回去。」

話說完，看到韓拓笑得嘴角都咧到耳根後的模樣，才知道他是耍她的。

「王爺老是欺負人。」顧嬋抱怨道。

韓拓笑而不語，明明是她太單純好騙，三言兩語便上鈎，都不需要花費多少腦筋，若換個心思不正的，恐怕被賣掉還會當人家是好人。

兩人耳鬢廝磨好一陣，顧嬋忽然想起一事。「我什麼都沒帶……」

連換洗衣服也沒有。

「都給妳準備好了。」韓拓揉了揉她頭頂。「家裡那些沒法穿，叫人另外備置的。」

夜宿驛館時，顧嬋看到韓拓為她準備的衣物，清一色的改良胡服，窄袖短衣，長褲短裙，還配了羊皮靴。

最初幾天，顧嬋並不能十分理解韓拓這樣準備的用意，直到五天後，隊伍離開官道，轉走小路，而後上山，顧嬋有了親身體驗，便漸漸明白過來。

山路崎嶇狹窄，馬車不能通過，她再次與韓拓共乘一騎。這時候，胡服的便捷之處完全顯露出來。

翻過大山，進入草原，沒有驛館歇腳，夜晚只能宿在營帳。

草原的天空是一望無際的湛藍，比皇后翟冠上的藍寶石還要澄淨清透，大地如同鋪展開來的綠色綢緞，連綿逶迤，與穹蒼與遙遠的天際線處挽手相連。

顧嬋從未見過如此廣闊浩瀚的天然景色，震撼之餘，只覺在這蒼茫天地間，連心胸都跟著寬闊起來，似乎再無事可為之煩憂。難怪那時韓拓不願留在京中，然而，他們在此處只留駐半月，之後便啟程前往山西，煩憂也隨之到來。

山西都司指揮使任翔其是個極善鑽營的人，在大同為韓拓備下豪華大宅墨園，更在宅子裡安置了三個美人，其中包括他早前往幽州時從百花深處贖買的絕色歌姬。

當然，這等事，顧嬋是不可能知道的。

任翔其雖然知道靖王帶了一名女子同行，但怎麼也想不到會是王妃，只當是寵妾。雖然見面時不忘巴結，卻不會真正當成一回事。至於知道顧嬋身分的，一行人中只有顧楓、李武成、林修、紅樺與白樺五個，皆是不會到她跟前嚼舌根之人。

在墨園住下後，韓拓便開始會見山西三司各人，瞭解當地情況。

顧嬋唯有自己找事情打發時間。既然在大宅中落腳，自然也有精緻的羅裙首飾送到，她每日早起皆要精心裝扮一番。只可惜，碧苓與碧落未曾跟來，紅樺和白樺兩個對女兒家的事情明顯不那麼精通。好多時候，顧嬋必須自己動手。

不過也好，這樣一來耗費的時間尤其多，正合了她的目標。

打扮好後，她有時就在房內看書，有時也會去園子裡逛逛。

這日午飯後，顧嬋本打算歇晌，躺在床上將睡未睡之際，有縷縷絲竹之聲遠遠傳來，側耳細聽，時而悠揚婉轉，時而蕩氣迴腸，極是引人入勝。

顧嬋曾隨雲蔚夫人習琴多年，一聽便知對方琴藝高超，卻不知是何人在園內彈奏。

好奇心驅使下，她起身披衣，喚過紅樺跟隨，便追著那琴聲穿過遊廊，轉過假山，來到位於園內西南角的池塘。

越過池中競相盛開的紅白二色蓮花，可見水閣內有一女子，身穿青竹色衫裙，只是背對顧嬋，看不到容貌。

顧嬋踏上石橋，走到近前，那女子似乎甚是投入，依舊低頭撫琴，絲毫不曾察覺有人到來。

直到一曲彈畢，她才緩緩收回手臂，撣一撣衣裙站起轉身，盈盈向顧嬋福道：「民女江憐南，見過王妃。」

顧嬋驚訝得說不出話來。她從來沒想過會與江憐南再有交集。

江憐南倒是泰然自若，掩口笑道：「怎麼？我從前不會彈琴，如今學會，王妃不肯相信，竟然吃驚得呆住了？」

語氣輕鬆親暱得好像還是昔日閨閣裡的姑娘與伴讀，中間什麼都沒有發生過似的。顧嬋無論如何也做不到這般。

雖說鄭氏所犯之罪不及親人，但那只是明面上的道理，從感情上來說，江憐南是殺母仇人女兒，還有，前世顧嬋後來中毒生病甚至身死，與她也脫不開干係。

從前不知道，自然不曉得防備疏遠，現在事發多年，怎麼可能毫無芥蒂。

「妳怎麼會在這裡？」顧嬋不鹹不淡地問道。

鄭氏問斬之後，顧景吾將鄭懷恩調去河南布政使司，免得將來互生齟齬，再出事端，官職則是不升不降，也算仁至義盡。

顧家人當然不會刻意探聽江憐南的遭遇，顧嬋也只以為她隨舅父一同搬去開封，卻不知何故今日竟會出現在墨園。

「青青被任大人送至此處，命我盡心服侍王爺。」江憐南徐徐述說，聲音清越婉轉，下頷微收，螓首低垂，姿態何其柔弱無辜，言語卻隱含挑釁。「難道，王妃竟然不曾知曉？」

顧嬋確實不知道。可她絕不會當著江憐南承認。

所謂的服侍究竟是如何服侍，大家心知肚明。男人新添了姬妾，身為主母卻不知情，那這主母在家中自是毫無地位，不得人尊重。不論是王公貴族，抑或是平民百姓，所有人家一概如是。

這點常識顧嬋還是有的。所以，她強撐道：「嗯，曾聽王爺提過任都司送了人來，卻不知是妳。」

江憐南聞言，面上綻開極燦爛的笑容。「太好了。另外兩位妹妹還一直擔心王妃容不得人，會將我們趕出園子呢。我就知道王妃您從來都是最和善最大度的，自然不會在這等事上為難我們。我這就去告知她們這個好消息。」

她急急行禮告退，隨侍一旁的丫鬟抱起七弦琴跟上。

「等等，」顧嬋到底有些沈不住氣，叫住江憐南，又問道：「另外兩位……是何人？」

江憐南止住步伐，嘴角凝著一抹陰惻惻的笑容，可當她轉過身面對顧嬋時，又恢復先前溫和無辜的模樣。

「柳妹妹身輕如燕，步生金蓮，舞姿翩躚，可於水晶玉盤上自由起舞。于妹妹容色傾城，體有暗香，就是我等女子靠近都難以自持，遑論男子……」說到此處，她突然伸手掩住半邊面孔。「哎呀，看我說的都是什麼話，王妃切勿見笑，實在是那兩位妹妹不論容貌才華，皆是世間少見，等王妃召見後便曉得，任大人為王爺可真是盡心竭力，鞠躬盡瘁。」

江憐南故意為之，不單是為戳顧嬋心窩，也是在報復任翔其。那人將她贖出百花深處時，滿口甜言發誓護她一生，轉眼便將她轉贈上鋒，完全沒將她當人看待。他想巴結逢迎，她偏要壞他事。

江憐南特地在此彈琴，本是欲將靖王引來，想不到來的卻是顧嬋，這倒也無妨。她聽說靖王身邊帶著寵姬，卻沒想到是顧嬋這個王妃。

不過，江憐南早不動聲色地將顧嬋打量了個通透，除了個子長高些，身形更豐潤些，其餘皆沒有變化，那眉眼間的風情更是絲毫沒有的。她在青樓中受鴇母調教，又親身迎來送往近兩年，平日鑽研的無非都是如何討得男人歡心，自認極為精通。

像顧嬋這樣的，也就是仗著出身好，霸住個正妻的名分，至於其他……

江憐南暗自搖頭，她與另外兩位，除了出身不如，其餘皆不輸給顧嬋。況且以三對一，雖說吃相不大好看，但總有一人能入靖王眼。屆時，顧嬋空有王妃之名，只怕連見上夫君一面都難。

她自從母親出事後，對顧家人可謂恨之入骨，只是她無權無勢，無所依憑，根本奈何不了對方。如今意外相逢，哪會輕易放過機會，就算自己不得好，也要見到顧嬋日子不好過才甘心。

顧嬋不知江憐南打算，但好賴話她總聽得出，也猜得到對方沒安好心。

因自幼生長環境，顧嬋其實並不擅長口舌之爭，咬唇半晌，憋出一句話來。「我們很久沒見，也不知妳這兩年過得如何，不如坐下喝杯茶，聊聊天敘敘舊。妳是如何被任大人選中的？妳從前不會彈琴，又是在哪裡學的？」

她當然不是真的關心江憐南，但好人家的姑娘斷不會被人送來送去。顧嬋再怎麼傻再怎麼涉世不深，也懂這才是真正如簡嬤嬤口中所講的那般——以色侍人，下賤行徑。

江憐南被踩中痛腳，暗地裡幾乎將一口銀牙咬碎，面上卻並不顯露，仍舊言笑晏晏。「我是福薄之人，哪有王妃這般好命，不提也罷。」說著又行過大禮，再道告退。「還是不留在這裡礙王妃的眼了。」

顧嬋先前得過韓拓保證，並不是那麼擔心包括江憐南在內的三名女子，可要說心裡一點彆扭也無，卻是當真自欺欺人。

她心悅韓拓，卻不知韓拓的心如何。他們新婚燕爾，又是他主動求娶，當然蜜裡調油，百般癡纏，即使她上次那般發脾氣鬧彆扭他也容忍遷就。

時日久了呢？

就算他信守諾言，不主動去尋找，可礙不住地位尊貴，有人逢迎，如今他是王爺尚如此，將來他還有可能會登基為帝……

世間女子那麼多，總有能入他眼的，就算不是墨園內這三個，也會有其他吧。她不可能次次都用哭鬧來阻止韓拓，屆時他不厭煩，她自己也覺沒臉。

顧嬋輕嘆口氣，江憐南的話又在腦中盤旋起來。

「柳妹妹身輕如燕，步生金蓮，舞姿翩躚，可於水晶玉盤上自由起舞。于妹妹容色傾城，體有暗香，就是我等女子靠近都難以自持，遑論男子……」

顧嬋不懂跳舞。大殷風氣如此，正經人家的女子是不習舞蹈的。扭腰擺臀，以身姿誘人，只有舞姬才不以為恥。至於體香，那等天賦異稟更不是輕易可得……

她搖搖頭，怎地這般傻，竟然與她們互相比較起來。不過，到底因此得到些啟示，決心要將自己從前所學才藝繼續深造。

這日晚間，韓拓回墨染閣用飯時，未進門便先聽到悠揚琴音，舒緩悅耳，如清風拂面，不知不覺消散他一身疲乏。他從未見顧嬋彈琴，一時聽得癡了，倚著門框，佂立不動。

顧嬋一曲彈畢，自覺已到用膳時間，卻不見韓拓回來，正欲叫紅樺前去書房詢問，一回頭便看到韓拓站在門口，她起身迎過去。「王爺，你什麼時候回來的？」

韓拓每每見了顧嬋定是都要動手動腳的，這時自然將她攬在懷裡。「還不知我的王妃琴藝如此精妙。」說著親了親她嘴唇。

站在房門口這般親密，韓拓面不改色，顧嬋可是羞得不行，紅著臉掙脫出來，嗔道：「王爺，該吃飯了，你別鬧。」

韓拓偏最愛看她羞澀的模樣，跟上去癡纏多時，才命人擺飯。

自那日後，每到晚上，韓拓定要顧嬋為他彈上一曲才肯安睡。

啟程前往邊境時，韓拓花費很多口舌才勸定顧嬋留在墨園不一同前往，他這一趟只先巡視，不過半月便回來，又是不熟悉的地方，不忍她吃苦頭。

顧嬋雖極不情願，但還是聽他安排留了下來，只是一顆心卻魂牽夢縈分毫未曾離開過韓拓，每天扳著指頭算他回來的日子。

因為心中盼望極渴切，偶爾在花園裡碰到江憐南，明裡暗裡被她言語挑釁，也並不大當作一回事。

眼看十數日已過，韓拓歸期漸近，顧嬋心情更是一日好過一日，時不時常哼著小曲，為韓拓縫製新的荷包，只待他回來，立刻親手為他掛起。

第十三日入夜後，顧嬋繡完最後一針，用金剪刀剪斷線頭，喜孜孜地看著那荷包傻笑。

白樺一直在旁邊伺候著，見她這般模樣，便說道：「王妃的手藝真是好，王爺收到後一定非常歡喜。」

顧嬋也覺得自己手藝進步了，成品比上次那個精緻許多，便以手帕包起來，收在妝檯第一格抽屜中。

她伸個懶腰，舒展下埋頭刺繡以致僵硬的四肢。

相思情濃的並不只是顧嬋一個。巡視過邊防哨站後，韓拓脫離大隊，馬不停蹄地趕回大同。

一路風塵僕僕，才進墨園大門便聽見琴音錚錚。

他兩日一夜未曾睡過，頭腦昏沈，根本未曾細想，以為是顧嬋特意等候，專門彈給他聽。

追尋琴音來到水閣，果然見到有女子伏案彈琴，因背對著，看不到面目，但身形與顧嬋十分相似。

顧嬋的衣服首飾太多，韓拓不可能件件都記得住。但成婚後她最喜歡梳的墜馬髻他卻記憶分明，每晚都是他一根一根拔去髮簪，親手拆散那髮髻。

這時見到水閣內的女子髮式，更不疑有他，只當作是自己心心念念的小嬌妻。一摟上去，韓拓便知不對，他也給唬了一跳，尚未來得及鬆手，就聽到身後發出尖叫，轉身便對上顧嬋蒼白的面孔……

她跑開，他自然要追。

韓拓知道顧嬋在意什麼，他從來就沒打算在這件事情上令她傷心難過，今日不過一場誤會，當然要解釋清楚，不能讓她白白落淚。可是一雙柔軟的手臂纏上韓拓臂膀，將他拖拽住。

韓拓瞪過去，竟是那讓他錯認的女子。

「王爺，您不用擔心，王妃她是小孩子心性，容易生氣，愛發脾氣，若王爺同意，婢妾願意替王爺好好開解王妃。」

韓拓皺眉，他未曾宣揚顧嬋的身分，這個女人是怎麼知道的？

江憐南卻誤解了韓拓的表情，以為那皺眉是針對顧嬋，她更要表現得通情達理、善解人意。「王爺，您放心，婢妾幼時曾與王妃相交，十分瞭解她脾性，定能幫助王爺排解煩憂。」

一邊說一邊將頭靠至他手臂，臉頰輕蹭，她太清楚男人的弱點。

雖然今日之事並非她刻意設計，但機會送上門，哪有白白放過的道理？

「妳到底是誰？為什麼在這兒？」韓拓厭惡地將手臂抽出，問得直截了當。

江憐南愣了愣，才嬌聲道：「王爺，我是青青，那日為王爺洗塵飲宴，我還曾彈琴助興呢。」

韓拓記得那日的事情，記得曾有人彈琴獻舞，也記得任翔其將歌姬舞姬贈送與他。可，他對江憐南本人全無印象。

從韓拓十六、七歲開府就藩之後，沒少過尋找各種機會獻美人兒給他的人，他怎麼可能一一認得。大多數時候他都會拒絕。有時因為某些目的，他明面上就算不推辭肯收下，之後也會想辦法將人打發走。

任翔其送的這三位美人，韓拓也是如此打算，而且這次他連打發都不必，等離開山西時，不將人帶走便是，是以他根本沒將這事放在心上，哪想到會因此著了道。

想起顧嬋剛才哭著跑走的委屈模樣，韓拓既心疼又著急，那個傻姑娘愛鑽牛角尖，他遲上兩步，她這會兒不定難過成什麼樣了。

不欲再停留，韓拓邁步便走。

江憐南卻不肯放過天賜良機，故技重施，又糾纏上來。「王爺一路……啊……」

韓拓直接將人甩開。江憐南不防，撲跌在地。

待她爬起身，韓拓已不見蹤影。

第十六章

顧嬋跑不多遠便停下。

她深恨自己不爭氣，之前不是把道理想得很明白嗎？遇事不能再哭鬧，不能給韓拓添亂，讓他厭煩，為什麼事到臨頭卻做不到？她不是也知道韓拓不可能永遠沒有別人嗎？可是，為什麼要騙她呢？如果他一定要別人，她再不開心，又能怎樣？

為什麼假裝離開前往邊疆巡視，卻暗地裡與江憐南在一起？騙人的是他，她為什麼要跑掉？

她應該好好問上一問，看他為何要如此。

思及此，顧嬋轉身往回走，在遊廊盡頭與韓拓相遇。

兩人齊齊停步，互相凝視對方。顧嬋臉上還掛著淚珠。韓拓又累又睏又煩躁，面色極差。

既然自己是占理的那一個，顧嬋氣勢十足，雙手扠腰，開口質問：「你……」才說了一個字，便被韓拓打橫抱起。

「你幹什麼？」明明是要吵架的，她當然掙扎不休。「你放我下來！」

韓拓牢牢地抱著她，沈聲道：「不是妳想的那樣，我認錯她是妳了。」

只一句話，懷裡的小人兒便安靜下來，但靜不過幾息，她又發問道：「可是……你怎麼會在這兒，不是說要去半個月？」

「我想妳，」韓拓說得簡短，卻字字切入重點。「兩天一夜沒睡覺，快馬趕回來的。」

纖纖柔軟的手臂環上他脖頸。

「王爺，你放我下來吧，」顧嬋眼裡再次蒙起水霧，這一回不是生氣難過，而是心疼。

「你那麼累……」

「不放！」韓拓拒絕道。「放下妳又亂跑，以後把妳綁在身上，看妳還能跑去哪兒。」

那可怎麼綁啊？真綁上了還能出門嗎？讓人見了豈不是丟死人……

顧嬋環著韓拓的手臂緊了緊，湊過去把下巴印在他肩窩上。可是，如果兩個人真的能一直同進同出，一點兒都不分開，也挺好的。

正想得出神，忽然被顛了一下，耳聽韓拓氣勢洶洶地問道：「想什麼呢？為什麼不說話？」

顧嬋被他嚇了一跳，委屈道：「你幹麼那麼凶呀？」

「我生氣了。」韓拓答道。「因為妳一點也不相信我。」

「我沒有。」顧嬋分辯道。

韓拓不依不饒。「還說沒有，那妳剛才是在幹什麼，為什麼哭，為什麼跑，嗯？」

「我以為……我難過……」她開頭那點兒氣勢早蕩然無存，耷拉著腦袋解釋起來。

「我答應過妳什麼，妳不記得了嗎？」韓拓又道。

「我記得，」顧嬋小聲道。「可是你沒說有效多久……王爺，要是有一天，你有了別人……」

韓拓突然低頭，在她額頭上重重頂了一下，疼得顧嬋哇哇直叫。

「沒有別人，只有妳，」韓拓頓了頓。「永遠。」

顧嬋聽了，半晌沒有反應，只是定定地望著韓拓。

晚風清涼，遊廊上燈影搖曳，他眉頭緊皺，眼下泛著淡淡青黑，下巴上鬍碴隱約可見。

她想起前世第一次見到韓拓時，他高坐在金龍寶座，意氣風發，優雅自若，俊美得有如謫仙，從外表上讓人挑不出半點不妥。

顧嬋更喜歡他現在這因疲憊而略顯憔悴的面孔，不僅絲毫無損他的容顏，反而平添幾分親切。

她想起從前在話本子上看過的一段話，那是一個將軍剖析自己的感情。公主雖美卻如神壇佛像，遙不可及，他尊崇卻不敢生出歪念。反而家中糟糠妻，由內到外皆有數不盡的缺點，他有時嫌棄，可每次出征打仗，夜深人靜孤枕獨眠時，想念的都是妻子，連她的呼嚕聲都在思念中演變成一曲輕歌。

那時顧嬋不大懂，此時突然開悟，便是因那一分不夠完美而生出的煙火氣息，拉近了人與人之間的距離，神仙再好，不過是個清冷的泥塑銅胎，怎比得過血肉豐沛帶來的溫暖親暱？

她又何其幸運，公主與糟糠同是一人，完全無須剖析衡量，只要隨心所欲便好。

柔嫩的指尖輕觸他下巴，新冒的鬍碴又密又硬，扎得顧嬋小手酥酥癢癢，她覺得好玩，來了興致，嬌笑著從下巴摸到左鬢側又摸回，再換到右邊，食指與中指模仿雙腿邁步，輪替著從下巴爬上去再爬下來……

顧嬋腦子裡轉的全是韓拓剛才的承諾，心甜得像蜜糖裡打過滾一般，根本沒想過這樣的舉動有多危險。

忽然間雙腳落了地，顧嬋還沒反應過來便讓韓拓推到遊廊柱子上，灼熱的身體猛地壓過來，再聽到頭頂男人粗重的呼吸聲，她立刻明白他打算做什麼。

「不要在外面……」她推他胸膛，阻止道。「回房去……」

韓拓聽不見一般，俯下來含著她嘴唇輕吻，手卻向下去解她裙子。

顧嬋嚇得臉都白了，這和當初在溫泉池子可不一樣，何況就算是溫泉池子她也適應了好久，到臨走前都沒能克服那羞澀不安的感覺。

「白樺在……」

打從跑離開水閣後就被她遺忘的隱形人，這會兒成了最後一根救命稻草。

「沒人，」韓拓手一揮，羅裙隨之落地。「不信妳自己看。」

顧嬋還真越過他肩頭，前後左右張望了一番，通明的燈火之下，連牆底輕顫的狗尾草都看得一清二楚，卻不見一個人影。只這麼一耽擱，韓拓的手掌已探入她衣領。

「求你了，回去，我不行……」顧嬋拽著他手，渾身發抖，聲音裡帶著哭腔。

韓拓重重嘆口氣，再次將人抱起，大步往正屋走過去。

天底下哪一種人最危險？不是明知有錯還硬要故意為之的惡徒，而是根本不知道自己錯在哪裡就能引起燎原大火的「無辜」人士。他懷裡的姑娘顯然就是後者。喔，早已不是姑娘了，她的姑娘生涯是由他親自結束的。

危險暫時解除，顧嬋心下一鬆，生出旁的心思來。

進了屋，韓拓將人往次間榻上一擺，就聽她嬌聲道：「王爺兩天一夜未曾歇息，那是不是也兩天一夜沒洗過澡？」

一邊說還一邊咬著唇垂低眼簾，小模樣別提多委屈。

韓拓雙眼倏地睜大，這是嫌棄上他了？

他猛地扯開衣襟，惡作劇地按著顧嬋後腦，將她面孔壓緊在他袒露的胸膛上。「何止兩天一夜，從離開墨園開始，十多天來本王都沒沐浴更衣過……」

此話當然不實，顧嬋卻不知道。她屏住氣，手腳並用地掙扎，奈何天生力氣不如人，無論如何也掙不脫。最後即便再不願，還是不得不貼著他胸膛喘氣。

然而韓拓身上只是淡淡的汗味，並未令她不適，反而覺得好聞。

當顧嬋為這發現害羞，捧著臉傻笑時，韓拓已命人抬來熱水。

「王爺，你洗就好，我已經洗過了。」當韓拓抱起她往淨室走時，顧嬋如是說。

韓拓無賴道：「不是說了以後都綁在一起。」

兩個人在一塊兒，那當然不可能是泡熱水、純洗澡，韓拓用實際行動表現讓顧嬋親身體驗並深刻理解了什麼叫做小別勝新婚。

紅樺和白樺自幼習武，聽力強於常人，即便在明間站樁，隔了一個次間加一個梢間，仍能清晰聽到淨室裡嘩嘩的水聲，響足半個時辰。

待到進去收拾時，只見青磚地上，水流成河，香樟木的大澡桶裡卻只有勉強能沒腳背那樣深淺的剩水……

顧嬋自覺沒臉見人，只管躲在韓拓懷裡嗚嗚哀哼，之後則是好幾日都不大敢與紅樺和白樺兩人對視，生怕從那目光裡看出什麼讓自己更加害臊難堪。

翌日顧嬋醒得早，她窩在韓拓懷裡仰起頭，伸出手指在他五官上遊走，又大膽探起身，學著他平日的樣子親吻他額頭、眼簾、鼻尖、嘴唇……

韓拓大約是太疲累，所以睡得很沈，一直不曾醒。

顧嬋親夠了，又回到韓拓懷裡乖乖躺好，閉著眼貼住他胸口，耳中聽著他沈穩有力的心跳聲，兩輩子的畫面輪番在腦海裡上演。或許是這一世太過甜蜜美好，更襯出上輩子的遭遇淒涼悲慘，人總是難免貪心，顧嬋忽然覺得自己已不能滿足於僅有一輩子的幸福，要是上輩子也如今生這樣美滿就好了。

她早忘了自己曾經多不情願，多麼想遠離韓拓，如今只覺得重活一世最令她開心滿意的，除去救了母親性命，便是與韓拓成為夫妻。

「你為什麼那麼好呢？」顧嬋喟然嘆息道。「要是上輩子也能早點遇到你，是不是一切就都不一樣了？」

「什麼上輩子？妳活過幾輩子？」韓拓慵懶的聲音突然在顧嬋頭頂響起。

顧嬋抬頭，看到韓拓正睡眼惺忪地望著自己。
「王爺，你什麼時候醒的？」她試圖顧左右而言他，矇混過去。
「妳一開始對我動手動腳的時候就醒了。」韓拓學著顧嬋的用詞回答。「妳今日精神這麼好，一大早就忙著騷擾我，看來昨晚沒吃飽，是嗎？」
顧嬋對韓拓說的混話永遠都反應慢上幾拍，待她想明白所謂沒吃飽是什麼意思，韓拓已經將話題帶回最初。「妳還沒回答我的問題呢？上輩子是什麼意思？」
「我作了一個夢，」顧嬋道。「夢到自己一輩子的事情，就好像活過整整一世似的。」
韓拓很感興趣，追問道：「那妳夢裡的一輩子是怎樣的，和現實是一樣嗎？」
「不一樣，差得可遠了。」顧嬋猶豫著，因為還記著自己剛剛說過什麼，得套著那句話把前世的夢講得更合情合理。
「夢裡十三歲的時候，沒有在元宵節那天和潼林一起離家，沒有因為驚馬遇到王爺。因為沒有王爺幫助我找到蕭鶴年，也就沒能及時發現娘中了毒，所以，那年還沒開春，娘就……」她靠在韓拓胸前，囁嚅述說，講到難過處不禁頓了一頓，聲音也跟著低了下去。
「後來，我就被姨母接到皇宮裡去了，十五歲的時候，皇上將我賜婚給啟表哥，但是我們一直沒能成親，因為我生病了，拖了幾年也沒治好。到我十八歲的時候，王爺到京城來，那是夢裡我們第一次見面。你知道我病得很重，便介紹大夫給我診治。王爺介紹的人就是蕭鶴年，他診出我中了修羅花毒，還為我解了毒。可是我中毒時間太久，五臟六腑損傷嚴重，最後還是死了。之後我就醒過來了。」

顧嬋特意隱去有關皇位之爭的事情，生怕此時韓拓本無心，卻被自己胡亂說話埋下他日禍根。

「所以我才說，要是夢裡頭也能早早遇到王爺，都像現在這樣就好了。」

夢總是反的，所以韓拓並不覺得如何，揉著顧嬋頭頂，笑道：「那時候是誰非要跟我保持距離的？」

顧嬋沒想到他會翻舊帳，眨巴著眼睛講不出話來。

韓拓只是逗她，無須她回答便轉了話題，詢問道：「夢裡給妳下毒的也是那個女人嗎？」

其實他以為顧嬋作這種夢是因為之前的事太令人後怕，無冤無仇的，父親官署同僚的妹妹，竟然來毒害自己的母親。

「是吧。」顧嬋答道。「夢裡，她後來當了我的繼母，她的女兒青青，就是江憐南，還做了啟表哥的……側妃。」

「青青？昨日那個女人嗎？」

韓拓終於把人對上號，難怪昨日那女人知道顧嬋是王妃，還自認十分瞭解她。不過，這會兒，他又有點覺得顧嬋是在昨晚的刺激下，才發出這麼一個小可憐似的夢境來。

「夢裡我只管給妳治病？我沒把妳搶過來娶了嗎？」韓拓笑問，打算把顧嬋的注意力引開。

「為什麼要搶我？」顧嬋有點跟不上他的思路。

「因為不管是上輩子，這輩子，還是下輩子，妳都是我的。」

韓拓說著，翻身將她壓住。

上輩子她是呀，卻不知道會不會有下輩子，顧嬋一邊想，一邊紅著臉展開自己迎接他……

顧嬋不知道韓拓如何處置江憐南的，反正從那日起再也不曾見過她。

回到幽州時已是初秋，與他們前後腳踏進王府大門的，是從京師來的信使。

太子病逝了。

這則消息如同一記重錘，狠狠地敲醒了沈醉在新婚甜蜜中的顧嬋。前世的時間與之極其吻合，顧嬋記得很清楚，元和帝白髮人送黑髮人，哀傷過度，也跟著一病不起，不到過年便駕崩，之後是韓啟登基繼位，改年號為嘉德。

然而，在忐忑不安中度過數月，她以為的事情卻沒有發生。

元和帝病是病了，但有蕭鶴年在，自然康復無礙。

轉眼已出正月，顧嬋滿十六歲了，生辰那日她從韓拓那兒得了一匹大宛馬做禮物。

這事的起源是傅依蘭。

在幽州長居的日子裡，顧嬋與傅依蘭兩個不時互相走動，慢慢也建立起友誼。傅依蘭的個性很直率，甚至有時稍嫌不通人情世故，不過顧嬋並不介意，因為有江憐南母女兩個的例子在先，顧嬋太知道有些人明面上和善圓融，內心裡卻多算計，反倒是傅依蘭這種有一句說一句，心裡想什麼嘴上說什麼的，相處起來簡單不累。

「拿繡花針可比拿刀劍難多了。」傅依蘭丟下手裡的繡花繃子，不無喪氣地抱怨道。

顧嬋湊過去看看。「我覺得妳進步很快呢，」她誠心誠意地誇讚道。「妳看，妳這針腳多細密整齊，腕力好就是不一樣。」

「好吧，」傅依蘭受到鼓勵，繼續繡起來。「我相信妳說的，畢竟是妳做出了風靡京師的靖王斗篷。」

她們兩個如今已非常熟稔，熟到可以隨意開玩笑，也可以將自己的糗事講給對方聽。比如，傅依蘭第一次提起「靖王斗篷」時，顧嬋沒忍住告訴她那其實根本只是半成品。

「妳為什麼好端端地想要學刺繡呢？」顧嬋發問。

傅依蘭這日突然跑來找她，開門見山地便要拜師學藝，完全不管顧嬋是個半吊子的事實。

「前些日子，我娘帶我去相看，男方家裡嫌棄我不通女紅。」傅依蘭一點也不隱瞞。

顧嬋聽了，滿心不平。「那是他們不識貨，何必為了他們改變自己？」

「不是為了他們，只是，突然發現原來這會成為自己的弱點，就想著學一學別的女孩子們都會的事情，免得將來碰到心儀的人時，又被嫌棄。」說到後面，傅依蘭的語氣極歡快，顯然並沒受到打擊。

「真正與妳有緣之人才不會在意這些。」顧嬋真心道，韓拓也從來沒有嫌棄過她這不好那不會的，不是嗎？

她想了想，又加上一句。「而且妳會的那些，旁的女子羨慕還來不及。」

「才不呢，羨慕我什麼，連我娘都整日念叨我是個假小子。」傅依蘭深深地嘆口氣，她其實還在迷茫，不知道自己應該繼續做個假小子，還是變回「正常的」女子。

「我就羨慕呢，」顧嬋神秘兮兮地。「我想學騎馬，妳教我好不好？我教妳刺繡，妳教我騎馬，做交換。」

傅依蘭答應得極痛快。

要學騎馬，自然得先有馬，而且要出門去，也得告訴韓拓。

沒想到韓拓卻有了意見。「為什麼不找我教妳？」

因為自從太子去世後，韓拓每天都非常忙碌，神色也經常嚴肅沈重，顧嬋不想打擾他。可是她真的非常想學，希望下次隨韓拓出遠門時可以陪他一起騎馬。

「既然是為了我，當然也應該由我親自教妳。」韓拓下了定論。

然而，有了馬，還沒等到天氣回暖，冰雪融化，能去莊子上教學的時候，與瓦剌交界的邊境之處便傳來了壞消息。

瓦剌鐵蹄踏破邊關，揮軍南下，直逼大同城下，韓拓又將率軍出戰。

顧嬋的心情卻與上次大不相同。那時她心知韓拓必勝無疑，輕鬆自在，毫不擔憂。

這次……若按前世軌跡，新帝韓啟為鞏固自身地位，準備著手實施削藩政策，只是靖王與楚王皆手握重兵，對他威脅不相上下，首先選誰下手一時難以決定。

正巧晉王因寧浩淫辱逼死晉王妃一事對韓啟外家寧國公府不敬，韓啟便將目標定在晉王胞兄楚王身上，藉口國庫空虛，不能兼顧，決定以河南大旱受災的百姓為先，大肆削減地方軍隊供給。

當時楚王正領兵抗擊瓦剌入侵，戰事艱難，請援被拒不算，還被告知今後半數軍需得依靠自己解決。這事不是秘密，很快便在軍營裡傳開，自己浴血奮戰，保家衛國，國家卻連最基本的吃穿都不願提供周全，一時間士氣大受打擊，軍心渙散，被瓦剌連番強攻，終至慘敗，十幾萬大軍折損超過三分之二，連楚王都戰死沙場，再不能歸。

顧嬋那時住在深宮，並不可能詳細瞭解每次戰事，而這一戰她之所以記得清楚，皆因韓啟決定削減軍需時，身為戶部尚書的顧景吾極力反對，數次在早朝時據理力爭。奈何韓啟主意早定，根本不為所動，再加上實有私心，顧景吾的意見再合理也是與新皇離心，最後被韓啟一道聖旨外放，遠至福建再任布政使，並兼管海事，連帶顧松也受牽連，一同被調遣出京。

自從韓拓接管楚王舊部，顧嬋就隱隱生出對這一戰的擔憂。

在山西時，她曾暗中提醒韓拓，故意問他：「王爺長居幽州，鞭長莫及，如何安排布防才能補不足？」

當然，顧嬋是真的不懂，韓拓也不會懷疑什麼，他的考量本也有此一著。可是天底下本就沒有全然穩妥、絕不會被敵軍攻破的防禦，該發生的事情怎樣也擋不住。

更何況，大同本就是歷史上兵家必爭之地，有「北關鎖鑰」之稱，瓦剌部新汗斯達吉是好戰之人，野心極大，自然少不得一番動作。

議事結束已是四更，韓拓回到寢間，和衣在顧嬋身邊躺下，反正五更便要啟程，左右不過歇上一個時辰，何苦再洗漱折騰。他連被子也沒敢掀起來蓋，就為了不吵醒顧嬋。

雖然不捨，他想同她說說話，但更怕她落淚，倒不如就這樣，等她睡醒了，他也已離開，省去分離時的傷心難過。

手指輕輕撫摸過顧嬋柔滑的臉龐，卻見本來安睡的她突然蹙起眉頭，小臉也跟著皺成一團，口中喃喃自語不停，只是聲音太輕，聽不清楚。

韓拓湊近她口唇邊，聽出來說的是：「王爺……王爺……別去。」

他聽得心都化了，輕輕將人抱在懷裡，拍著後背試圖安撫。

顧嬋漸漸不再說話，眼中卻有淚落下。明顯是魘著了。

韓拓連忙將人推醒。

顧嬋睜開眼，不可置信地看著韓拓。「王爺，你還在家啊，原來我又作夢。」

她在他胸前蹭了蹭，嬌聲軟語道：「嚇死我了。」

「夢見什麼了？」韓拓問。

「夢到王爺又去打仗，然後……」說到這裡，顧嬋停下，埋頭在韓拓懷裡靜悄悄地落淚。

夢是假，情是真，她想到裝睡假作發噩夢提醒他一些事，卻不知道究竟能不能有幫助。

雖說現在元和帝還好好的，韓啟並未登基，可她記得前世父親出京時已立夏，而那場戰事拖延到冬天才結束。

近一年的時間，什麼變數都有可能發生。顧嬋甚至不能用韓拓前世戰無不勝來說服自己，前世他沒打過這場仗。

「然後什麼？怎麼不說了？」韓拓親親她額角。「別哭了，最後一個時辰，不抓緊跟我說說話，以後想說都不行。」

這話猶如捅了馬蜂窩，顧嬋眼淚更加洶湧，雙臂緊緊抱住他，渾身發抖。

韓拓也嚇著了，連忙抱著她坐起來，追問道：「到底夢到什麼，怎麼嚇成這樣？」

顧嬋哽咽道：「我夢見，不吉利的，王爺打敗仗……」

只是這樣？

韓拓笑道：「傻瓜，夢都是反的，妳夢見吃敗仗，其實正說明我會贏，大吉大利。」

顧嬋可見不得他笑模笑樣，完全不當一回事的輕忽，連聲強調起來。「我還夢見王爺把我一個人丟下，再也沒回來。」

「嗯，怎麼可能，我哪裡捨得。」韓拓還在笑，抬頭揉揉她頭頂，安慰道：「知道妳捨不得我，別胡思亂想，自己嚇自己。我還在呢，妳就這樣，那我怎能走得安心？」

顧嬋就勢在他手掌裡輕蹭著，她也不想讓他擔心自己，希望他全心應付戰事，不要分心。

她定了定神，止住眼淚，正色道：「行裝我都整理好了，王爺看看還缺什麼，我趕快補上。潼林那邊我也給他送整套過去。不知道其他軍中兵士都怎樣呢，王爺出征，糧草軍需什麼的，是不是都準備好，能維持直至戰事結束？」

韓拓心下好笑，覺得她擔心得太多，卻還是耐心回答。「戰事長短不定，很難一開始便全部備至妥當，不過一般至少提前準備好三個月以上的供給，妳別擔心。」

「可是，如果中途發生什麼事，後期補給不及時，會不會影響戰事，萬一本來能贏，卻因此出事怎麼辦？還有，潼林上次可以燒敵軍糧倉，那敵軍也可以反過來燒我們的不是？到時候該怎麼辦……」

顧嬋說到一半，看到韓拓漸漸露出詫異神色，便不再說，咬著下唇，露出一臉憂愁，改口道：「我知道自己擔心得太多，王爺應戰經驗豐富，當然什麼事都能提前顧慮到，安排好。但我就是控制不了自己，生怕王爺出一點事，王爺有一絲一毫損傷我都受不了。」她這是關心則亂。

「妳的顧慮很有道理。」韓拓安撫道。「我會讓他們在這些事情上安排得更周詳些。別擔心，為了璨璨，我也不會讓自己出事的。」

顧嬋不可能不擔心。韓拓是她丈夫，也是她如今傾心以待之人，她當然希望他一切安然。如果沒有前世，她這會兒自然可以毫無罣礙地相信韓拓能力，偏偏那些記憶像陰影一樣糾纏不放，而其中有些事自己根本無能為力，不可更改。

還有父親外放之事，原本她最早時打定主意，待韓啟真的登基為帝，便提醒父親，韓啟性情驕橫，讓父親在朝堂上時切勿違逆他的想法。可如今……

若真有那麼一天，不讓父親抗爭，倒楣的便是韓拓，保不齊還要連累潼林，可父親真的抗爭了，那父兄則要走前世的老路，卻又不見得能幫助韓拓……這已經不是左右為難，而是根本不知如何是好。

顧嬋知道自己有些杞人憂天，但這事情牽扯到的每一個人都是她的至親，每一個她都想保全。顧嬋也擔心顧楓。

山西自有駐軍，雖受瓦剌突然進攻的衝擊，但損失很輕。韓拓為便於調動安排，仍要帶同少數幽州部屬前往，顧楓之前表現突出，又是韓拓刻意栽培之人，自然也要同去。

丈夫與弟弟，兩條命等於綁在一起，更加不容有失。還有章靜琴，也是顧嬋擔憂的人，之前在大同時，她曾與章靜琴見過幾次，章靜琴性情與從前有明顯變化，不那麼愛說話了，變得很靜，但精神氣色都很好，甚至還提過舅母在替她相看人家。

後來顧嬋回到幽州，章靜琴又在書信裡寫到，相到了門當戶對的人家，婚書已換，婚期定在來年秋天。

若大同失守，城中百姓難免受到侵擾，也不知章靜琴婚事能否順利？如果烽煙四起，生命安全都失去保障，婚事順利與否又有何區別？

所以，千萬要和前世不同，為了每一個她關心在乎的人。可是，她又能做些什麼，來幫助事情的進展呢？

顧嬋再次感受到京師被圍困時的那種無力感。她只能無聲地倚偎著韓拓，抱著他的手臂緊了又緊，希望能從他身上汲取一些力量。

「要是我睡著了，你走的時候一定得叫醒我。」顧嬋悠悠地念叨著。

韓拓輕聲應下，心中卻另有打算。「睡吧，別強撐。」

他把顧嬋放回床上，輕柔地親她嘴唇，顧嬋卻偏頭躲過，細聲道：「王爺帶我一起去好不好？」

她不想和韓拓分開，沒事便罷，如果注定要出事，她也希望可以在他身邊。

韓拓沒有回答，捏住顧嬋下巴，將她頭扳正，再次親下去，只是不復剛才的溫柔，帶著強烈的需索，漸漸蔓延至她全身。

他知道顧嬋的不捨，還能感覺到她有極大的不安。這種體認令韓拓既欣喜又心疼：欣喜的是若沒有十足的真情，她不會有此反應；心疼的則是她因此產生的種種情緒，他不想讓她難過，一點也不，只想讓她在自己的羽翼下快樂無憂地生活。

一個時辰可以做許多事，顧嬋最後倦極而眠。

韓拓用布巾為兩人擦拭清潔，取來乾淨的小衣為顧嬋穿上，又拉過錦被蓋好，將四個被角掖得嚴嚴實實，戀戀不捨地在她唇角臉頰親了又親，終於狠心下床，頭也不回地離開。

車輪轆轆，身下輕搖，顧嬋倦怠地睜開雙眸，晨光透過細密的窗格照進來，晃得她微瞇起眼。

韓拓又帶她一起出門了。

笑容爬上唇角，顧嬋坐起來，伸手掀起車簾，車夫回頭對她微笑。「醒了？」

「怎麼是你？」顧嬋驚訝道。

那人穿著雪青衣袍，面如冠玉，膚色白皙，正是韓啟。

「快坐好，」他不答話，反而親暱地拉住她手。「當心摔倒。」

話音才落，車便停下。

顧嬋四下打量，兩人一馬竟置身於草原之上。

清風拂過，一望無際的蒼翠綠草紛紛隨之彎腰，露出大片淺黃色的土地來。

可是有一片土地和別處顏色不一樣，是紅色，鮮血染成的紅色，血汪成的小湖裡躺著一個男人，背對著看不見臉，身穿黑色織金戰袍，紅纓盔滾在一旁……

顧嬋不可以抑制地發起抖來。

「我讓妳看我是如何親手報仇的。」韓啟說著，抽出寶刀，跳下車去。

他大步來到那男人身前，舉刀便刺，拔刀時力氣太大，帶動著那具身體翻轉過來……

顧嬋尖叫著坐起來，心跳得幾乎就要蹦出胸膛。

碧落匆匆忙忙地跑進來。「王妃，怎麼了？可是發噩夢？」一邊說一邊撫著顧嬋後背為她順氣。

好一陣，顧嬋喘息才漸漸平復。還好是個夢。

「王爺呢？」她問道。

「五更天的時候王爺就走了，他特地吩咐林修大人留下，領著一隊近衛看顧王府。」

顧嬋看看窗外，天色已大亮。

碧落捧來一杯茶，餵到她嘴邊。可顧嬋動也不動，大顆淚珠靜靜地滑過面頰。不是說好叫醒她嗎，為什麼說話不算數？她只是想送一送他，好好道個別。畢竟韓拓一去，就算平安無事，沒有一年半載也別想再見面。他怎麼可以這樣狠心……

敵軍未至，大同已亂。

能走的人家都在打包收拾，恨不得立刻上路，沒錢沒門路的四處尋找機會，府城內人心惶惶，紛亂四起。

「瞧你們這點出息，沒聽說嗎？如今大同衛歸在靖王麾下，那可是咱們大殷朝戰無不勝的一尊神。」靈犀酒樓門口石階旁，半坐半臥著一個乞丐，搖著濟公扇喃喃自語。「一群膽小鬼。」

酒樓夥計正兩人合力把一丈高半丈長的門板一塊塊搬出來，在最外一層門框上鑲住，再一扇扇用鐵鏈鎖起，這是長期閉店時才關的一道門。

「得了吧，你膽大，有種蒙古人進城你也別走，看他們送你剩菜剩飯還是皮鞭鋼刀。」年紀小些的夥計聽了乞兒的話，嗆聲起來。

年長一些的則道：「遠水救不了近火，靖王再有本事，從幽州趕來也得幾日，蒙古人隨時都會進城，太危險了，你也走吧，到時候沒事再回來就是。」

其實真不能怪他們首先便想到逃走，保家衛國，那是軍人的職責，尋常百姓手無寸鐵，拖家帶口，活命才是第一要事。

「東家您放心，我老頭子一個無人無物，連命都是你救的，我會好好守著鋪子，誰想動咱們鋪子，得先拿了我的命。」掌櫃送許叢燦出門，還不忘連番保證。

許叢燦在馬車前駐足，轉身叮囑道：「鋪子哪有人命重要，鋪子沒了咱們再開就是，命沒了可找不回來。你得好好活著，不然等靈犀樓重開的時候我上哪兒去找像你這麼忠心能幹的掌櫃。」

掌櫃連聲應是，許叢燦這才登上馬車離去。

「看見沒，咱們東家最宅心仁厚。」老掌櫃拍拍兩個夥計肩膀。「手腳快些，裝好門板，你們也趕快走人，少耽擱一刻是一刻。」

馬車一路駛過向陽大街，停在一座三間大門的宅子前。

許叢燦下了車，疾步走進去，遊廊下不時有下人搬著東西來去，每個都神色慌張，他搖了搖頭，穿過穿堂庭院，踏進正房明間。

地下擺一溜兒樟木箱子，全都敞著蓋，裡頭分別堆疊著衣裳器皿，因收拾得急，略顯凌亂。

白氏正指揮著丫鬟婆子們打包，連忙迎過。「可巧了，剛讓林九去靈犀樓找你，他前腳才走，你後腳就回來了。」

「何事？」許叢燦問道，他出門前交代過去酒樓看看便回來，若不是急事妻子斷不會派人去尋他。

白氏隨許叢燦一起在八仙桌前坐下，斟杯茶遞給他。「蕭老太太過來了一趟，說起他們家的打算，蕭家老二在軍中，消息靈通，寫信給家裡說瓦剌新汗很難對付，讓家人趕緊離開大同，回老家淶源去。蕭老太太問我，你們家有什麼打算？一聽咱們也走，她就著急了，說兩個孩子分開那麼遠，婚事怎麼辦？想看看能不能走前先把堂拜了。」

「這怎麼可能，妳怎麼不回絕她？」許叢燦皺眉斥道。

白氏道：「我當然回絕了。我跟她說我們老爺把琴姊兒看得跟親閨女一樣重，絕不可能讓她草率出嫁。何況，咱們琴姊兒六月裡才除服，哪有父母喪不滿三年就出嫁的道理。蕭老太太認為道理是道理，但仗一打起來，沒人知道什麼時候算是完，好的話一年半載，壞的話說不定三年五載，琴姊兒今年都十六了，耽擱不起。說她的父母在天有靈，不會跟孩子計較這些。」

白氏伶牙俐齒地說了一大堆，許叢燦總算聽出重點。「蕭老太太的意思是拜了堂讓琴姊兒跟他們家走？」

白氏點頭。

「我們明天就要起行，這哪裡來得及？」許叢燦拂袖道，手裡茶杯重重頓在桌上。

換作旁人定會因為這怒火不敢再說，可是白氏跟他二十年夫妻，自然聽得出他話裡鬆動之意。

「老爺，我也覺得太倉卒，可是，您想想看，萬一真的三、五年兩家都不能再聚首，這婚事咱們是守著還是不守著，屆時處理不好，吃虧遭罪的全是琴姊兒，倒不如現在速戰速決，萬事抵定，她也得個一世安樂。說句不吉利的，就算出了什麼事，有夫家總好過沒有的無主孤魂。」

許叢燦沈默半晌，才道：「還是得問問她自己的意思，若她不願便算了，我跟妳一起去。」

章靜琴並沒有不願意。

雖然舅父舅母一向待她極好，表哥表妹也同她親厚，但畢竟是寄人籬下。嫁人後則不同，八抬大轎明媒正娶，她才能再次擁有自己的家。

她一點頭，事情立刻籌備起來。

蕭、許兩家都是大戶，下人眾多，人手充足，別說一天之內辦一次婚禮，若他們真想，一天之內辦十次也不在話下。所以，說倉卒也不過是指時間上，該有的禮數一點兒沒少，聘禮和嫁妝也早已備好，什麼都沒耽誤。

傍晚的時候，花轎出了許府大門，一路上沒少引人觀望，旁的人都忙著逃難保命，也不知誰家這般閒情逸致嫁女兒娶媳婦。

蕭家新房裡，一片喜氣洋洋，蕭珏手持金漆秤桿挑起纓絡低垂的大紅蓋頭，新娘子羞怯地抬頭，兩人剛對視，還未曾笑出，就聽門砰一聲被推開，半大的小廝氣喘吁吁地跑進來報信。「不好了，大同衛敗了，瓦刺軍下令屠城。」

第十七章

原本風雨飄搖中尚存一息的溫馨喜樂在這一刻徹底戛然而止，猶如曲到妙處，琴弦毫無預兆地綳斷，所有的美好在高處停擺，隨之而來是無窮盡的恐懼，彷彿深陷泥沼不可自拔。

蕭家院子有七進，新房設在第六進，章靜琴被眾人圍在當中，一路小跑，遊廊悠長深遠，好像永遠也到不了盡頭。

蕭珏一直握著她的手，男人的手掌寬厚而且溫暖，無形中傳遞來些許力量，成功令她克制住顫抖。

章靜琴不由自主地向他看去，蕭珏回望，輕聲道一句：「別怕，有我。」

這是他們之間說的第一句話。

到了前院堂屋裡，蕭家眾人皆已等在此，身上全是不合時宜的喜慶衣飾。章靜琴和蕭珏也是，都穿著喜服，逃命的當口，慢一步就踏不過生與死的界線，誰還顧得上換衣換裝。

行李當然來不及備妥，馬車卻是一直停在前院的，本也沒請客觀禮，只一家人所以不覺混亂。

兩輛馬車，蕭老太太帶著三個孫媳婦一輛車，後頭一輛是眾人貼身伺候的丫鬟婆子們，男人們都騎馬。

蕭老爺與夫人早已仙遊多年，蕭家老大又早夭，沒娶媳婦，老二在軍中，和女眷們一起的只有蕭玨和他三哥蕭玠。家丁小廝統共十餘人也都是騎馬。

車馬隨人流狂奔，瓦剌人從北面來，人們便往南邊逃。可百姓怎麼快得過精兵良將，眼看著南城門已在眼前，突然聽到馬兒一聲悲鳴，車身跟著一傾，章靜琴只覺天旋地轉，整個人都顛倒過來，頭下腳上的。

還好她年輕，很快緩過勁來，兩個嫂嫂已手腳並用地往車外爬去，一旁蕭老太太緊閉雙眼，臉色白得嚇人。

「祖母……」章靜琴搖了搖她身體，沒有反應。

三嫂回過頭來，對章靜琴道：「快點走吧，顧不得別人了。」說著人已經爬出車簾去。

章靜琴狠不下心，但老太太個子比她高，身材比她壯，單憑她一人怎麼可能帶得走昏迷不醒的祖母。她又叫喊數聲，蕭老太太依然不應，不祥之感突然在心中升起，她伸出手指，伸向老太太鼻下，整個人都在發抖，以至於好幾次手指都歪倒一旁。最後用另一手扶住，才勉強對準。

鼻間並無氣息吐出，蕭老太太已然斷氣。章靜琴不敢再耽擱，敏捷地爬出車廂。

外面的世界恍如煉獄，屍橫遍地，血流成河，遠遠近近的只要是房屋都著了火。

她走幾步，看見三嫂歪倒在地，一枝長箭穿腦而過，箭尾沾著紅白二物。章靜琴乾嘔幾聲，她克制不住身體的反應，卻不能因此停在原地。她站直了腰再往前走，腳下邁過一具又一具屍體，章靜琴不敢細看，她怕在其中看到熟悉的面孔，寧可新婚丈夫消失不見是因撇下她獨自逃命，也不希望那個容貌英俊、手掌溫暖的年輕人命喪於此。

不多遠便走出了城門，章靜琴盲目地前行，腳下不敢稍停。

或許應該去找舅父一家？她不知道他們在哪兒，是出城了，還是……

絕不能往回走，多少人沒等到出城先送了命，她運氣好逃了出來，斷不能往回走送死。可往前走也不見得安全，瓦剌人既然能占領大同，再往南推進自也不是難事。

何況，就算沒有敵軍，一個十六歲的大姑娘，孤身一人，天大地大，她又能去哪兒？

身後響起狂亂的馬蹄聲，四下一片敞闊，連棵大樹都沒有，章靜琴無處可躲，只能把手伸在袖袋裡握緊。

那裡有蕭老太太在馬車上分給她們的藥丸，三個孫媳婦一人一顆。

「女人的貞潔比命重要，若在路上遇到什麼不測，服下這丸藥，頃刻斃命，無須受辱。」

當時章靜琴並不覺得什麼，這番話不過是她從小所受禮教的延續，聽來理所當然。但，現在真到了緊要關頭，她竟然發自內心的不想遵從。家人都死了，只有她一個人活下來，那時候老天爺不收她的命，難道是為了讓她此時自己結束自己性命嗎？

章靜琴不怕死，可是她不想死，不管經受什麼，她都想活下去。

馬蹄聲更近了。

她手心攥著那丸藥，握緊，又鬆開……

顧嬋每日皆能收到韓拓來信，所以她清楚戰事的每一次進展，大同失守，再收復，瓦剌反撲突襲，戰事多番吃緊……

兩個月轉眼即過，顧嬋擔憂的事情一直沒發生，琴弦繃緊了會斷，人則有自我調節能力，她漸漸鬆懈心安下來。

自韓拓走後，她與傅依蘭來往得更加頻繁。對顧嬋來說，坐在房內提心弔膽等消息的日子實在太難過，勢必得有些事情忙碌才好讓時間過得快些。

她不但悉心教導傅依蘭女紅，還將之前兩人商量過的學騎馬這件事認真執行起來。雖然韓拓不在，她一個人不能去莊子，但好在靖王府地方大，足夠她們折騰，經過連日磨合練習，顧嬋已能騎馬小跑。

顧嬋回到房裡，什麼也沒做，最先問道：「今日可有信？」

白樺遞來一個牛皮信封。

顧嬋接過，挑開火漆，抽出信紙，讀著讀著變了臉色。

韓拓信中提及軍中傷病之事，顧嬋這才知道從一開戰蕭鶴年便離開京城前往戰地。

她心中驚懼又起，蕭鶴年在軍中，那京城裡的元和帝怎麼辦？

鳳儀宮。

供桌上燃著長壽香，小佛堂內瀰漫著淡淡檀香味道。

寧皇后跪在觀音像前低聲誦經。

郝嬤嬤輕手輕腳地走進來，跪坐於寧皇后身後，待她誦經告一段落，立刻跪行上前，附在寧皇后耳邊說了幾句話。

寧皇后原本平靜祥和的表情轉瞬染上怒意，蹙眉問道：「當真？」

「嚴得喜乾表舅家的三兒子在金吾衛當差，前兒夜裡親眼所見，錯不了。」郝嬤嬤答道。「不過所為何事還待查。」

寧皇后搭著郝嬤嬤手臂，借力起身，冷笑道：「沒皇上的意思，他敢這時候走嗎？虧得我每晚在這裡唸經祈福，他卻暗地裡算計我。我倒要問問他到底想要怎麼樣，三十年夫妻他就這樣對我？」

前一個他是大內總管，皇帝心腹梁晨光，後一個他則直指元和帝本人。

皇后擺駕龍棲殿，沒想到吃了閉門羹。

「皇上已安睡，娘娘請回。」值夜的內侍曹德行弓著腰，腦袋低得都快碰上金磚地，姿態極謙恭，嘴上卻一點不放鬆。

若在往常，寧皇后根本不會把曹德行放在眼裡，此時因別有目的，勉強耐著性子，好聲好氣又不失威嚴地詢問道：「這才什麼時候，燈還沒掌呢，皇上怎麼就睡下了？是身體又不適了，宣沒宣太醫來診治？」

「娘娘放心。」曹德行答得爽利。「太醫來號過脈，說皇上無礙，只是批閱奏摺耗神，所以喝了藥後小歇一陣。不過皇上臨睡前吩咐過，不准打擾，所以小的也不敢違逆皇上的意思。」

寧皇后並不打算硬闖，也沒露出不悅神色，只道：「既是如此，本宮就先回去，你們且小心伺候著。」

她前腳離開，曹德行後腳就進了殿。

元和帝正團著被子坐在榻上看奏摺，曹德行上前將皇后來過又離開的事情回稟。

「嗯，下次再放她進來。」元和帝吩咐道。「老躲著不見也不是事兒。」

他確實不想見寧皇后。自從太子去世，儲君之位空懸待定，寧皇后便沒少在他耳邊吹風。可是元和帝自有主張，當然不願聽她囉嗦，更不可能由她擺布。

至於他的身體，他自己清楚。之前蕭鶴年替他診治時曾說過，只能調理，適當延年益壽，並不能徹底根治，再發作起來便無力回天了。所以，前日暈倒在御書房後，元和帝做的第一件事便是命梁晨光帶聖旨出宮，將韓拓召回京師。

不過，元和帝還是高估了自己。

翌日早朝退朝時，他起身時未能支撐住，當著一眾大臣的面暈厥在龍椅上。

帝王有疾復發，再也不能隱瞞住，一時間人心浮動，都在引頸盼望關於儲君人選的結果公布。

龍棲殿裡，寧皇后押著韓啟親自為元和帝侍疾。

「父皇，小心燙。」韓啟手端金碗，吹涼匙羹中舀起的湯藥，送至元和帝嘴邊。

寧皇后看著父慈子孝的畫面十分滿意，微笑著對侍立一旁的曹德行發問：「怎麼不見梁晨光呢，這會兒皇上生病，他跑到哪兒躲懶去了？」

曹德行連忙道：「回娘娘話，乾爹腿疾發作，好幾日疼得都起不來床，昨兒聽小的說皇上病情加重，乾爹恨不得爬到宮裡來伺候呢，多虧皇上體恤乾爹，命令他養好腿疾再進宮。」

「既然梁公公身體不能支撐，就此歇下養老豈不甚好，本宮為皇上另選賢能伺候可好？」寧皇后順著曹德行的話，不鹹不淡地建議道。

曹德行面上有些不好看，身為內侍最忌諱的就是被人說「老」，那是不能勝任職責的代名詞，所謂養老也不過是說的好聽，事實上就是革職打發出宮。

元和帝卻像沒聽見一樣，不動聲色地喝完藥，不急不緩道：「梁晨光從小伺候朕，這都幾十年了，再賢能也沒他用得順手合意，還是讓太醫好好給他瞧瞧病更好。」

寧皇后道：「皇上說得是，梁公公勞苦功高，在這宮裡是誰也不能比的，臣妾逾越了，還望皇上見諒。」

「母后也是擔心父皇這邊沒人照料，才有此一說，父皇千萬別責怪。」韓啟也幫腔道。

元和帝擺手道：「你們的好意朕都明白，不必惶恐。朕累了，想休息，都退下吧。」

韓啟依言告退，寧皇后卻不願走。

「皇上，不如讓臣妾留下陪您，不然臣妾實在不能放心，就算回去鳳儀宮也坐立不安。」她難得軟語央求道。

靜默幾息，才聽元和帝淡淡道：「也好。朕白天睡得有些多，這會兒睡不著，妳且留下陪朕說說話。」

「好，」寧皇后答應著，起身坐到床畔，扶元和帝躺下。「皇上想說些什麼？」

「朕下晝睡夢裡，夢見第一次見到妳的情形，」他笑道。「朕坐在轎子裡，經過永巷，看到妳扠腰教訓小太監，伶牙俐齒，氣勢逼人。」

寧皇后跟著笑道：「有這麼一回事？臣妾怎麼不知道。難道皇上不是大婚那天第一次見我嗎？」

「妳可別想賴，」元和帝越說語氣越輕鬆。「朕記得清清楚楚呢，妳穿著艾綠對襟褙子，那是秀女專用的服飾，朕當時就想，這秀女怎麼這麼傻，別人上趕著巴結內侍宮人還來不及，她居然敢出頭得罪人。」

寧皇后嗔道：「皇上這是笑話我嗎？」

元和帝答：「不是，不是笑話，朕就是從來沒見過那麼凶的女人，所以印象深刻。」

「還說不是笑話。」寧皇后感嘆道。「臣妾也不想那麼凶啊，可是臣妾沒辦法，臣妾的娘去世得早，爹爹在外頭掙前程顧不上家裡，弟妹都還小，我這個大姊要是性子軟，不能出頭不夠凶惡，哪裡護得住他們，屆時別說外頭居心不良的人，光家裡的刁奴就夠我們姊仨兒喝一壺呢。」

「朕就是喜歡妳這點，護著親人。潛邸那些年，要不是妳這個賢內助把家裡打理得井井有條，朕也不可能安心在外面做事。」

元和帝手掌伸出被外，在寧皇后手背上輕拍幾下，以示感謝。可惜，此一時彼一時，後來兩人利益出現衝突，年輕時的柔情禁不起消耗，一眨眼那麼多年過去，再也找不到當初夫唱婦隨的喜樂。

或許受元和帝回憶當年的溫馨所影響，寧皇后說話也大膽起來。「可是臣妾不喜歡呢，臣妾多想溫柔些。皇上知道的，臣妾那麼喜歡璨璨，就是因為小丫頭被臣妾妹妹、妹夫寵得嬌滴滴、軟綿綿的，臣妾不知多羨慕。人家都說缺什麼就想什麼，臣妾打小想的就是能有一個人，寵著愛著臣妾，還好後來遇到了皇上。說起來，臣妾還沒謝過皇上為璨璨找了一個能幹的夫君，想來她可以一世都無憂無慮，備受寵愛，人和人的命，真是生來便不同的。」她話裡有話，刻意提起顧嬋與韓拓，只想看看元和帝到底作何反應。

龍床上的人，雙目緊閉，面容平靜，久久不發一語。

寧皇后一直坐在那裡等著，始終等不到隻言片語，她一顆心慢慢變冷，冷得徹底，才能狠得徹底。

寧皇后最終也沒能等到元和帝一句半句回應。

男人仰臥著，呼吸平靜綿長，看起來像是睡熟了。

「皇上，臣妾告退。」寧皇后平靜地行過禮，施施然離去，在等待中曾經展現出憤怒失望的面孔也恢復一如既往地祥和穩重。

「去請陳永安過來。」回到鳳儀宮，寧皇后丟下一句話給郝嬤嬤，便走入小佛堂。

長壽香十二個時辰點燃不斷，一縷青煙裊裊升騰。

寧皇后沈著臉，伸出手去將之折斷。因力氣施得過大，汝窯青蓮香座被帶得一個骨碌掉落地上，層層疊疊盛開綻放的花瓣砸在金磚地上，頃刻四分五裂，粉身碎骨。

子時三刻，鳳儀宮有神秘客到訪。

純黑暗紋斗篷將來人全身包裹，面孔也被風帽遮得嚴嚴實實，只能從身量步態認出是個男子。

他駕輕就熟地進入正殿，向端坐榻上的寧皇后施禮道：「臣陳永安，見過皇后娘娘，皇后娘娘萬福金安。」

寧皇后微微抬手道：「平身，賜座。」

陳永安倒不客氣，大馬金刀地往榻側的紅木繡墩上一坐，伸手撣平曳撒上的縐褶，不緊不慢道：「不知娘娘召微臣前來，有何吩咐？」

「你在司禮監秉筆的位置上也快十年了，本宮打算讓你升一升，若你為本宮辦好了事情，便將掌印一職給你，如何？」寧皇后開門見山，畫出大餅，誘人跟隨賣命。

陳永安到底不是底層望著天等主子垂憐的小太監，司禮監秉筆說大不大，卻也見過世面，自然不會輕易上鈎。「娘娘，臣屈居人下，聽差辦事多年，實在有些膩歪，看中提督之位久矣，此刻斗膽一提，不知娘娘能否行個方便？」

見皇后瞇起眼睛不答話，他卻不慌不忙，只絮絮道：「當年娘娘叫臣做的事情，臣現在回憶起來還心有餘悸。董大將軍本是一門忠烈，卻以通敵叛國問罪處死，衛國公府上下四百五十七口人，人人死不瞑目。臣這些年食不安寢不穩，一閉上眼就看見幽魂索命，難道娘娘您就沒有一點不安樂？」

說到最後，一雙下垂無神的眼睛，竟然閃出精光，示威似的盯住寧皇后，毫無回避之意。按規矩，宮人內侍與主子回話時皆需低頭斂目，不可直視上主。

寧皇后一輩子也沒被底下人這樣瞧過，怒而拍桌道：「你這是要脅本宮？」

「臣不敢。」陳永安忽地垂低頭，姿態極恭順，說出的話卻猖狂不改。「娘娘看得起臣，要臣做事，那是臣的福氣。不過，臣當年初生牛犢不畏虎，但如今，臣年紀越大膽子越小，做起事來難免有些瞻前顧後，畏首畏尾。臣無親無故、無子無女，什麼金銀財寶、死後榮耀都不感興趣，臣唯一的盼望不過是趁還活在人世時過把大權在握的癮，還望娘娘成全。」

「本宮要是不成全，你又待如何？」寧皇后強壓著怒意問道，若是她力氣再大些，只怕手中的茶盞都要因無辜承受怒火而被捏碎。

陳永安恍似都不在乎，慢悠悠答道：「臣反正孑然一身，什麼都無所謂。倒是娘娘您，聽說七皇子殿下婚事初定，正妃人選是兵部尚書嫡長孫女，側妃人選是中軍都督府左都督家的閨女。這兵部有調兵權而無統兵權，五軍都督府有統兵權而無調兵權，兩者本是互相牽制，若有朝一日合作起來，想來也親密無間，毫無阻滯。」

「住口！」寧皇后喝止道。

心思打算被人看透說破，她心中驚懼不定，一個小小司禮監秉筆尚且如此，更遑論其他人，難怪元和帝在立儲之事上刻意迴避。

如今寧皇后騎虎難下，既召來陳永安，事情做與不做已無區別，只能放手一搏，元和帝的打算她猜得出，她卻不能讓他如意。韓拓自小明裡暗裡的苦頭吃得太多，面上不顯，心裡門兒清，若他登基為帝，屆時絕不會有她母子二人好果子吃。

但她可不能被一個陳永安拿捏住，就算有事要仰賴他辦，誰是主誰是僕也得論個清楚明白。「廢話那麼多，就不怕本宮不耐煩起來，了結你？到時別說掌印提督，能得張草蓆就算你有造化。」

「臣當然怕，不過娘娘要是捨得，早就把臣上面也咔嚓一刀，」陳永安一邊說，一邊手掌成刀在脖頸處裝模作樣地比劃一下。「哪會留臣到今日，可見臣還是有些地方得娘娘看重，是別人替代不了的。」

他口中答得極順溜，面上可沒有一點懼怕之意，說到後來言語中反而盡是得意，隱隱還有些許挑釁。

陳永安看得沒錯，說得也沒錯，寧皇后竟然反駁不了，被他氣得直笑，哼聲道：「本宮就是欣賞你會審時度勢，有自知之明。」

「謝娘娘謬讚。」陳永安躬身謝道。

「聽著，梁晨光大前日帶了一隊禁衛出城，我不需要知道他到底去哪兒，也不想知道他要做什麼，我只要他不能活著到達目的地，也不能活著回京師。」寧皇后不再與他兜圈子，直接提出要求。「總之，這事你辦成了，司禮監提督就是你囊中之物，否則……」

她刻意停頓，陳永安順口接話。「小心臣項上人頭。」

交易達成，陳永安重新兜好風帽，起身告退。

元和二十四年五月初三，皇帝駕崩。

次日，五月初四，七皇子韓啟登基為帝，改年號為嘉德。

五月初六，端午節假後第一日上朝，嘉德帝頒下聖旨，調戶部尚書顧景吾至福建承宣布政使司任布政使，並監管嚴辦當地拖延已久的海禁之事。

又次日，嘉德帝再頒新旨，河南大旱，開倉賑災，奈何國庫空虛，不能兼顧，靖王就藩多年，又兼得原楚王封地，俸祿豐厚，財帛廣進，此時應以受災百姓為先，朝廷將暫停為靖王麾下軍隊提供軍需供應，一切由靖王自行備置妥當。

因天雨受阻，四樁消息皆在五月十三那日同一時間送到靖王府內。

顧嬋一封一封地讀著信，越讀臉色越難看，說不清是氣得還是怕得，雙手控制不住地打顫，信紙拿在手上被抖得嘩嘩作響。

「妳怎麼了？難不成信上有毒？」傅依蘭坐在繡架前，埋頭穿針引線，不無調侃地問道。

兩位姑娘這些時日沒什麼別的消遣，時光全用來互為師傅，又是一般的蘭心蕙質，如今顧嬋能打馬小跑，輕鬆自在地繞靖王府一圈，傅依蘭也開始繡起牡丹富貴圖。

顧嬋顫著聲，勉勉強強地克制著打結的舌頭，把四則消息一一轉述清楚。

傅依蘭飛針走線的動作隨顧嬋話語越來越慢，聽到最後一則消息時，手一抖，針便刺進食指。她疼得直抽氣，沒辦法，從小拿慣刀槍，腕力大，控針時有優勢，扎自己時也比旁人力氣足。

血滴在繡布上，迅速暈開，彷彿自有靈魂，為的只是填滿未繡完的半朵火煉金丹。這當口誰有閒心管繡圖如何？

「七皇子這是……這是要百萬將士白白送死嗎？難道河南的災民是百姓，軍中的將士就不是他大殷的百姓？」傅依蘭義憤填膺，急怒之下連稱呼都不記得改，比手畫腳地差點帶倒了繡架。

屋子裡最穩重的要數碧落，她聞言忙道：「傅姑娘，小心說話，別冒犯天顏。」

傅依蘭瞪眼道：「怕什麼，他做得出，難道還怕人說嗎？他要是一點不虧心，也用不著把顧大人先貶去福建那種蠻荒野地，擺明知道這事不得人心，怕戶部不肯配合。」

「就是！姑娘說得多有道理。」傅依蘭的丫鬟采青幫口道。「哪有當主子這麼辦事的，敲鑼打鼓告知天下，來我們家當丫鬟是白幹活的，不但沒月銀拿，連飯也不給吃，衣也不給穿，什麼，大管事你說不能這麼幹，那好，反正你以前月銀領得多，以後丫鬟們的月銀衣食你全包，這不是笑掉人的大牙嗎？」

碧苓也跟著咋呼起來。「可不是，這樣的主子換了誰也不願意去他家幹活呀。咱們這些當丫鬟的本來也就是為了掙錢活命，想來那些兵士也差不多，哎呀，」她忽然發現什麼了不得的事情似的，驚叫一聲。「難道新皇帝就是不想讓士兵打仗？不想打勝仗？難道他想把咱們殷國的城鎮白白送給蒙古人？」

碧落看根本堵不住這一屋子人的嘴，索性將窗子一扇扇關嚴實了，又見顧嬋臉色慘白，忙從茶壺裡倒出一盞茶來遞給她。「王妃，喝杯茶壓壓驚。」

顧嬋接過來，小口小口啜著茶，因為發抖不停，茶盞裡的水大半灑在襦裙上，茶漬暈開，染上雨過天青綢緞上精繡的粉荷。

「他是皇帝，未必想把大殷的國土白送給蒙古人，但他肯定不想姊夫打勝仗。輸了戰事，軍隊定有折損，輸得越慘，折損越大……他這是變著法削減軍力！」傅依蘭順著碧芩的猜測，恨聲道。「寧皇后一幫人果然陰險，他們想害死姊夫，屆時就算他不死在戰場上，也可以安個抗敵不力的罪名……」

她太心急，脫口而出便是從前用慣了卻沒在顧嬋面前喊過的稱呼。

不過，顧嬋根本沒有心思注意這些。

傅依蘭到底是讀過兵書的，幾位姑娘裡只她猜測得最靠譜。

顧嬋一直擔憂害怕的事情一夕之間全部襲來，本就讓她措手不及，這會兒又被人句句戳中，她強咬著牙也沒能抑制住眼淚流淌。

「璨璨，妳別哭，」傅依蘭以為是自己惹的禍，忙掏出巾帕來湊過去給顧嬋擦眼淚。「我不是想嚇妳，我都是瞎猜的，哎，我根本是胡說八道，姊夫那麼英明決斷的一個人，怎麼可能被這點事情難住……」

顧嬋也不是那麼好哄的，她截住傅依蘭話頭，嗚咽道：「他再有本事，也不可能一下子變出幾十萬大軍的軍需來……」

她這時有點恨自己，為什麼要用那麼隱晦的方式去提醒韓拓，如果他當時沒放在心上，現在再著手哪裡來得及。為什麼不能坦坦白白全都告訴他呢，不就是怕他覺得自己重生過是怪物嗎？可是到底孰輕孰重，要是韓拓真有什麼事……

這種事越想越心焦，眼淚當然不可能止得住。

傅依蘭也急，她在屋裡轉著圈，嘴裡唸唸有詞。「……得軍需的辦法，可以搶敵軍的糧草，可以向百姓徵糧，衣裳草藥等日常用品全都可以買，只是量大，也許短時間內難以備齊，可以從軍營駐地向四周城鎮擴散著去購買……」

辦法到底管不管用，她也不知道，沒有上過戰場的大姑娘，沒有實際的經驗，只能結合書本裡看來的，再加上常識，推論猜測，雖然難免紙上談兵，好歹最後終於總結出一個重點。

「只要有足夠的錢和人手都能解決！」

韓拓手下二十五萬軍士，人手足得不能更足，餘下的便是銀錢。

顧嬋快速地眨動幾下眼睛，錢她有，還很多呢，多得她自己都不知道到底是多少。

「碧苓，走，去我的私庫。」顧嬋命令道。

王府裡各事如今雖然由幾位嬤嬤打點得非常妥當，但是她們畢竟有些年紀，過沒幾年都會漸漸退下，需得早日培養適合的後備人選。

碧苓和碧落這兩個王妃身邊的一等大丫鬟自然最先被考慮。

顧嬋根據兩人性情分派了任務，碧落待人接物較穩重，便跟著李嬤嬤學管家，碧苓腦袋靈活，懂算術，從前也是她管顧嬋一應的首飾器物，這會兒給她加了碼，跟典薄嬤嬤學管帳，顧嬋存嫁妝的私庫也交給她打理。

顧嬋的私庫設在紫韻山房。當初顧楓帶隊押送嫁妝到王府時，顧嬋與韓拓還在半路上遊玩，但那一百幾十抬價值連城的嫁妝不可能等王爺王妃回來才入庫，紫韻山房又是一早修整好準備給王妃入住的，管事便作主將嫁妝在這邊入了庫。

後來，韓拓雖然一直讓顧嬋住在三恪堂，卻也沒打算將私庫挪過來。對韓拓來說，顧嬋嫁妝的作用也就是成親那天展示一番而已，他堂堂王爺當然養得起自己的王妃，根本沒想過有朝一日顧嬋需要動用嫁妝。

碧苓打開三色鏤空鴛鴦銅鎖，與顧嬋一同入內。

顧嬋這還是第一回親自檢視自己的嫁妝，半人高的珊瑚樹、一人高的吉祥寶瓶等等，她看也不看，雖說這些價值都極高，但一時半刻根本不可能脫手。

她的目標是最裡面的樟木箱。

齊小腿高的箱子裡滿當當的全是銀票，一千兩一張，一百張一疊，齊齊整整地摞了豎三疊，橫四疊，一共三百二十萬兩。

錢有了，怎麼送去又成了問題。雖然韓拓留下人手保護顧嬋，但不過是李武成領著一隊十幾人的玄甲衛，日常守護王府不成問題，護送如此大量的銀錢，卻不知是否足夠。

顧嬋讓碧落請李武成來商談。

李武成聽後什麼也沒說，一撩衣襬俐落地跪在地上對顧嬋磕了三個頭，那額頭撞在青磚地上砰砰直響，可見用力之實在，毫不作偽。

「王妃大義，末將佩服！」

顧嬋慌忙去扶他，她受之有愧，她只想救自己的夫婿，其餘事並未深想。

然而此舉對李武成等軍人意義卻非比尋常，他自是立刻去留守在幽州的玄甲軍中調遣人手，選出百人押送銀錢。

傅依蘭是個沒出嫁的姑娘，不像顧嬋有那麼多私房錢，但她也心心念念地要幫上一把。於是回到家中，將此事對父母說起。

安國公白天已得了消息，正琢磨著寫信給韓拓，此時聽閨女一說，不由讚道：「王妃宅心仁厚，實在難得。」

「可不是，那會兒我第一眼見就喜歡這姑娘，覺得她同慎齋甚是相配呢。」安國公夫人感嘆道。「我也去翻翻我的嫁妝，反正留著也是在庫裡蛀蟲，能幫一把是一把。」

她起身走到門口，回頭對傅依蘭笑道：「不過，到妳出嫁時嫁妝沒準兒就少了。」

「娘，妳儘管把準備給我的嫁妝都拿去給姊夫吧，我不在乎。」

不過幾抬嫁妝，和韓拓還有二十幾萬將士的性命相比，根本不值一提。

安國公夫人嫁妝裡沒那麼多現銀，加上安國公拿出來的，總共湊齊了七十萬兩，一同交給玄甲軍押送。

到臨行的那日，顧嬋由傅依蘭陪著，騎了馬，一直將押送銀錢的隊伍送到幽州城外的十里亭。

「王妃，請回吧，」李武成在亭邊的小溪裡飲過馬，向顧嬋拱手告別。「我等一定不負王妃所託，安全將銀票送到王爺手中。」

顧嬋策馬回城，卻一步三回首，直到押銀隊伍遠得看不見還不肯離去。

「妳不放心對不對？」傅依蘭問道。

顧嬋搖頭道：「我不是不放心他們，李武成他們辦事牢靠，無須擔心，我是想念王爺，如果能見他一面就好了。」

「妳想跟上去？」傅依蘭吃了一驚，但很快恢復如常。「也對，跟著他們便不怕迷途，能順利到達駐軍之地。」

有些事，不怕你想得誇張脫序，就怕有個和你一樣念頭的人在耳邊竄到。

顧嬋與傅依蘭對視片刻，兩人齊齊調轉馬頭，踏著玄甲軍的蹄印，追趕上去。

顧嬋一早存了去見韓拓的念頭。可以說，從韓拓啟程刻意沒叫醒她，不肯同她告別那時開始，便在心中生出這般打算。但她一直沒有真正付諸行動。其中的原因，一部分是糾結猶豫，因為不夠自信，不認為自己可以順利完成這趟旅程。

顧嬋遠行的經驗實在少得可憐，屈指可數的數次都是有家人在旁陪伴保護，若要去找韓拓，勢必不可能有太多人隨行，而且只怕根本不會有人願意讓她出行。

早年和顧楓離家出走尋找蕭鶴年那次發生的事情，也令她明白獨自上路幾乎是不可能的任務。雖然顧嬋性格裡有嬌生慣養者不能避免的任性，但並不是不分輕重胡亂妄為之人。她知道如果自己冒冒失失地上路去找韓拓，又在半路上出了什麼事，只會給在前線的韓拓添亂，令他擔憂分心，不但幫不上任何忙，說不定還會令情況更糟，這不是她想要的結果。

所以顧嬋一直壓抑著自己，不管多想念他，也乖乖地留在王府裡。

哪怕經常作噩夢，一次又一次地夢到韓拓出事，每天早上哭著醒過來，也強忍著安慰自己只不過是因為太過擔憂，才會日有所思，夜有所夢。

顧嬋命令自己要對韓拓有信心。然而精神勝利法始終抵不過韓啟一道又一道指向明確的聖旨。

每一件事都與前世吻合起來，只是戰場上領兵作戰的人從楚王換成韓拓，顧嬋沒有辦法說服自己，只是領軍之人不同結果便能完全與前世不同。

因為戰場上那人是顧嬋的夫君，她不能忍受他受到半點傷害。於是，想去尋找韓拓的慾望再次蠢蠢欲動。這一次，顧嬋已經不是單單因擔憂想念而期望能見韓拓一面，她心思裡存著一股決絕之意，她要和韓拓在一起，生也好、死也罷，上窮碧落下黃泉，她都誓要追隨而去。

所以，顧嬋選擇了不再安坐家中等待消息，而是踏上冒險之旅。

傅依蘭懂得些許追蹤之術。雖然來源不外乎韓拓與父親教導，於她本人又都是紙上談兵，從來未曾真正實踐，但架不住傳授她的人本身本領非凡，再加上她天生聰慧，今日實行起來也頗有一番成效。

兩人在沿途的小鎮上換過裝，打扮得互相都不大認得出對方，一路遠遠地隨在李武成他們後面約莫一、二里距離之處。

官道平坦無遮蔽，遙遙能望見前面的隊伍，又不至於被發現起疑。

前有李武成引路，身旁有精通武藝的傅依蘭陪伴，只要小心些，想來不會有什麼危險。

顧嬋也不再是三年前那個只能坐在馬車裡的姑娘，如今轡繩握在自己手裡，前路由自己掌控，無須害怕不知何時發生意外，又身不由己地被帶去到不知名的地界。

完美——這是顧嬋下的結論。

第一日一切尚算順利，入夜宿在驛館裡。兩位姑娘要了一間位置偏僻的上房，點了八樣菜送到房內，吃飽喝足，分別泡過熱水澡，再高床軟枕美美睡上一覺。

第二天起來神清氣爽。

前一晚洗澡時顧嬋看到自己大腿內側青紫一片，輕輕碰一下便覺得疼痛難忍，早上起來青紫痕跡更加厲害，不過似乎沒那麼疼了。她並未聲張，照舊上馬趕路。

這一日和前一日大致相同，除了顧嬋感覺自己大腿內側的疼痛不適隨時間流逝越發嚴重。

夜宿驛館時她從驛丞那裡買來傷藥。在淨房裡褪下衣褲一看，才發現有些地方已經破皮，沾水便覺疼，顧嬋不敢再泡澡，只草草擦洗一番，將傷藥囫圇塗抹上去，再拿繃帶包裹起來。

幽州距大同一共六百多里路程，快馬兩日可到。李武成等人押送兩箱銀票，速度需要放緩，但計劃上也不過只多一日行程，三日便可到達。

顧嬋想著，左右不過再堅持一日，況且疼久了，她也有些麻木，並非完全不能忍耐，翌日起床，依舊強撐趕路。走不多遠，便從官道下來，轉上山路。

「我在家看過堪輿圖，翻過這座山就是營地了。」傅依蘭說著看看天色，又道：「這山不高，說不定晌午前後便到了呢。」

「太好了。」

顧嬋由衷回應，但聲音直打顫。馬每行一步，她大腿內側便與馬鞍摩擦一次，每一次都疼得剜心般。眼淚好幾次湧上眼眶，顧嬋要麼揮手抹掉，要麼便深呼吸著強行壓制回去。這會兒不能哭，馬上就到了呢。

安然無恙地到達，再有傅依蘭作證，證明她一路都堅強又能幹，也沒犯嬌氣，韓拓就會答應讓她留在他身邊。有這樣的念頭支撐，顧嬋咬牙繼續前行。

不過意志並不能真正使身體更加強悍，顧嬋的速度越來越慢，漸漸落在後面。

傅依蘭調轉馬頭回來找她。「妳怎麼了？不舒服？臉怎麼那麼白？」

「沒事，就是有點累。」顧嬋答道。

傅依蘭向前張望一番，道：「那我們歇會兒吧，反正山上只有一條路，落得遠些也無妨。」

顧嬋怕自己下馬後再沒勇氣騎上去，搖頭拒絕道：「我還能行。」

她揮動馬鞭，抽在馬身上，速度陡然加快，將傅依蘭遠遠甩在後面。

「等等我。」傅依蘭催馬追上去。

第十八章

天空陰沈灰暗，不多時便淅淅瀝瀝地飄起雨來。

翻過一座山嶺，顧嬋又開始漸漸落後。雨越來越大，從細密的點連成銀絲縷線。

兩人身上都濕透了，冷得發抖，可是半山腰上，一面是高聳入雲的山壁，一面是陡峭的懸崖，根本沒有躲藏避雨之處。

「璨璨，快點吧，我們趕上去。」傅依蘭覺得不能如此下去，雨太大了，這樣的天氣在山上太危險，她們兩人又落得太遠，萬一遇到什麼事，根本不會有人知道，倒不如追上李武成他們，起碼有個照應，再說，反正都快到了，也不用擔心李武成與韓拓通信把她們送回去幽州去。

顧嬋嘴上應著，奈何身體實在不濟，勉強跟在傅依蘭側後方一段，再次漸漸慢下來。因有雨聲嘈雜遮蓋，傅依蘭初時未察覺，待到說話卻無人應聲時，勒馬回頭，才發現顧嬋並沒有跟上來，透過茫茫雨霧，根本見不到她的身影。

山路連續彎轉，十幾丈遠的地方便被山體遮擋，無法見到。

傅依蘭催馬往回。「璨璨，妳在哪兒？」

她揚聲喊道，等一等沒得到回應，又打馬跑得快些，繼續往適才走過的路上去迎顧嬋。

起先她並未太過憂心，以為顧嬋不過是落後一些，被山擋住了才看不到。可是轉過一彎又一彎，卻始終沒有顧嬋的蹤影。

傅依蘭一顆心漸漸沈下去，她不知道自己獨自往回走了多少時間多少路，狂風捲著暴雨像無數條長鞭似的狠命地抽打在身上臉上，明晃晃的閃電一道接一道劃破天際，滾雷轟轟響徹耳邊。

雨霧影響視野，身前三尺遠的景象已看不清楚，傅依蘭艱難前行，不止一次徘徊猶豫，尤其越走越遠卻依舊找不到顧嬋時，這種糾結就越發明顯，她不知道自己是否應該繼續往回，抑或是轉頭去追趕李武成等人。

她不知道顧嬋究竟發生何事，好端端為何不見了人，也不知自己能否解決顧嬋遇到的麻煩。傅依蘭畢竟只是一個十六歲的姑娘，荒山野嶺獨自一人，時間久了，哪會一點都不害怕？可是她又擔心顧嬋是受了傷，正停在哪裡等人救援。

受傷這種事最是耽擱不起，若是她一來一回，拖延得太久反而不好。

兩種想法在心中反覆交戰，好幾次都禁不住勒馬打算回頭，但一想起顧嬋孤立無援，待人解救的模樣，又咬咬牙催馬繼續前行。

行不多遠，前路被滾落的山石截斷，山路靠外側的地方也被山石砸塌崩陷。雨漸漸小了，視野也跟著開闊清晰起來。阻路的山石足有幾十上百塊之多，大如蓄水瓦缸，小如炒菜鐵鍋，或散落或堆疊，傅依蘭單憑一己之力根本不可能將之清除。

「璨璨，妳可在後面？」她扯起嗓子大喊。

等了片刻不得回應，傅依蘭再喊數次，因焦急擔心，完全不顧所受過的淑女教養，把聲音提到最大，但空曠的山谷裡，由始至終只有細雨伴著回音。

傅依蘭萬般無奈，唯有調轉馬頭。然而，正是這一轉身的間隙，她看到山崖下斜出的一棵大樹枝椏上掛著一截鵝黃色的布條。

顧嬋穿的衣裳便是鵝黃色襦裙配竹青褙子……

傅依蘭立刻下馬，快步至崖邊，小心翼翼地向下張望。此處是翻過山嶺後的下山之路，地勢漸低，山崖走勢也較高處平緩，與其說是懸崖，倒不如說是陡峭的斜坡更為恰當。

雨已停，視線不受阻礙，傅依蘭的目光在叢生的荒草野樹中間搜尋來去，恍恍惚惚似乎見到一點黃，但距離太遠，實在看不真切。

她轉身到馬鞍兜囊裡取出繩索，尋了一棵最粗壯的大樹繞過一圈，綁好行軍結，攀著繩索緩緩向下。待到那繩索幾乎快用到盡頭，才接近傅依蘭之前看到的地方，那是斜坡上走勢最緩和、幾近平地的一段地帶。

傅依蘭鬆開繩索跳下去，朝著那卡在兩株小樹間的黃色背影走過去。快步轉到前面，見到人的臉，果然是顧嬋。

顧嬋額頭破損出血，臉上也有許多細小的傷痕，外衫裙雖被細碎的石子劃破，但身上乍一看並無明顯傷口。

「璨璨？」她試著喊她，可是沒有回應，顧嬋雙目緊閉，只怕是陷在昏迷中。

傅依蘭不敢大意，檢查過顧嬋四肢各處關節，確定並無傷到骨頭，總算稍稍放下些心來，然而，如何上去成了難題。

傅依蘭一個人兩雙手，攀得住繩索便扶不了顧嬋。顧嬋又昏迷不醒著，力氣全無，就算把她架在傅依蘭背上，也不可能保證她能穩固住直到安全攀至山路。

傅依蘭埋頭思索半晌，站起來攀著繩索原路返回，從馬兜裡找出一柄匕首，插在腰間，又再下去。

傅依蘭回到那處平臺，斬砍了數條纏樹而生的藤蔓，編成簡易的藤床，把顧嬋拖放在上面，將她身體與藤床捆綁結實，又拿兩條延伸出來較長的藤蔓分別綁縛在自己腰間和前胸腋下，這樣便可以攀著繩索，將顧嬋拖上山去。

兩上兩下，又多負重一人，傅依蘭力氣早已用盡，手腳痠軟，好多次打滑下墜，險象環生。

雨又下起來，冷冰冰澆在她臉上，雖然狼狽不堪，但竟有醒神作用。傅依蘭伸手抹了抹臉，臉上濕漉漉的，雨水和淚水混在一處，分不清，也無須分。

她為什麼會到這裡來？因為想去見姊夫，想看看有什麼能幫上忙的地方。從小習武開始，父親常說的一句話便是，切忌半途而廢。前面那麼遠的路都走完了，那麼多難關也闖過來，明明馬上就要到達軍營，怎麼可以在這個時候放棄？目的還未達成，必須堅持。

她身後拖拽著的姑娘是誰？顧嬋，是姊夫的妻子。是自己將顧嬋帶出來，自然也有責任將她安全帶到姊夫面前。如今出了意外，若不能將顧嬋救回去，就算姊夫不責怪，傅依蘭自己也覺再無臉面對。何況，顧嬋還是自己的朋友……

傅依蘭一邊咬牙向上攀爬，一邊數了許多理由，其中沒有一個是可以放棄的，全部是支撐她堅持下去的道理。

每打滑一次，她便將這些理由在心中反覆複述，給自己鼓勵打氣。

繩索上漸漸沾染了淡紅色的水漬，那是傅依蘭手掌心被磨破後流出來的血漬混合了雨水後的結果。人都說十指連心，疼痛可想而知，然而她絲毫未曾退縮，咬著牙堅持向上，近些又近些，雙臂終於攀上路牙。

傅依蘭將顧嬋也拖了上去。

山路曾塌方，她又機警地拖著顧嬋向裡側挪動，待到終於安置在自覺安全的地方，疲憊脫力的身體再也支持不住，一頭栽倒在藤床旁邊，昏厥過去。

午時剛至，雨才徹底止歇，偷懶半日的太陽半遮半掩地從雲朵後面露出半張臉來。

李武成帶著那隊玄甲衛不停趕路，身上的衣服先是被雨淋得濕透，後又被太陽暖烘烘地烤乾。一眾男兒素日裡行軍打仗，演習操練，水溝裡藏著，泥地裡打滾，都不當一回事，何嘗會將今日這點子天候變化放在眼裡。

順順當當地下了山，到達草原地界，視野一下子開闊起來，遙遙能望見蒼穹之下，碧草之上，頂頂灰白色的帳篷連成一片。

「營地就在前面了！」李武成大喊一聲。

勝利在望，眾人精神大振，打馬快跑，衝了過去。正好趕上飯點，到得近處，空氣裡飄的都是肉香味，再近點，仔細聞聞，好像是烤羊肉的味道。一群大小夥子啃了兩天半的乾糧，好不容易這頓終於能見肉腥，沒有不激動興奮的。

沒想到，在大營門口讓人攔住了。

站崗的哨兵是大同衛裡選出來的大頭兵，自然不認識李武成，即便他自報家門也半信半疑。「上面沒吩咐過有人從幽州來，不能進去，得等通傳。」

李武成可是玄甲衛裡最大的，跟著韓拓征戰多年，被哨兵攔住不讓進家門可是頭一遭，面子上掛不住，一張國字臉氣得五顏六色，偏偏還發不出火來。他是將領，自然知道這小小哨兵做得一點沒錯，若是草率將人放進去，那才是要受罰領鞭子的大錯。

另一名哨兵通傳過後領了林修出來，將李武成迎進韓拓帳內。

李武成道明來意，兩箱銀票也按照韓拓吩咐搬了進來。

「大家一路辛苦，聽說今日伙房宰羊了，午膳按照牧民們的法子做了烤全羊，正好嚐嚐鮮，慰勞一下。」韓拓道。「我給大家接風，暢飲三杯。」

軍營裡平日不許飲酒，只有逢年過節或打勝仗慶功時主帥發話才能破例。韓啟那不上道的聖旨來得雖突然，暫時尚未對韓拓造成困擾。

他本就在顧嬋的提醒下在軍需之事上多做了些準備，就算朝廷立刻斷掉供給，之前囤下的也可支撐至少四個月。而且，只要有足夠銀錢，這四個月時間也夠他派出人手去購買糧草等物，大殷國境由北向南綿延一十三省，根本不怕湊不齊所需物資。

至於錢從何處來？

韓拓明面上的俸祿只是每年收入中少得不能再少的部分，他私下沒少廣開財路賺錢，玄甲衛裡有一系人馬便是專門負責此等事務。所以，韓啟自以為是的「打擊」，對韓拓來說根本不值一提。

酒足飯飽後，韓拓回到營帳，拿出顧嬋委託李武成帶來的書信看了一遍又一遍。

「……這是嫁妝裡全部的現銀，其他的珍寶一時不能出手，但我會想辦法儘快兌成現銀再給你送去……」

他頎長的手指反覆摩挲著這段話，顧嬋小巧可愛又虔誠認真的模樣彷彿活靈活現地出現在眼前。即便韓拓並不需要顧嬋的錢，也不能不為她的行為感動。

營帳外不知為何突然喧囂起來，韓拓並未在意，磨了墨，提筆給顧嬋回信。正寫得入神，營帳簾門突然被掀開，侍衛來報，帶隊入山追擊敵軍奸細的顧僉事返回大營，奸細未抓到，只帶回兩名女子。

前面那些不算事兒，問題是顧僉事竟然指揮部下將其中一名女子抬入王爺營帳。侍衛知道顧僉事是王爺的小舅子，不敢多得罪，卻也不能由得他胡來，適才喧囂便是因此而起的爭執。

韓拓皺眉起身，步向帳外。

顧楓雖然有些少年人的頑皮勁，但其實心中事事有數，並非胡作妄為之人，更從來不曾仗著身分在軍營裡亂來。此番事出必有因，而讓顧楓連問都不問一句，便敢自作主張送入自己營帳中的女人唯有……

出了帳篷，一堆人圍在門口，韓拓首先便往擔架上看去。

男子外袍將嬌小身軀蓋得嚴嚴實實，只露出失了血色的一張面孔，可不正是顧嬋。

「姊夫！」只穿灰布中單的顧楓與衣裙髒污且有破損的傅依蘭同時開口喚他，然而後者明顯神情畏怯，只叫了一聲便低下頭去。

顧楓卻極快地說道：「璨璨來的路上遇到山石滑坡，山路塌方，她連人帶馬摔下山崖，從我撿到她到現在一路都沒醒……」

韓拓不待聽完，已打橫抱起顧嬋，甩下一句：「傳蕭鶴年。」便步入帳內。

侍衛打來熱水，韓拓屏退所有人，小心地替顧嬋擦拭傷口。

衣裳一件件解開褪下，她身上多處瘀傷，青紫紅腫，看得人心驚。

最可怕的是大腿內側，全都磨破了皮，繃帶嵌進傷口，又淋過雨，血肉模糊，簡直慘不忍睹。

韓拓拿著剪刀，將繃帶剪開。

十二歲起上慣戰場之人，什麼樣的傷勢沒見過，便是死人躺在腳邊都習以為常，這會兒卻克制不住雙手顫抖，他是鐵血男兒，向來流血流汗不流淚，可此時竟數次熱淚盈眶，幾乎不能自持。

顧嬋身上的傷口，韓拓已一一檢視過，她並未傷筋動骨，只是撞擊瘀傷與擦傷，唯有額頭那處傷勢最重。

蕭鶴年很快到來，診過脈後，道：「恐有瘀血在頭顱之中，才一直昏迷未醒。」

韓拓問道：「有什麼辦法可以將瘀血散去？先生儘管放手去做。」

蕭鶴年擺手道：「最好的辦法是等瘀血自然消散吸收。」

「需等多久？」韓拓再問。

「這便因人而異，因傷情而異，少不過數個時辰，多則數日數月甚至數年不定。」

韓拓越聽越急躁，他怎麼可能由得顧嬋昏迷數月甚至數年而不想辦法救治，那同等死又有什麼區別。

「難道完全沒有別的辦法？」韓拓追問。「先生向來別有奇法，定能救她。」

「確實是有一法，但老夫不建議用，」蕭鶴年撚鬚道。「可以嘗試金針刺穴，疏通活絡，促進瘀血吸收，但涉及腦部，不宜輕易嘗試。這樣吧，若是王妃三日不醒，我便試上一試。」

他又依韓拓口述傷情，留下數種去瘀生肌的傷藥，當然還有內服的。「照這個方子抓藥，每日早晚各一服，對腦內瘀血有效。」

藥煎了送上來，韓拓親自餵給顧嬋，可是她牙關緊閉，根本灌不進去，餵進去多少，便全數流出來多少，迅速染黃了韓拓才給她換上的白色中衣前襟。

「再熬一帖來。」韓拓吩咐著。

藥又送上來，韓拓一仰頭灌入自己口中，俯身覆在顧嬋唇上，舌頭頂開她唇齒，再將藥送入。如此數次，總算將一碗藥涓滴不剩地餵了進去。

傅依蘭手上的傷口已包紮好，她並無大礙，先前暈厥只是因為脫力，被顧楓發現後很快便醒轉過來。

軍營裡除了顧嬋便只有她一名女子，這會兒傅依蘭便想著是否需要幫助顧嬋上傷藥，可是韓拓想也不想便拒絕了。「不用，我自己來。」

「姊夫……」傅依蘭以為韓拓是在生她氣，想要再說些什麼，卻被顧楓扯著衣袖拉出營帳。

「拜託妳機靈點，那是我姊夫的女人，他當然自己疼，自己照顧，怎麼可能假手旁人。」顧楓路上已聽傅依蘭說了事情經過，心裡感激，嘴上也道過謝，這才提醒她，只是他在軍營裡久了，說話難免沾染些軍士習氣，不大講究斯文溫和。

傅依蘭不怕他口氣差，只是話裡的內容叫她微微紅了臉。「我知道姊夫疼璨璨。」所以她那時拚著命也要把顧嬋救上來，不就是不想韓拓傷心嗎？

「但是你們要抗敵，姊夫肯定有許多正事要做，若是又要照顧璨璨，豈不是太操勞？我可以幫忙……」

「妳都這樣了，怎麼幫？」

顧楓說著，拽起腰帶上垂掛的權杖，用那尖尖一角戳了戳傅依蘭裹著繃帶的手掌，惹得她連聲痛呼。

「原來妳這個笨丫頭也知道疼啊，我還以為妳鐵打的呢，自己受了傷還不好好歇著。他們夫妻倆好幾個月沒見，肯定有好多話要說。」

顧嬋還沒醒，怎麼說話？

傅依蘭剛想反駁，又聽顧楓問道：「欸，妳幹麼管我姊夫叫姊夫？什麼時候我們家璨璨多了妳這麼一個妹妹？」

傅依蘭解釋起來。她知道顧楓是顧嬋親弟，自然也是韓拓信任之人，因此並無任何防備，將傅家與韓拓的淵源詳細告知。

「所以，我從小習慣了，一時難以改口。」

「呵，那妳可得趕快改，」顧楓吊兒郎當地笑道。「不然人家不知道那些事，還以為妳是隨我叫呢。」

什麼是隨他叫？

傅依蘭身體太過乏累，腦子也有些跟不上，一時轉不過彎來，沒想明白顧楓的意思。

顧楓卻已轉換了話題。「走吧，讓妳住我的營帳，我去跟其他兄弟擠一擠。」

他說罷，邁開步子在前面帶路，傅依蘭連忙跟上去，並且試著提出要求。「有熱水嗎？我想洗個澡。」

「這點小事，沒問題！」顧楓爽快應道。

直到進了顧楓的帳篷，傅依蘭才反應過來，顧楓所謂隨他叫，那是說旁人不知，會以為她是他的……媳婦！

三日一晃而過，顧嬋一直沒有醒過。由於她無法進食，只靠韓拓像餵藥一樣嘴對嘴的哺餵米湯果腹，原本圓潤的小臉日漸消瘦下去。

蕭鶴年無法，只得按照之前說的嘗試用金針刺穴治療。長短粗細各異的金針分別刺進頭部不同穴位，維持兩刻鐘後再依序取出。

治療過程中，韓拓一直坐在床畔，握住顧嬋的手陪著她。顧嬋睡得沈且靜，便是金針一一刺入時表情也未曾改變過分毫，這令韓拓更加擔心，平時那麼嬌氣的一個人，身上嫩得豆腐一樣，一戳一個印，這會兒竟然連疼都不知道了。

「此法不宜連續使用，今次施針過後，且待觀察三日，若仍無起色，方可再次施用。」

韓拓雖粗通醫理，但只限簡單的療治皮肉傷之法，皆是軍中人必然要掌握的常識，此時聽蕭鶴年左一個三日，右一個五日，只覺心焦難安，問道：「再過三日，便已是六日，昏迷如此久，會否影響其他？」

「王爺，這十分難說，腦部是全身最奇妙難以掌握之處，就老夫從前接觸過，以及從書中看來的例子，有人傷了頭部昏迷數年，醒來照舊與從前無異，也有人只昏厥兩盞茶工夫，睜眼便將前事盡數忘卻。王妃情況究竟如何，還要等她醒後才能知曉。」

說了等於沒有說，他著急的由頭到尾只有一事。「那麼施針後三日內究竟能不能醒，你有幾成把握？」

蕭鶴年搖頭道：「老夫沒有把握，只能盡人事，聽天命。」

顧嬋陷在無邊無際的黑暗之中，既不能看，也不能聽，全身綿軟無力，半點動彈不得。

許久之後，遠處出現一點微光。顧嬋感覺自己漂浮著向前，那點光越來越近，越近越大，最後變得無所不在，閃耀刺眼，她不得不閉眼躲避。

再睜開眼，顧嬋發現自己置身在一間屋子裡。

桌上點著一盞油燈，火苗微弱，忽明忽暗，然而也足夠看清周遭一切。屋子呈八角形，每道牆上皆有一扇門。

驟眼望去，所有的門都一模一樣，毫無區別，每扇門右側牆上有鐵製絞盤。

顧嬋爬起身，向其中一扇門走過去。那門與普通房門相較並無甚特別之處，奇怪的是無論怎麼推都紋絲不動。她看一眼右側的絞盤，嘗試握住把手轉動起來，只聽「轟隆」一聲巨響過後，那門果然慢慢向上升起。

門後是一個呈漩渦狀不停流動旋轉的光圈，顧嬋試探著伸手去觸摸，才一碰到，便感覺到一股強大的吸力，她猝不及防，整個人被吸了進去。

天旋地轉過後，顧嬋發現自己進入另一間屋子，站在青紗屏風與架子床中間。床與屏風做工皆粗糙簡陋，讓她記起與韓拓在平川鎮時住的那間客棧。

難道她回到了那時候？

顧嬋急欲求證，然而還未等她繞過屏風，便聽到有人開始說話。

「怎麼不是帶把兒的？要個賠錢貨有甚用？」男聲粗魯，用詞不雅。

「喲，你別太挑剔，你去旁的人牙子那裡買，一個男娃娃至少得十兩銀，我不收你錢，還倒貼三十兩，你還嫌？」說話的女聲十分熟悉，然而不知為何，彷彿隔著什麼，聽不真切。

「就是這樣才叫人不安樂，誰知道妳這死丫頭身上有什麼毛病，還是身世上有什麼見不得光的地方，才急欲脫手。」男聲再次響起。

原來是在買賣人口。

屏風忽然竟變成透明一般，顧嬋可以清楚地看到桌前坐著兩女一男，其中抱著小女娃的女子背對她，看不到長相。

小女娃閉著眼，趴在那女子肩頭睡得正香，小臉只露出一半，頭頂雙丫髻上簪著一對茶花形狀的珠花。那對珠花顧嬋曾見過。翡翠雕葉，粉紅碧璽的層層花瓣，花蕊各用五顆金黃珍珠攢成。

是在平川鎮時韓拓借給她的那對。既是有淵源之人，便不能不管。

顧嬋抬腿邁步，卻發現自己彷彿被定住一般，分毫不能移動，然而那三人的對話仍未停止。

「別說得那麼難聽，這孩子來路正得很，不瞞你們說，她是我家姑娘生的，可惜我們親家重男輕女，打算把這娃娃賣到大戶人家裡當丫頭。」

那把熟悉的女聲出自背對顧嬋的女人口中。「咱們家吃穿是不愁的，姑娘當然不捨得孩子去做奴婢，正好聽五表姨說起你們多年無所出，便打算將孩子送給你們。這娃娃角頭好，我家姑娘嫁人三年沒有孕，第四年上頭生了她，後面便三年抱兩，都是大胖小子。」

對面那對男女交換一下眼神，明顯已經被說動。

「那你們回頭怎麼給孩子爹和祖父母交代？」

「欸，瞞天過海不就得了？就說上元節看花燈時走丟了，找幾天找不回來便只能算數，不過你們千萬得保密。」

男人拍著胸脯保證一番，便將女娃娃抱了過去。

顧嬋終於看清孩子的面孔，她覺得那張小臉似曾相識，只是記不起在哪裡見過。眼見三人起身行至房門口，那對男女抱著孩子離去，一直背對著顧嬋的女子仍留在屋內，雙手將門合起。

在女子轉身的一剎那，顧嬋感覺到自己被極強的一股力量猛地彈中，瞬間回到八角房內。她想再次去開那扇門，看清楚那聲音熟悉卻一直未見真容的女子究竟是誰。

顧嬋說不清原因，只是直覺這事非常重要，可是，所有的門都一模一樣，且沒有任何參照物從旁輔助，她實在辨別不出究竟哪一扇門才是先前自己開過的。

顧嬋反覆觀察比較，足足轉了五圈，依然找不出半點蛛絲馬跡。

最後，只好隨便選了一扇，轉動絞盤，誰知這次出現的不是光華流動的漩渦，一股激流從門後奔騰而出，轉瞬將顧嬋吞沒。

她又恢復到最初，在無窮盡的黑暗裡漂浮，目不能視物，耳不能聞聲，唯有感覺比之前敏銳得多。

先是腦袋裡一跳一跳地疼，好像有數個尖銳的器物刺入，後來疼痛消失，顧嬋剛暗自吁一口氣，卻突然有人含住她唇瓣，跟著便被蛇一樣靈活的舌頭頂開牙關，苦澀的液體隨之流入。

顧嬋嗜甜，最討厭苦味，恨不得立刻將這些液體如數吐出，偏偏那唇舌無比強硬地控制住她口唇，根本不能如願以償。被強迫著將那苦水盡數吞嚥下肚，顧嬋心中委屈至極，想不通到底是什麼人要這樣欺負虐待自己。

想睜眼看一看，眼皮像被糨糊黏住一般睜不開。

然而刑罰還沒有結束，顧嬋感覺到雙腳被打開，生著薄繭的手指在自己大腿內側摩挲，刺痛裡帶著絲絲涼意。

本能地，她拚命掙扎起來，四肢百骸卻如同灌過鉛，沈甸甸的，紋絲不動，然而那手指一直沒有離開，反覆摩挲不停。

顧嬋大駭，尖叫著，終於睜開雙眼。

入目是帳篷的頂端，灰白帆布的暗紋隨架木一同收縮，從四面八方匯集至最高一點。她在夢境裡流連太久，腦中一片空白，恍惚中竟想不起自己為何會在這裡。

周圍靜悄悄地，沒有人在。

顧嬋嘗試動了動身體，只覺全身軟乏，散了架一般毫無氣力，她只能轉動脖頸，四下打量。

左側兩步遠的地方是秋香色軟煙羅配紅木的四扇折屏。透過如煙似霧的布料能見到再數步之外是一套桌椅，案桌略顯凌亂地堆放著書冊、紙張、筆架等物，交椅上鋪著白虎皮。椅後立有書架，地上鋪著波斯織錦地毯……

顧嬋只醒了不過一盞茶的工夫，又沈沈睡去。

迷迷糊糊中，聽到有人交談。

「三日已過，還請先生儘快再施一次針。」

「老夫再觀察半日，若明日仍舊如此，便安排在清晨時為王妃施針。」

顧嬋聽得出說話的人是韓拓和蕭鶴年，王妃當然是她自己。

可是她不要扎針！扎針之後還要被灌苦水，還有……羞得都不好意思想。

無奈身體不聽使喚，想睜眼睜不開，想掙扎又一動都不能動，想說話居然也張不開嘴，急得她從嗓子眼裡發出嗚嗚不清的哀鳴。

「王妃醒了。」

蕭鶴年的話音剛落，顧嬋感覺到自己被摟進溫暖且熟悉的懷抱裡。她嗚咽著，好久才勉強挑開一點眼皮，正對上韓拓焦急又驚喜的雙眸。

顧嬋既醒了，自然由蕭鶴年重新診脈確認身體狀況，之前主治腦內瘀血的方子也改成調理補身為主。整個過程裡，韓拓由始至終未曾鬆手，一直將顧嬋抱在懷裡。

蕭鶴年再不通人情世故，這等眼力總還是有的，用最快的速度忙完應做的事情，便告退離開。

這會兒顧嬋稍稍緩過來一點兒，曾經發生過的事情一點點回籠到腦子裡。

韓啟頒下聖旨，她拿出嫁妝中的現銀，與傅依蘭偷偷跟隨李武成等人上路……

最後的印象是在山路上騎馬前行，雨越下越大，她腿上疼痛難耐，速度慢下來，傅依蘭並未察覺，在前面一馬當先，漸行漸遠，待打算放聲喊人時，傅依蘭已轉過山坳不見人影。

她只能強自堅持，催馬追趕，誰知山路突然塌陷，大宛馬來不及收住步伐，一腳踩空，連人帶馬滾下山坡，之後的事情顧嬋便一概不知。

誰人救她脫險？如何來到韓拓身邊？

她想開口問，才說一句「王爺」，便覺喉嚨火燒火燎地疼，聲音嘶啞得完全不像自己。

韓拓忙放開顧嬋，快步去屏風外的案桌上倒來一杯茶水，扶著她半坐起來，他則坐在她身後，讓她可以毫不費力地靠在他懷裡。

顧嬋虛弱得不行，就著韓拓的手喝了小半杯水便累得抬不起眼皮，不知不覺地靠著他又睡過去。再醒來時也不知是什麼時候，韓拓躺在她身邊，一手搭在她腰上，一手墊在她頭下，將人穩穩地攬在懷裡。

他閉著眼睛，也不知是睡是醒，眼下青黑明顯，下頜鬢角皆有短小鬍碴冒出。顧嬋看得鼻間發酸，想伸手去摸摸那憔悴的臉龐，誰知全身乏力，抬抬手臂簡直比登天還難，唯有努力睜大眼睛，直勾勾地望著韓拓。

看著看著，眼淚就開始噼哩啪啦地往下掉。她本來並不想哭，可是完全控制不住，她也說不清自己到底是為什麼而哭。因為積攢數月的相思，再次脫離險境的後怕，身體上的種種痛苦，給韓拓帶來麻煩的內疚……

又或者，只要見到韓拓，所有的堅強盡數崩潰，餘下的全是如稚童一般，滿心的軟弱與委屈，嗚嗚咽咽的哭聲驚醒了韓拓。「別哭，沒事了。」他說著，低頭親一親她淚濕的小臉。

沒想到這樣一來，顧嬋哭得更加厲害。韓拓也不再勸，任由她哭，讓她發洩情緒，只一手輕撫她背脊以示安慰。

顧嬋哭得累了，很快再次昏昏沈沈地進入夢鄉。

這一覺睡得安穩舒服，醒來時帳內已點起燭火，韓拓正坐在案桌前翻閱公文，聽到她細聲細氣地喚人，立刻起身，繞過屏風來到床前。

「醒了？想吃東西嗎？」

顧嬋點頭，肚子十分配合地發出嘰哩咕嚕的聲響。

會餓，說明正在恢復，是好事。韓拓立刻命人傳膳，不過先端進來的卻是一碗烏黑黑的湯藥。

顧嬋一看又想哭了，她還記得夢裡那苦得永生難忘的滋味。

「璨璨聽話，先喝了藥才好吃飯。」韓拓哄了半晌，顧嬋才勉強地把藥喝下去，苦得一張臉皺著，五官幾乎都要擠成一團。

吃過藥，又過兩刻鐘，才有晚飯送到。然而，顧嬋的晚飯不過是一碗白粥。她嘴裡湯藥的苦味尚未退去，白粥雖然煮得綿軟，卻沒有任何味道，吃起來和吃藥差不多，依然只有一個「苦」字。

吃沒兩口，顧嬋偏過頭，躲開韓拓送到她唇邊的湯匙，不肯再吃。

「再吃一點，聽話。」韓拓好聲好氣勸她。

「王爺，我不想吃白粥，換成別的好不好？」他溫柔，她便撒起嬌來。

沒想韓拓並不順著她意思，直接拒絕道：「不行，妳多日未曾進食，剛恢復飲食只能吃清淡且容易消化的，不然腸胃不能適應，到時難受的還是妳自己。」

「太苦了。」顧嬋搖頭不聽勸。

韓拓聞言，反手將湯匙送到自己唇邊，嚐一口，挑眉道：「哪裡苦？米香味十足，璨璨聽話，再吃點，吃飽了好得快。」

灌一肚子粥能有多大用處，顧嬋根本不聽，她這會兒力氣也恢復了些，踢著腳道：「我想吃味道重些的，牛肉羊肉什麼的。」

她明明聞到帳篷外有烤羊肉的味道，口水都快流出來，怎麼可能耐煩吃那清湯寡水的白粥。

看來真如蕭鶴年所說的，醒來便無大礙，不然哪有精神鬧挑嘴的壞毛病。韓拓心中輕鬆不少，也更將蕭鶴年的囑咐當作一回事，斷不肯由顧嬋任性挑食，眼睛在她氣鼓鼓的小臉和粥碗之間轉上一轉，便有了主意。

顧嬋不知韓拓此刻所思所想，只看到他笑著將湯匙收回碗裡，一仰頭將粥全數灌到嘴裡，還以為這是答應她了。

沒想到，下一刻，韓拓便整個人朝她俯身過來，嘴唇結結實實地堵住她雙唇，牙關跟著被頂開，白粥如數送進她口中。這還不算完，他靈活地糾纏著顧嬋的丁香小舌，強迫她喘息著將粥全部吞嚥下肚。

顧嬋瞪大眼，氣得轉動舌頭推擋以表達抗議，誰想到換來的是韓拓更猛烈的攻勢。待兩人終於分開時，韓拓氣喘吁吁，面紅耳赤。

顧嬋呢，因為身體尚虛弱，根本是上氣不接下氣，喘得全身發顫，得依靠韓拓撫著她脊背順氣，才慢慢平復下來。

五月末的天氣，說熱還不算太熱，但是帳篷裡不透風，氣悶得很，顧嬋到底是虛得厲害，如此一番折騰下來，已出了一身汗，周身黏膩，十分難受。

「王爺，我想洗個澡，好不好？」她小聲提出要求。

韓拓並未說行還是不行，只伸手掀去顧嬋身上蓋的夏被。

她正半坐著，一眼便看到自己下半身光溜溜的，什麼都沒穿。

「啊……」驚呼的第一個顫音還沒抖完，就被顧嬋自己吞了下去。

因為韓拓已分開她雙腿，俯低身子，頭湊在她腿間仔細查看。

顧嬋大腿內側的傷雖然當時看起來驚心，其實都屬於皮肉傷，蕭鶴年有上好的傷藥，韓拓又細心照料，清洗傷口、換藥，從來都親自為之，從不假手於人，所以恢復得很好，結痂已開始漸漸脫落。

「沾水應該是沒問題，不過不能泡澡。」韓拓終於自顧嬋腿間抬起頭來，做出回應。

「唔，沒關係……我洗頭髮……」顧嬋臉紅得像熟透的石榴，大腦打結，嘴裡說出來的話自己都不知道是什麼意思。

韓拓笑著揉了揉她頭頂，起身去喚人準備。

不一會兒，侍衛便抬進來兩桶熱水、兩桶涼水來，還有一個直徑三尺來寬的木盆。

顧嬋不明白那個盆是預備做什麼用的，畢竟她坐著的時候已經透過床前折屏看到，帳篷裡案桌對面的另一扇屏風後面，擺著立式的樟木大澡桶。

不過，這並不重要，最重要的是她不想再遇到像剛才那麼羞人的情景，於是，在韓拓伸手抱她的時候，搶先說道：「我自己洗。」

「嗯，我先幫妳洗個頭。」韓拓柔聲說著，還指了指自己額角。「妳頭上有傷口，怕妳看不見碰著。」

一邊說一邊換了姿勢，將顧嬋放躺在床上，頭懸空在床沿外面。

韓拓先打濕了她的頭髮，再拿來他自己平日用的皂角在她髮上揉搓，他從未做過這等伺候人的活計，難免有些笨手笨腳。

顧嬋的一頭長髮養得極好，黑亮濃密順，比最上等的貢緞還要柔滑幾分，雖因為身體原因多日不曾清洗，卻未見打結毛糙，依然滑不溜的，數次調皮地從韓拓指間溜出。如此一來，更令韓拓手忙腳亂，本是簡簡單單的一件事，卻弄得他滿頭大汗。

被好生伺候著的那個倒是舒服得不行，待韓拓用棉布巾絞乾了顧嬋的頭髮，她已經歪在那裡睡著了。不過她睡得並不沈，韓拓抱起她時立刻便醒了過來。

「王爺，我自己洗。」人雖然睡得迷迷糊糊，該強調的事情卻一點也沒忘。

韓拓從善如流，輕手輕腳地將她放到地上。

顧嬋之前靠著床頭坐過一陣，以為自己力氣恢復得差不多了，誰知完全是高估了自己的體力，韓拓才一鬆手，她便軟綿綿撞在他胸口，然後順著他的身體往地上滑落。

事情發生得令人措手不及，顧嬋四肢無力，根本來不及去抱住唯一能依靠的那具身軀，韓拓又慢了一步拉住她。

結果極其慘烈，顧嬋只能眼睜睜地看著自己一路向下，臉從韓拓胸前滑至他腰腹，復又向下，鼻尖、嘴唇皆與小王爺進行了短暫卻親密無間的接觸。

夏衫本就單薄，韓拓在帳篷內時只在中衣外面套了一間綃紗直裰。顧嬋透過那細薄的紗料完全可以描繪出小王爺的形狀，她正暗自慶幸適才兩人並未做過什麼害羞的事情，所以小王爺這會兒十分乖巧柔軟，不至於太令人尷尬。誰知這念頭才從腦中閃過，便看到綃紗衣下，漸漸撐起小小尖狀的一頂帳篷。

顧嬋本就不是富有急智善於應變之人，何況受傷後反應本來就比平常遲鈍，再加上渾身無力，此刻從頭腦到身體都做不出任何反應，只能眼睜睜看著那令人尷尬至極的一處。

韓拓伸臂將她撈起，方式卻不是平常慣用的橫抱，而是一手托在顧嬋臀下，將她豎著抱高，姿勢就像抱一個小孩子。

「我自己來。」顧嬋仍不死心地堅持。

「我也想，可是妳沒有力氣，我只好勉為其難地幫妳一次。」

韓拓若有似無地嘆了一聲氣，她全身上下有哪一處是他未曾看過、未曾碰過的，真不知有什麼可害羞忸怩的？

他抱著顧嬋轉到帳篷角落，空著的那隻手抄起一把空置的交椅，然後走回到那三尺闊的淺木盆旁，將交椅放進盆裡，再把顧嬋放坐在交椅之上，讓她靠好椅背，能夠借力坐穩。

做完這些之後，韓拓動手去解顧嬋衣服。因為怕觸到腿內側傷口，所以他一直沒給她穿褲子，只有上身鬆垮垮地套一件他的中衣。

顧嬋小手死死拽著衣襟不肯撒手。她身體無礙時，拚力氣也不是韓拓對手，更何況現在？

他並沒勉強她，只拿著木瓢從桶裡舀出水來，直接從她肩頭澆下去。那件中衣是松江白棉布做的，細柔軟薄，一濕水便透明，跟沒穿沒什麼區別，反而若隱若現透出顧嬋白皙柔嫩的肌膚，比沒穿更顯誘惑。

淋水時穿衣無礙，真要清洗身子卻不行。

韓拓還是準備好好給顧嬋洗上一洗。因為她傷勢的關係，之前只能用棉巾濕了水給她擦拭，幾天下來身上肯定不夠清爽舒適。

「還是把衣服脫了吧，不然不方便。」韓拓低聲在顧嬋耳邊商量道。

反正穿與不穿區別不大，再堅持似乎也沒多大意義。

顧嬋只好由著韓拓將那件中衣解去。身上唯一一件衣裳沒了，從頭到腳都再無一絲遮擋，羞得她雙腳交纏成麻花，手臂也虛軟地抱住前面，頭低低臉紅紅，只管盯著自己身前腳尖，再不敢與韓拓視線相對。

顧嬋根本不懂，她做出這樣一副綿軟乖巧的待宰羔羊模樣，絲毫不能保全自己，只能令男人心思更重。幸而韓拓自制力比常人強些，還能記得自己必須要做的事情，起身取了香胰子來，握於手中，面不改色地在顧嬋身上打圈圈。

不一會兒工夫，顧嬋全身除了傷口處，都塗過一遍香胰子，掛起豐盈的泡沫。韓拓手掌上沾了水，為顧嬋搓洗，他搓得極認真，尤其像腋下、胸下等容易聚積汗水的地方，都反覆揉搓，就連下身私密處也沒有放過。

待好不容易揉搓完畢，顧嬋整個人都紅得好似一顆新鮮熟透的大石榴，皮薄肉嫩，彷彿戳一下就能汩汩地流出鮮甜汁水一般。

韓拓又舀了水為顧嬋沖洗乾淨，再取來大尺寸的白棉布巾擦乾她身上水滴，傷處尤其仔細小心。擦完後，也沒給她穿衣，直接從衣櫃裡拿出另一塊大白棉巾子將人裹了，便抱回床上。

「妳先歇一會兒，我也好好洗洗。」韓拓安置好顧嬋，便叫人再抬兩桶水來，他自己在澡桶裡洗了澡。

第十九章

等負責雜務的侍衛將一切收拾妥當之後，韓拓終於解下外袍，只穿中單，帶著雄赳赳、氣昂昂的小王爺上了床，躺在顧嬋外側。

顧嬋這些日子睡得夠多，這會兒吃飽喝足，洗澡洗得神清氣爽，精神頭正足，哪裡睡得著。

適才韓拓洗澡的時候，顧嬋想看又不敢看。帳篷裡一盞小燈搖曳，把他的影子投射在床前的屏風上，她只好閉緊雙眼。

目不能視物，耳朵愈加靈敏，嘩嘩的撩水聲源源不斷傳入耳中，一想到這聲音因何發出，實在比直接看到景象更害羞。

韓拓一上床便發現顧嬋沒睡著，他往床裡擠了擠，伸臂將顧嬋攬在懷裡，身體相貼，自然掩飾不住那處異樣。

顧嬋察覺到，不安地扭了扭，試圖不著痕跡地往後退些，與韓拓拉開距離。誰知她退開多少，韓拓跟上來多少，總之就是緊緊貼著不放鬆。

「王爺，我傷還沒好。」顧嬋小聲提醒道。

她傷在那種地方，肯定什麼都不能做。韓拓不是不知道，卻偏偏要這樣，顧嬋覺得這是一點都不憐惜自己的表現，心裡不由生出幾分委屈。

韓拓應道：「我知道，可是我難受，好幾個月了，璨璨幫幫我，好不好？」說著抓住她手往下帶。

真不能怪他在這種時候還滿心綺思，離開幽州率軍出征時才二月開頭，如今已是五月末，與顧嬋分別近四月之久，身為男子早就急需紓解。

顧嬋明白過來韓拓的意圖，掙扎扭動不休，但力氣不如人，哪裡逃得脫，只能低聲哀求道：「王爺，我全身都沒有力氣。」

「沒事，我有力氣，只是借璨璨的手用用，力氣我來出。」

還有比這更厚臉皮的要求嗎？顧嬋不知道。

反正不管是力氣大小，還是臉皮厚度，她都拚不過韓拓，最後自然被他得了逞。

卯時初刻，天方露白，號角已響徹營寨。

傅依蘭立刻跳下床，她以為自己動作夠快，可她尚未梳洗完畢，營帳外便傳來軍士們操練的呼號之聲。

傅依蘭無奈地看看自己仍披散的髮絲，用手將之全部攏至頭頂盤成髮髻，用白玉簪固定住，又拿起一旁的士兵服換上，湊近銅鏡前照一照，略覺不妥，又將玉簪換成了木簪。

換好後，再從鏡中打量一番，確認樣樣妥當無誤，轉身打起簾子便步出帳篷。

這是傅依蘭到營寨中的第七天，雖然生活比在家中艱苦不便許多，但她適應得非常好，一日比一日興奮快活。

韓拓麾下雖有二十五萬大軍，但此次只有十二萬人出戰，其餘人等皆留守駐地候命。十二萬人的規模如何，算一筆數便清楚。

軍營裡的規矩，大頭兵們三十人一頂帳篷，十二萬人便是四千頂，又因為從五品以上鎮撫可以睡單獨的營帳，所以實際帳篷數量比四千頂只多不少，安營紮寨後連綿十數里仍未到盡頭。

是以，傅依蘭與顧嬋雖然出現得突兀，卻並未造成任何影響，不過是顧楓帶出去的一小隊士兵與韓拓營帳前的侍衛知道。在韓拓下令不許外傳後，這事則像石子入海般，連朵漣漪都未曾激起。不過，到底是要謹慎行事，不能招搖，所以顧楓找來兩套士兵服飾，要求傅依蘭只要走出營帳，就必須換上，做男裝打扮，以免引人注意。

傅依蘭從來活潑好動，當然不可能一直憋在營帳裡，索性每天早晨起床便直接依顧楓所言打扮成士兵。若在帳外遇人問起，便自稱是顧楓新調過來的雜務侍衛。這也是事先和顧楓套好的說詞。

傅依蘭其實並不會走遠，只在顧楓營帳附近看士兵們操練演習，她對此很有興趣，常常一看就是一整日。

這日清早，士兵們演練的是陣法。

那陣法傅依蘭曾在兵書上讀過，訣竅早記在心間，卻從來未曾看過實際演練的情景，因此更加認真入迷。直到士兵們練習過後原地休息時，她仍盤腿坐在營帳門口，手持一根枝條在泥土地上畫來畫去，模仿陣法變化。

正入神之際，忽聽耳邊有人說話。「這位小兄弟，你好大膽子，竟然逃避操練，躲在此處偷懶，難道不怕我上報千戶，對你軍法處置嗎？」

傅依蘭嚇了一跳，連忙丟開手中樹枝，一抬頭卻對上顧楓嬉皮笑臉的面孔。

「我是顧僉事的雜務兵，他讓我守住帳門口，哪兒都不准去，就算去千戶那裡我也是這句話，倒是這位大哥，私自從隊伍裡跑出來，不怕受杖責嗎？」

顧楓裝腔作勢，傅依蘭便依樣畫葫蘆還回去。

這些天，顧嬋傷重未癒，韓拓全副心思都放在照顧她身上。顧楓自動承擔起照護傅依蘭的責任，兩人漸漸熟絡，說幾句玩笑話不算什麼。

顧楓果然毫不在意，笑嘻嘻地湊到她跟前問道：「妳天天看操練看得那麼開心，想不想親自試試？」

「這能試嗎？」傅依蘭看他一眼，答非所問。不是她不想，而是軍中有規矩，她冒充雜務兵在顧楓門口站樁事小沒人管。「隊伍裡多少人不是有定數嗎，難道不會被發現？」

「還有演武啊。」顧楓挑眉道。「我聽馮麒、馮麟兄弟兩個說妳是十八般武藝樣樣精通，既然是高人，就別藏著掖著，露上一手，順便也給大家指導指導豈不正好。」說到後面，便是有心激將了。

顧楓對傅依蘭充滿好奇。他以前真正熟悉的姑娘只有顧嬋一個。顧嬋從小養得嬌裡嬌氣，性子軟綿綿，眼淺又愛哭。在顧楓眼裡，她就跟個紙紮的娃娃似的，都不敢大勁地碰她，生怕一戳一個窟窿眼，必須好好疼寵愛護。

傅依蘭卻是完全不同的。她不光能憑一己之力從山崖下面把顧嬋帶上來，還會舞刀弄槍，讓顧楓的兩個好兄弟讚不絕口，他便想見識一下她到底能耐幾何。

傅依蘭每天看別人操練對打，早就技癢，輕易被顧楓說動了心思。不過，她心裡有譜，生怕惹出事端，又反覆向他詢問確認。

「放心，一切有我。」顧楓拍著胸口道。「如果不方便在眾人前，跟我和馮麒、馮麟幾個私下比試切磋也行。」

這才是他真正的目的。

傅依蘭是個直腸肚，哪裡懂顧楓的彎彎繞繞，點頭道：「那你看什麼時候方便，定好時間告訴我吧。」

顧楓很狡猾，見她答應下來，表面上又裝模作樣往後縮。「不行不行，妳是姑娘家，手上還有傷，比試起來豈不是成了我們欺負妳，還是算了。」

「我沒事了。」傅依蘭伸出手給他看。「蕭神醫的藥真是有奇效，這才幾天，結痂都脫盡了，完好如初，連疤都沒有。」

少女的手掌肉呼呼的十分可愛，掌心皮膚幼嫩，白皙中泛著些微紅暈。

顧楓看得移不開目光，竟然還生出想伸手上去戳一戳、摸一摸的衝動。他清清喉嚨，掩飾尷尬。「那就好，後日輪到我們三人休沐，屆時再來找妳比試，地點我來安排，妳只管等著便好。」

傅依蘭正欲答話，只聽帳門外響起侍衛求見的聲音來。

來人是韓拓的侍衛，奉命請顧、傅二人過去探視顧嬋。

顧嬋一見傅依蘭，立刻拉著她的手，千恩萬謝道：「真的不知道怎麼報答妳，不如妳說吧，妳想要什麼我都幫妳辦到。」

「我什麼都不要，我只想著妳不能出事，可沒想過要妳報答我什麼，」傅依蘭正色道。「我覺得換了妳是我，也會一樣做法。」

顧楓一旁插嘴道：「換了她是妳，可沒有那樣的本事。」

面對救命恩人，顧嬋懶得計較顧楓話裡的毛病，只管一個勁兒表示。「反正我話永遠有效，只要妳想到了來找我，我一定實踐諾言。」

話說成這樣，傅依蘭只好應下，反正她確實沒想過從顧嬋那裡得到什麼，大概永遠也不會提出要求。

四人你一言我一語地聊過一陣子，韓拓突然話鋒一轉，對兩女道：「我已派人去請紅樺白樺從幽州過來，等她們兩人到了，便由李武成那隊人馬護送，她們陪伴伺候，送妳們兩人回幽州去。」

此話一出，原來熱絡的氣氛頓時冷卻下來。尤其是顧嬋，前一刻還笑盈盈的小臉瞬間皺起來，怎麼看怎麼像放久了的包子。

傅依蘭也不想走，她還記著和顧楓約好的武藝比試呢，不由自主便往他坐的方向看過去。別看顧楓平時總是活潑跳脫，沒有正經樣，他心裡可不糊塗，再加上在外歷練過幾年，當然比兩個深閨裡長大的姑娘有主意得多，當下幫韓拓勸說道：「妳們兩個姑娘家留在軍營裡到底不方便，也不安全，萬一哪天遇到敵軍偷襲……」

雖是假設，但這話略有些烏鴉嘴的意味，所以說了一半他自己便打住了。不過話糙理不糙，況且這是在戰場上，不是平日無事在駐地安營紮寨過日子。打仗的事情哪裡說得準，就算不是被偷襲，還有其他各種可能發生的事情。

傅依蘭還好，起碼會些功夫，能自保。顧嬋可是什麼都不會的，真有事起來就是刀口上的肉——任人屠戮。再加上她身分特殊，說不定還會變成旁人要脅韓拓的把柄。

顧楓心眼多，看看兩位姑娘明顯不自在的面孔，心知眼下不是說大道理的好時機，便改口道：「姊夫，我看璨璨精神還是不濟，再讓她多休息休息吧，我和傅姑娘先出去了。」一邊說邊向傅依蘭使眼色。

傅依蘭雖不知他心思，但總能看得出這是叫她別反駁，跟他一道離開的意思。

她囑咐顧嬋幾句，又向韓拓告辭，便隨顧楓一起出了營帳。

「顧楓，我們是不是來錯了？」一出帳，傅依蘭就問出了自己心中的疑惑。

顧楓腳步頓了頓，猶豫道：「錯倒算不上錯，說到底還是不安全，姊夫是怕妳們出事。妳不知道敵人有多狠，我們收復大同時，城裡大半的人都被他們殺死了。活下來的人說他們就跟瘋了一樣，見人就殺，不管是白鬚白髮的老人，還是繈褓裡的嬰孩。還有女人，他們見到女人就……」

他在軍隊裡和兄弟們胡說八道慣了，話都出口了才想起傅依蘭是個大姑娘，有些話不方便說，也不方便聽，強自憋住的後果是被自己的口水給嗆著了。

傅依蘭已然明白，她以前也在記錄戰事的書裡看過，敵軍攻下一座城池，便讓部下燒殺搶掠。可是書上寫得再慘烈，讀起來依舊是遙不可及的故事，並不會生出太大感觸。

如今顧楓不過才三言兩語，卻令她生出身臨其境之感，隨之而來的還有對那些百姓的同情，對侵略者的憤慨，以及期盼親手保家衛國的激情。

「如果我比試時表現得還不錯，可否讓我留下，我不怕辛苦，也不怕危險，只想為大殷出一分力。」傅依蘭鼓起勇氣說出自己的心願。

如果對面的人是韓拓，她或許不敢這樣做，但顧楓不同，他就像個玩伴，即使知道不合宜不恰當，告訴他卻也無妨。

傅依蘭的去留與否顧楓作不了主，而且他的本意是要幫韓拓勸服她。此時雖然詫異她的膽量與豪情，卻也只能先敷衍著。

「這個麼，如果妳功夫確實強過男人，比如能贏了我，再說。」

到時候若是她輸了，便得乖乖回去。顧楓認為自己必勝無疑，一個閨閣貴女，怎麼可能比得過真刀真槍上過戰場的男子漢。

另一廂主帥營帳裡，顧嬋正在鬧彆扭，她頭埋在夏被裡，從剛才顧楓與傅依蘭離開後一直悶不吭聲。

韓拓試圖掀被子。顧嬋心知搶不過他，也不白費力氣，由得他掀開來，順勢轉頭埋向床褥，幽幽問道：「我可以不回去嗎？」

韓拓輕聲嘆氣，翻身上床，躺在顧嬋身側，伸手把她環住，又攥著她下巴硬把那顆小腦袋從褥子上挖出來，貼在自己胸前。

「前線太危險，妳留下來，我會擔心。」

「同你分開了，我會擔心你。」顧嬋學他腔調。

「有什麼好擔心的。」韓拓揉了揉她腦袋，笑道：「十幾萬大軍保護我一個，別說閃失了，只怕頭髮絲都不會掉一根。」

這話可不實在，純粹是哄小姑娘安心的。

顧嬋卻不傻，直接戳穿他。「你騙人，上次是誰受了傷，昏迷不醒，連三日都沒給我寫信？」

什麼時候的事？

韓拓自己早忘了，叫她一說，倒好像有過這麼一遭，不過論辯才他不會輸給顧嬋。「就算受過傷，我如今仍舊好好的，說明我命硬。而且又有蕭鶴年在，他可是氣死閻王。」

顧嬋半點不為所動，氣死閻王是個綽號，並非當真能夠逆天改命，起死回生。她稍猶豫，便下定決心，開口道：「王爺，還記得我作的那個夢嗎？」

「說我會戰敗的那個夢？」韓拓質疑道。「夢都是反的……」

「不是那個，」顧嬋打斷他。「是更早的一個，在墨園時講給你的那個，夢到我後來在宮裡中毒生病，王爺帶蕭鶴年來給我醫治的那個夢。」

韓拓其實沒什麼印象。他不信鬼神，顧嬋有時會被噩夢影響心緒，他知道了便哄，卻不會當真，自然也不會刻意記住。

此時明知她情緒不佳，只得含糊道：「嗯，那個夢怎麼了？」

顧嬋小聲道：「那個夢很長，夢到我十二歲之後，與現在完全不一樣的一輩子，夢裡面也有這樣一場戰事。」

韓拓耐心地順著她話問道：「哦，那夢裡面的這場戰事情況如何？」

顧嬋怕韓拓不肯信，心中有些緊張，小手用力攥住他衣襟，正色道：「夢裡的這場戰事，不是王爺出戰。因為，夢裡晉王妃出事比較晚，所以出戰的人是楚王。可是仗打到一半，啟表哥便頒出聖旨，說國庫空虛，要以救濟河南災民為先，削減了大半軍需。事出突然，楚王措手不及，後來便戰敗身死。王爺，你出發前，我問你軍需的事情，便是因為這事。可是，我又怕你不信，所以沒敢說全，但是後來發生的事情，都跟夢裡一樣，王爺，我真的害怕……」

說到此處她忍不住有些哽咽，停了停才繼續道：「怕你出事。」

韓拓覺得純粹屬於自己嚇唬自己。他顧慮顧嬋情緒，嘴上不可能說得這樣直白，只安慰道：「璨璨不怕，不會有事的。妳提醒之後，我已經事先做好準備，現有軍需尚能維持數月有餘，妳送來的現銀，再加上我自己的私蓄，足夠二十多萬人三年的開銷，我已經派林修去南邊打通採買渠道，全都很穩妥，絲毫不需擔心。」

「那三年之後呢？」顧嬋追問道。

韓拓有點好笑，也明白過來，為什麼她非要吊在李武成後面一路跟了過來，看來確實擔心到不行。這行為雖然有些傻氣，卻令他心中柔情湧動，說出來的話也更溫和耐心。「我的私蓄每年都會增加，三年內的進項至少也能再維持一年有餘，這樣一來便有四年時間了，其間事情或許會有轉圜變化的餘地，就算沒有，也有充足的時間再開源，一切都來得及。璨璨，無須緊張。」

韓拓說著，皺眉去拍攥在他衣襟上的小手，顧嬋攥得太用力，以至於指節都泛白了。

他故意說得輕鬆詳細，皆因知道給出一個比較具體的數字，讓顧嬋瞭解情況，可以有效緩解她的不安。至於其中的難處，無須讓她知曉。

「那這樣是不是就沒有危險了？沒有危險，我可以留下來嗎？我想在王爺身邊……」

顧嬋低聲求他，話還沒說完，帳外便傳來侍衛稟報的聲音，紅樺與白樺到了。

韓拓沒料到兩人來得如此快。

殊不知，這七天裡，王府裡伺候王妃的一眾人等急得頭髮都要掉光了。

顧嬋與傅依蘭走得突然，也沒想起讓人回去報個信。三恪堂裡的丫鬟們知道王妃和傅姑娘一起去為李侍衛長等人送行，她們常見傅依蘭，知道她功夫了得，自然不會多擔心顧嬋的安全問題，誰想得到，偏偏出了岔子。

王妃早起出門，等到日頭落山，也不見人影，再傻也知道定是出了事。王爺不在府內，大家也沒個主心骨，最後還是李嬤嬤老道，請侍衛們去城外尋找，結果可想而知，就是一無所獲。

王妃丟了，他們全都有失責之錯，誰也逃不掉，既擔心顧嬋安危，又害怕自己未來遭遇。

去安國公府打探之後，才知傅二姑娘也沒回家。
安國公將這兩個姑娘去處猜得八九不離十，他瞭解自家女兒有多大本事，並不覺得這一路有什麼危險。自從獨子去世後，安國公便將這個活潑好動的小女兒當兒子一般教養，不光是習武，日常讀書也都如男子一般習讀經史子集、兵書之類，所以傅依蘭偶爾做些膽大、較尋常閨女來說略出格的事情，他不但不意外，反而認為是沒白費自己一番教誨。
安國公夫人早先十分反對安國公的做法，畢竟這樣的姑娘不好找婆家，但當長子長女早逝，她漸漸也看開了。
兒子與大女兒都是世人眼中完美的典範。男的英偉不凡，文武雙全，女的貌美聰慧，溫柔賢淑，偏偏兩個連娶妻嫁人的年紀都沒到便去了。所以說，孩子們長成什麼樣並不是最重要，只要長命百歲，一生平順，品性沒有大問題便好。
至於嫁人之事，安國公也有話在先。「姻緣姻緣，那是要看緣分的，靖王那麼好的夫婿，瑞兒都沒嫁成，可見緣分不到。若真是有緣人，自會欣賞依兒，何須擔憂？若當真命中注定碰不到有緣之人，以我們的家底，女兒的見識能耐，還怕養不了她一世，過不好生活？」
安國公夫婦兩個對傅依蘭十分放心，因而也傳話回去，請王府裡的下人們別擔心顧嬋。
可是怎麼可能不擔心，尤其是從小近身伺候顧嬋的碧落、碧苓，愁得茶飯不思，度日如年。紅樺、白樺與她們兩人居處相鄰，日常來往甚多，全都看在眼裡。
直到韓拓派人回去，眾人終於知曉王妃「平安」抵達營寨，已與王爺會合，懸著的心才算落了地。所以紅樺、白樺兩人一路快馬加鞭，不到兩日便趕到了。

只是，叫她們前來的人，卻好似沒什麼效率。

這不，侍衛已稟報過一次，帳內好半晌未曾有反應。

營帳內，韓拓被顧嬋死死拽住衣襟，半歪半倒在床上，姿態略顯狼狽。

「璨璨，鬆手，我先去叮囑她們兩句，不是現在便叫妳走。」

韓拓嘴都說乾了，顧嬋卻無論如何都不肯放手，生怕她一鬆手，他便立刻叫紅樺、白樺進來將她帶走。

「王爺，求你了，我保證不給你添亂，我還可以照顧你，我幫你洗頭，還有洗澡搓背。」顧嬋委屈得像要被主人拋棄的小仔貓。

照顧人這種事她沒什麼經驗，唯有比照韓拓做過的事情，若不是「我餵你吃飯」這種話用在韓拓身上實在太過好笑，她也會毫不猶豫地說出口。

韓拓無奈，躺回她身邊，拍著她後背安撫道：「我沒打算讓妳立刻走，妳的傷還沒好，我肯定不放心，對不對？」

「那我好了以後呢？」顧嬋追問道。

好了以後，韓拓本打算是直接送她回幽州去，這也是他命令紅樺、白樺二人前來的最主要原因，可是現在，他不大確定。

因為韓拓發現顧嬋一個人留在王府裡太容易胡思亂想。在他眼中，顧嬋畢竟年紀還小，之前都和父母生活在一起，成親後也沒和自己長久分開過，這次是她頭一次單獨離開至親的人生活那麼久。不習慣是肯定的，又因為他離開是出征，她免不了擔驚受怕。兩相疊加，情緒自然也大受影響。所以，韓拓一點都不覺得顧嬋有什麼不對之處，反而認為是自己疏忽了對她的照顧，才造成這樣的問題，心裡歉疚，也因此開始另作盤算。

顧嬋見韓拓遲遲不答話，以為他打定主意要送走自己，只是在想怎麼勸說自己聽話離開。她著急起來，竟然鬆開韓拓衣襟，小手順勢往下探去。

韓拓毫無防備，冷不防被嚇了一跳，待反應過來，已被她抓個正著。

顧嬋小手柔若無骨，即便隔著衣服那觸感也是極妙的。而且平日裡，她都羞澀得不行，像這樣的方式，韓拓百般誘哄十次，她勉強能應一次已是稀奇，如今卻主動這般，動作雖然生澀無比，卻依舊令人銷魂，不過三兩下工夫，韓拓身上又支起了小帳篷，顯然不偃旗息鼓是不可能出帳去見人了。

「璨璨，別鬧。」韓拓探手過去抓住那作亂的小手，她根本不知道自己在惹什麼麻煩，撩起火容易，熄火卻艱難。

韓拓昨晚雖然借她小手紓解過，但沒想動真格的，畢竟要以顧嬋傷勢為重，不能胡鬧。

顧嬋早就滿臉通紅了，如果能選，她肯定不選這種方式，可她實在沒別的辦法。

「難道你不想嗎？」顧嬋又羞又臊，卻還記著要達到的目的，強迫自己說出一點都不賢淑的話來。

韓拓無奈以極，誰說他不想來著，可是顧嬋傷在大腿內側，他體恤她，她反倒不領情。

「我是為了妳好，」他湊近她耳邊，咬著她耳垂道：「妳傷還沒好，聽話，好不好？」

一邊說，一邊卻按著她小手動作著不讓走。

「剛才你說，傷好之前都不走，那傷好之後就可以……」顧嬋說到這裡，臉都恨不得嵌到他胸口裡，再也不要見人。「有時候，我也想的……」

再往後她實在說不下去了。顧嬋聲音小得比蚊子嗡嗡還細弱，但兩人離得近，韓拓聽得非常清楚。

她想的是什麼，不用說完他也明白。

兩人成婚一年多，雖然已經纏綿無數，但因顧嬋臉皮薄，從來也沒有過這種交流。那短短四個字對韓拓來說比最厲害的秘藥還有效，他一翻身便將顧嬋壓住，不過幾息工夫便將人從中衣裡剝了出來……

其實，韓拓知道許多辦法，不需碰到腿內，但從前顧忌顧嬋害羞，便不說不用而已，如今小嬌妻主動要求，他自然得好好滿足一番才是。

顧嬋碰到韓拓，從來都只有繳械投降的分兒，被他糾纏著折騰了小半個時辰，若非她反覆強調外面還有人等，只怕韓拓仍不肯甘休。

顧嬋久未承雨露，一時情熱，千迴百轉，事畢後自是嬌慵無力，面似芙蓉腰似柳。這般模樣，韓拓當然不會讓她見人，只草草收拾一番，自披了外袍去帳外。

紅樺、白樺兩人等得腿都直了，帳篷隔音甚好，她們不知韓拓適才荒唐之事，見到主子一頭大汗，還以為是熱的，根本不疑有他。

韓拓簡單吩咐幾句，主要是讓兩人日間待命照顧顧嬋，他還有正事在身，不可能一直像這幾天般時時刻刻陪伴她左右，事事親力親為，之後便命侍衛將紅樺與白樺帶去顧楓帳中與傅依蘭同住。

如此安置妥當，便回到帳內。

剛剛那番親熱，對韓拓來說那是遠遠未曾飽足的。此時打發了丫鬟們，他當然想要繼續未盡之事，因此一進帳篷便直直往床前走去。

繞過折屏後看到顧嬋抱著被子蹙著眉，一見他來，便呼呼喊疼。

「哪裡疼？我看看。」韓拓連忙快步上前。「可是頭疼？」

蕭鶴年曾說過，顧嬋腦袋受過震盪，又有瘀血，雖然醒來便無性命之憂，卻不代表沒有隱患，一切還有待觀察。

然而顧嬋搖頭說不是。韓拓的手便一點點往下探，四處摸索試探，他心中擔憂，動作並無挑逗之意，可不管他問到哪兒，顧嬋都說不是，一張面孔卻越來越紅。

「腿疼……」最後還是顧嬋自己主動說了出來，她此時臉脹紅得簡直像快滴出血來，才吐出兩個字便扯起被子蒙住頭，悶聲悶氣道：「腿裡面。」

韓拓足足在腦子裡過了三遍，才想明白腿裡面是指何處，立刻從下面掀開被子，去看她大腿內側。果然見到顧嬋左腿上有約莫一指長兩指寬的地方結痂掉下來，露出粉紅帶血的一處傷口。

這情況其實很正常，傷處雖結了痂，到底恢復的速度不完全一致，傷處有些地方結痂已自然脫落，有些地方卻還未曾痊癒，尤其越靠傷口中心處好得越慢。

剛才韓拓雖然揀了姿勢刻意避開，但情動之下，難免有所疏忽，到底還是碰到了顧嬋傷處。

顧嬋出了一身汗，身體裡也有東西往外流，全都糊了上去，她本來累得昏昏欲睡，半夢半醒間，不知是何緣故，只覺疼得厲害，直把她疼醒過來，偏偏所在位置極彆扭，自己還看不到，心裡越發著急慌張。

韓拓忙命人抬來熱水，先小心翼翼地給顧嬋擦洗乾淨，才去找蕭鶴年討傷藥。

蕭鶴年聽他描述後，已把顧嬋再受傷的原因猜得七七八八，他不動聲色，也不多嘴，只管拿了藥膏給韓拓，韓拓自是少不得親自給顧嬋重新上藥裹傷。

鬧了這麼一齣，兩個人都老實了，接下來幾天裡誰也不曾鬧過誰。

時間匆匆而過，很快到了三日後顧楓的休沐日。

軍營裡嚴禁私鬥，傅依蘭的身分又有些尷尬，顧楓覷著午晌時間，演武廳無人的時候，將她帶了過去。

馮麒和馮麟早已在此等候，傅依蘭也有紅樺和白樺來助陣，三對三，還未動手，陣勢上先打平。

演武廳兩側分列兵器格架，刀劍戟槍等等一應俱全。顧楓揚手一指，下巴微抬，風度十足地對傅依蘭道：「妳先選一樣順手的，我再用跟妳一樣的。」

後面這句有相讓的意思，可是傅依蘭並不領情，回應道：「為什麼要和我選一樣的，你也應當選自己順手的，比試起來才公平。」

她一邊說，一邊挑選出一把流水寶劍，作勢在空中揮上兩揮，感覺滿意，點頭道：「就是它了。」

顧楓則選出了一把精鋼大刀。「既然妳如此說，我便選自己更合用的，不過妳到底是女子，我讓妳三招。」

他自覺如此這般，處處照顧，傅依蘭應當十分開心才對。但事實上完全不是如此。

「為什麼要讓？」傅依蘭柳眉一挑，面帶薄怒。「我確實是女子沒錯，不過，打小爹爹教授我武藝時，從來沒說過一句半句，我可仗著自己是女子便輕忽怠慢，反而因為天生力氣比男子小，為補弱勢，要求得更加嚴格。」

顧楓聽得明白，那話裡的意思無非是「別因為她是女子便小看了她」，因而笑道：「我沒別的意思，只是自己身為男人，習慣了要照顧妳們姑娘家。」

誰知越解釋越糟糕，傅依蘭這回連眼睛裡都透出怒意來。「既然是比試，當然要公平公正，跟是男是女沒有任何關係，也不需要什麼照顧。何況，這關係到我去留的問題，若你不認真對待，還不如不比。」說著便要將劍擱回格架。

「別別別，」顧楓連忙阻攔道。「都照妳的意思來，我保證不讓妳分毫，我先出招好了吧。」

話音落下，寶刀已出，斜斜向傅依蘭劈去。而傅依蘭反應極快，長劍刺出挌擋。

你來我去，幾次眨眼的工夫，兩人已過十餘招，竟是棋逢敵手，完全不分上下。當然，這只是明面上看到的。

實際上，顧楓存了觀察傅依蘭本領之心，故意招招誘敵，引她使出全身解數，認真論起來，到底還是他技高一籌。顧楓敢如此做的原因便是認為傅依蘭不可能贏過他。輕敵之心是大忌，萬萬不該有，傅依蘭又有真本領，一刻鐘後竟漸漸被她占了上風。

顧楓本來並不介意相讓，就算旁人不知，他自己總是知道未盡全力。但傅依蘭存了留在軍營之心，又有言在先，輸贏涉及她的去留，顧楓便不能任意為之。他從小與顧嬋相處慣了，即便仍然免不了少年毛躁，卻比同樣年紀的愣頭小子多些暗地裡的體貼。

雖說比起武來，總是要分輸贏，可輸的那一方終歸是落了面子，心裡肯定不舒服。

顧楓本就心思活絡，在軍營裡又待久了，跟那些兵油子也學來不少奸詐招數，表面上招招示弱，狀似不支，其實暗地裡尋找著一招制勝的機會。只是，旁人如此做時，都是竭力遮掩，唯恐讓人看出一絲半點端倪。

顧楓偏偏反其道而行，生怕別人不知道，用了最易揭穿的方式。傅依蘭招招緊逼，他便順勢後推，一步一步挪向場地外側，終於在到達邊緣之地時，故意假作不慎，後腳跟絆在高起的臺階之上。

接下來本應仰面摔倒，傅依蘭長劍再進一步，指住顧楓咽喉或胸口要害，他再不能反擊，此次比試便算分出勝負。但顧楓有心設計，跌倒時故意轉動身體，變成俯趴在地，且一跌倒便故意慘叫一聲，大喊腳踝處扭傷。

傅依蘭不疑有詐，收了長劍伸手相扶。

哪想才一近身，顧楓便一躍而起，變化突起，傅依蘭躲閃不及，被刀鋒抵住脖頸。

「你怎地這般狡詐？」她怎麼可能服氣，立刻出口指責道。

顧楓一點不以為忤，反而極以為榮，笑嘻嘻道：「妳從小讀兵書，總聽過兵不厭詐這四個字吧，誰管妳過程如何，用什麼手段計謀，反正輸就是輸，贏就是贏。」

這點傅依蘭當然知道，可那指的是兩軍對戰，他們兩個不過是校場比試，既無關原則，亦無關是非，本應是光明正大的，怎能不擇手段？

傅依蘭因此對顧楓隱隱生出不滿。但確實如他所說，輸了便是輸了，她受制於人，再爭辯也無用，索性大方認輸。

顧楓撤了刀，插回格架，還不忘安撫傅依蘭道：「千萬別難過，妳的功夫當真了得，若不是妳毫不防我，或許我還贏不過妳。」

他讚美得十分真誠，完全發自肺腑。若真與敵人比試起來，露出後背，除了等著被人一劍刺死根本不可能再有其他。他使詐能成功，完全是欺負傅依蘭對他有關懷之意。

傅依蘭怎麼可能不難過。之前說好的，如果她贏了顧楓，他便幫忙想辦法讓她留下來。現在輸了，這樁約定自然無效。

她很快便要離開營寨了，思及此，傅依蘭鬱悶地低下了頭。

第二十章

不管兩位當事人多麼不情願，該離開時還是得動身離開。

好在韓拓並未打算將顧嬋當真送回幽州去。

戰事持續的時間誰也說不準，有了前車之鑑，他實在不放心讓顧嬋一個人待在太遠的地方，因此，安排她住進了墨園。這樣一來，只要韓拓有空餘時間，打馬快跑，一個多時辰便能到達大同見上顧嬋一面。

墨園本是山西都指揮使任翔其的私宅，一年前韓拓前來布防時，任翔其為了巴結靖王，便將此宅轉贈，那時顧嬋也隨同一起住過一段時日。

這座大宅院經過瓦剌軍屠城時的搶掠，已不似從前那般繁華，有幾處院落還被火燒過，就如大同城內一般，頗有幾分蕭條荒涼之感。

顧嬋動身那日，距她昏迷後醒來又過了十餘日，外傷盡數痊癒，內傷由蕭鶴年診脈確認無礙後，才正式開始準備啟程。紅樺和白樺自是要跟隨她。

韓拓與傅依蘭商量，讓她自己選擇是回家還是一同去墨園，傅依蘭便爽快選了後者。這也沒什麼不好，傅依蘭武功好，有她在，顧嬋多一個人照拂，韓拓還能更放心些，只要她們兩個不再串通作亂便好。於是，韓拓叮囑過紅樺和白樺，無論何時何地，至少得有一人與顧嬋寸步不離，若再發生王妃出走而她們不知這等事，不問何由，直接處以大罪。

一行人到達墨園時是夜半時分，這是韓拓刻意為之，儘量低調，不引人注意。

顧嬋仍被安排在上次住的墨染閣內。墨園唯有此處重新修葺過，至於其他院落，韓拓吩咐全部暫時保持原樣。

園內原本的下人在屠城之後死的死、逃的逃，已無人留下。

韓拓又命人去牙行買了四個十二、三歲的小丫鬟，分別負責墨染閣灑掃、洗衣、煮飯等雜務。而近身伺候顧嬋的當然是紅樺和白樺兩人。

他還安排了一隊侍衛駐紮在園內保護幾人，但都是做家常打扮，除在園內外巡邏看守之外，還輪流負責上街採買。所以，外人若沒看到那夜曾有一隊人馬到來，根本不會知曉墨園裡住進人來，只不過以為有幾個留守的護院而已。

不管是顧嬋還是傅依蘭，經過上次山路遇險的那一遭，心裡都有餘悸，至今未消，所以兩人此次分外乖順聽話，完全按照韓拓安排，只在墨染閣起居，再悶再無聊，最多也不過在墨園裡四處逛逛，看一看假山造景，坐一坐亭臺水榭，不曾出過大門一步。

韓拓數次往返大同與營寨之間，每次都是趕著城門將閉，披星而來，歇不過半個晚上，又趁著城門才開，戴月離去。

如此平安無事度過一個月。

大同府年初遭逢大難，說每家每戶皆有親人新喪也毫不誇張，到七月十五中元節這日，從白天起各種祭祀活動便陸續開展，整個城市瀰漫著濃郁的香火味道，梵樂禪誦亦在各處飄響不斷。

顧嬋歇了午晌起來，慣例要去西廂找傅依蘭到花園裡散步去，才由紅樺陪著出了房門，便看到跪在廊簷底下的四個小丫鬟。

「夫人，」打頭的名叫喜鵲，一見顧嬋便跪行上前，率先開口道。「我們想求夫人放我們出園子去山上給親人掃墓。」

顧嬋尚未應聲，紅樺已搶先道：「昨日白姊姊不是說過了，誰也不能出園子，這是老爺買妳們回來時就立下的規矩，要麼就老實守規矩，要麼就全發賣掉，一人犯錯，四人同罪。」

「可是今日是特殊的日子。」喜鵲是帶頭的，一概話都由她負責說，只聽她幽幽央求。「夫人，按習俗，家人新喪，如果不能在中元這日得到祭祀，往後在陰間可要吃大苦頭的。夫人，求妳可憐可憐我們吧。」

這四個小丫鬟，都是本地人士，父母親人全在屠城時丟了性命，她們年紀小，無親無故，無以為生，只能將自己賣給富裕點的人家討生活。

原本昨日被白樺拒絕後，她們也想就此罷了，不欲多生事端。但今日早起，聽著外面處處梵音，別的人家都在祭奠親人，她們難免動搖，合計一上午後，都覺得夫人平時和善好相處，看起來是個心軟的人，決定來求顧嬋。

其實這有點專挑軟柿子捏的勁頭。不過，誰讓韓拓刻意隱瞞他與顧嬋的真正身分，喜鵲等人也只以為他們是尋常富貴人家的老爺夫人，這才如此大膽。若知道是王爺與王妃之尊，再借她們一人一個膽子，也不敢前來冒犯。

顧嬋聽了嘆口氣，軟綿綿道：「別說妳們了，就連我也不能夠出園子的。這樣吧，叫護院們去採買的時候給妳們帶些紙錢河燈回來，晚上妳們在園子裡祭一祭好了。」

這番說話，與白樺昨日的回覆大致一樣，四人別無他法，只得死心遵從，等到入夜之時，蹲在後院荷塘邊焚紙錠、放河燈。

大同如今百廢待興，雖然城內居民比從前少了大半，可鑽營賺錢的反而多起來，趁中元節花心思撈一筆的大有人在，那蓮花狀的河燈不光做得唯妙唯肖，描金畫彩，還在正中點蠟燭的地方做了羊角罩，美其名曰「長明不滅」。

四個丫鬟在近處看不覺什麼，顧嬋與傅依蘭坐在亭子裡遠遠看過去，只覺一片燭光閃閃，火光映紅，隨波蕩漾，亮如白晝。

顧嬋不自覺地想起章靜琴來。自從大同府被攻陷之後，她與章靜琴就斷了音信。這次住進墨園後，也徵詢到韓拓同意，讓侍衛去章靜琴舅家打探。可侍衛回來後，回稟說那一片民宅全燒毀了，未曾尋到知曉那一家下落之人。

顧嬋只能暗暗期盼，他們在屠城前已順利逃走。其實，若人無礙，即便在逃難路上，沒有穩定位址可以收信，卻分毫不妨礙給人在王府的顧嬋送信報平安。

顧嬋不是不懂這道理，只是不願深想，也不願想到壞處去，於是總反覆勸慰自己或許當真有各種各樣的不便之處也未可知。想完心事，再向荷塘看去，便發覺不妥。

墨園的荷塘雖是人工開鑿，卻並非一池死水，而是與大同其中一條河流主幹相連，引入活水。這會兒河燈排著隊隨水流漂向園外，卻在那恍如白晝的光亮間影影綽綽地看到水中豎起一片密密麻麻的蘆葦管，足有三、四十枝那麼多，流動方向與河燈相反，極迅速地向園內漂來。

顧嬋都看得到，白樺、紅樺與傅依蘭自然也看得到。紅樺與白樺兩個擁著顧嬋便走，傅依蘭跟在後面，寸步不離。

出了亭子，白樺從腰間取出竹哨吹響，引侍衛們過來，腳下仍舊絲毫不停，只管趕路。

說時遲，那時快，只聽嘩啦啦水聲激烈響動，顧嬋回頭一瞥，見到從荷塘中躍出幾十個身材高大魁梧的男人。他們上了岸，爭先恐後地向顧嬋等人這邊跑過來，人人手上都持有兵器，卻完全不知是何來路。

顧嬋幾乎是被紅樺、白樺兩人拖著跑，她心下驚慌，腳底一絆，眼看便要摔倒，白樺連忙搶著扶住。

那群人來得極快，只這樣微一耽擱，幾乎已追到近前，長刀長劍紛紛向幾個女子揮砍過來。

千鈞一髮之際，侍衛們總算趕到，格開兵器，免去她們危難。抗敵的任務有侍衛承擔，白樺和紅樺自然不再停留，帶著顧嬋一路小跑，回到墨染閣內。

然而，她們並未因此平安無事，墨染閣內已有不速之客等在正房明間。那人高坐榻上，手中把玩從矮几上順手拿起的一只玉柄如意，聽得院中腳步聲響，也只微微勾動唇角，並未有任何行動。

顧嬋等人尚來不及察覺房內多了人，剛踏進院內，行至天井正中，便被上百名從天而降的士兵團團圍住。

那些士兵都穿著黑色戰甲，樣式與玄甲軍所穿一模一樣，雖然手持兵刃卻不曾動手，只是漸漸將包圍圈向中心縮小。

不單是顧嬋與傅依蘭驚疑不定，搞不清這些人到底怎麼回事，就連從玄甲軍出身的紅樺和白樺也同樣一頭霧水。

幾萬大軍，她們不可能全都認得，即便見到生面孔也並不新鮮，但眼前這群人，這樣的架勢，雖然不曾出手傷人，但明顯來意不善。可是對方人多勢眾，貿然動手根本占不到任何便宜，倒不如以靜制動，後發制人。

待最內一層士兵與幾女只有半臂遠的距離時，房內那人才翩翩然步出門來，站在石階上居高臨下，對著眾人道：「末將孟布彥，奉王爺之命前來接王妃回營。」

四女無一人相信孟布彥的說詞。她們皆有默契，若韓拓當真想將顧嬋接回營寨，也會親自前來。而且，紅樺與白樺從未聽過玄甲軍裡有孟布彥這號人物，就算她們離開軍中已有近三年時間，但能替韓拓執行這等人物之人必是親信，斷不可能是突然竄起的無名之人。

孟布彥並未打算去管她們相信與否，直接做出手勢示意道：「王妃，請。」

說話時，如鷹般犀利的雙眼緊緊盯著士兵包圍圈中的四名女子，顯然不能確定究竟哪個才是靖王妃。

白樺率先出聲質問道：「你說你是王爺派來的，可有信物？若無信物，則無法證明你身分，我們自然不會跟你走。」

「哦，」孟布彥笑了一聲。「事出突然，走得太急，信物忘了帶。」明明是找藉口，卻連謊話都不肯用心編圓，擺明仗著人多欺負人少，不管她們願不願意都要強行帶走。

顧嬋剛欲上前一步與他對話，卻突然被傅依蘭從後面暗中拽了一下腰帶。傅依蘭用的力氣很大，顧嬋只覺小腹上被狠狠地勒了一下，疼得不行，行動自然緩下來。

傅依蘭乘機上前，挺胸抬頭，高昂著下巴，擺出一副目中無人的架勢來，冷冰冰道：「既是如此，孟大人還是請回吧。若王爺責怪，你請他親自來找我問罪好了。」

她自認王妃，雖是強作鎮靜，口氣倒還自然輕鬆，彷彿如同當真打發下屬一般。白樺和紅樺都是丫鬟打扮，又因為兩人實際上是女護衛，因此服裝首飾都極為簡單，一眼便可認出並非主子身分。

至於顧嬋和傅依蘭，兩個不論是衣服質料，還是首飾華麗程度，都差不多。下晝時無事可做，她們還互相給對方梳了幾乎一模一樣的墜馬髻。

孟布彥從前沒見過她二人，此時自是無從分辨出誰是真正的王妃，見傅依蘭主動承認身分，也並未有所懷疑。

「末將恐怕不能如王妃所願。」他說到此處故意停頓幾息，吊足了四女胃口，才繼續道：「三日前瓦剌大軍突襲，王爺率兵迎戰，中了埋伏，身受重傷，只怕無力回天，因此特命我接王妃前往大營見王爺最後一面。」

顧嬋腦中「轟」的一聲響，身子一晃，幾欲暈厥過去，幸而紅樺一直在旁挽著她，才未曾摔倒。

孟布彥不動聲色地掃了顧嬋一眼，又向傅依蘭拱手道：「實在是事出突然，末將唯恐耽擱了時間，因此並未拿信物，還請王妃見諒。事關重大，王妃勢必要隨末將前往才行。」

說不去有用嗎？答案顯然是否定的。

韓拓留下的六十名侍衛，分為三組，分別守在墨染閣外、墨園內圍以及在園內巡視，白樺吹竹哨招去荷塘的便是機動巡視的二十人，其餘的顯然已被孟布彥一夥解決掉了。

以白樺、紅樺還是傅依蘭的武功，不是不可以拚死一搏，然而那沒有意義。若孟布彥所言非真，他故弄玄虛的緣由且不問，至少暫時並不想傷害她們。她們四個如今是人家砧板上的魚肉，最好的自保方式不是與這百餘名士兵搏鬥，倒不如順勢而為，之後另尋機會反擊逃走也罷，總比在這裡莽撞送命來得好。何況還有一半他所言非虛，若此時不跟去，韓拓真的出了事，那可要令顧嬋後悔終身。思前想後，四人最終還是順從了孟布彥，由他安排登上馬車。

車行一路向西北而去，天朦朦亮的時候，還當真到達了一處營寨。

只是這營寨比韓拓那處規模小得多，伴著朝霞放眼望去，最多也就幾百頂帳篷而已，總人數應當不超過五萬。

「王爺在何處？」顧嬋只作不知其中蹊蹺，一下馬車便放聲問道。「還請孟大人快帶我們去見王爺。」

孟布彥這時也不再假裝，直接道：「王爺暫時未在寨中，等他到來我必定第一時間通知王妃前往相見，先請王妃去帳中休息等待。」

無須他刻意吩咐，自有兵士主動上前帶四女前往。

「此處是將軍專為王妃準備的營帳，請王妃與眾位姊姊在此好生休息，帳外有人十二時辰聽候傳喚，有事只管吩咐便是。」

帳內一張大床，床上鋪著白狐裘床被，地上鋪著一色的狐裘地毯，毯上置一矮几，四面各一裘皮坐墊。除此之外再無其他家具。

紅樺心中有氣，只看一眼，便向那兵士挑剔道：「你們怎這麼小氣，連桌椅櫃凳都不捨得給我們王妃用嗎？」

士兵垂眸答道：「小的會向將軍回稟，就說王妃對帳內陳設不大滿意，需要再調整。」言畢，便藉此為由告退。

不多時，果然有人進帳來重新佈置。不過，只是在大床外側闢了地方出來，拉了油地氈，佈置成一處足夠三人躺臥的地鋪，鋪蓋依舊是用狐裘床被。之後，再無人進帳來。

顧嬋一直坐在地毯上，手撐在矮几上側支螓首，反覆打量周圍略顯怪異的佈置，好一陣才向三人道：「我看那孟布彥未必是小氣，狐裘比錦被貴得多，他卻用得毫不吝嗇。」

「那他打的什麼主意？」傅依蘭跪坐在她身旁問道。

顧嬋答：「我覺得，他可能是怕我們尋死，錦緞被面撕開後可搓成繩，」她說著，手往頭頂架木一指。「若有心尋死，踩著高桌或高凳，便自掛東南枝了，這矮几太低不夠高度。」

前世裡，因新婚夜時她暗藏金釵尋死，韓拓後來有一段時間，便是這樣對付她的，收走了鳳儀宮內所有尖銳的器物，被鋪也換過，只不過家具沒搬走，差使了若干心腹寸步不離地盯著她。

「也有可能是怕我們借機傷人。」白樺道。「我與紅樺都會功夫，可運氣劈開椅凳，屆時便有棍棒武器，說不定還帶有尖刺，一戳便是一處傷。」

之後幾天的情形，不斷證明她們的推測正確。孟布彥雖然未再出現過，但他的手下待顧嬋等人卻十分周到。不論是三餐還是茶水，都有人定時送到，絕不讓她們渴著餓著。

膳食菜色豐富美味，茶水是今年最新鮮的明前龍井，用來款待貴客都毫不失禮。只是，每次送飯送水來的婆婦，都會待在帳內看著她們吃完喝夠，然後立刻將所有餐具壺盞等收走，一件不肯留在帳篷內。顯然是因為那些器皿皆是瓷製，打碎後即可傷人也可自傷。

帳內防得緊，帳外亦是，一隊士兵十二時辰不間斷地看守著。白樺藉口討要茶水出帳看過，但也只數到帳前十五人，帳後人數還未知。

這日歇午晌的時候，顧嬋在睡夢裡，聽到帳外有女聲喧譁。

「為什麼不讓我進去？」

語調挑高尖刺，彷彿極憤怒一般，聲音好像有些耳熟，但這語氣很陌生。

顧嬋迷迷糊糊地翻個身，半夢半醒之間，又聽到士兵恭敬卻不退讓的答話。「小的不敢為難夫人，只是王爺吩咐過，除了日常送飯灑掃的僕婦，旁人一概不許出入。若出了紕漏，便以軍法處罰，一人犯錯，全隊同罰。小的實在承擔不起，還請夫人見諒。」

「紕漏？你的意思難道是說我是奸細嗎？好大的膽子，竟然誣衊我，若叫王爺知道了，你以為你不用受罰嗎？」

那女聲聽起來又添了幾分氣惱，她聲音響亮，顧嬋被吵得漸漸清醒過來，翻身坐起，見身旁的傅依蘭與地鋪上的紅樺、白樺也都已醒來，四人皆未作聲，只互相交換過莫名其妙的眼神。

「小的不敢，小的不是那意思。」士兵連連道歉。「請夫人切勿與小的計較。」

「嗯，行了，饒過你了。」那女聲彷彿從鼻子裡哼氣似的說了幾句，擺出大方寬和的姿態，然後話鋒一轉，又回到最初。「只要你讓我進去……」

士兵自是不肯的，兩人再次爭執起來，只聽那女聲又漸高昂起來。「……別以為瞞得緊我便不知道，王爺那天夜裡帶回四名美貌女子，我不過是過來看看幾位新妹妹，大家聊聊天親近一下，往後在營寨中也不那麼寂寞。」她說著說著竟然帶起哭腔。「你們防我防得這麼緊，是以為我要做些什麼，難道以為我會害她們不成……」

「小的不敢妄自揣測夫人心思……」士兵連忙道。「若是夫人有此打算，不如先與王爺商量……」

「你的意思是我故意瞞著王爺行事？」女聲瞬間又拔高起來，頗有幾分惱羞成怒的意味。

「小的不敢……」士兵終於發現自己怎麼說都能被挑出錯來，索性只管反覆強調這四個字。

顧嬋抱膝坐在床頭，那女聲聽起來很像一個人，可是，怎麼可能……

帳外又吵嚷一陣，那女聲十分伶牙俐齒，終於漸漸占了上風，被允許入帳。

只見帳簾一挑，窈窕的鵝黃色身影晃了進來，顧嬋不可置信地瞪大眼睛，竟然真讓她猜著了。

此人她們全都認識，正是自從大同失守後便失去音信的章靜琴。

顧嬋擔心了好幾個月，這時見她人好好地站在眼前，驚喜自是不需言說，立刻下了床，快步至她身前，拉住人左看右看，不敢相信般說道：「阿琴，真的是妳？」

「難不成還有人會假扮我嗎？」章靜琴笑著搖頭，在顧嬋頰邊酒窩處戳上一戳，這是她從前最愛用來逗顧嬋的動作之一。

「可是，妳怎麼會在這裡？」顧嬋問道。「還有，剛才那人為什麼稱呼妳作夫人，我記得妳訂親的那戶人家姓蕭？」

而他們對話中的首領，明顯是指孟布彥。

章靜琴並未直接答話，拉著顧嬋到矮几旁坐下，才反問道：「先別忙說我，倒是妳……妳們怎麼在這裡？那天我看著像妳，可是離得太遠認不準，而且還有她們，」她下巴一揚，指向傅依蘭等人示意。「我琢磨來琢磨去，只一個人長得相似尚說得過去，哪有正好四個長得都像，還全部湊在一處的道理，所以今日特意找了機會過來看看。」

顧嬋將孟布彥如何帶人闖入墨園，將她四人強行帶至此處的過程敘述一遍。

「這麼說來，妳們還不知道他是誰？」章靜琴問道。

顧嬋點頭稱是。「阿琴，妳可知道他是誰？他帶我們到這裡來究竟想做什麼？」

「他真正想做什麼，我不清楚。不過，如果妳們知道他是誰，大概也能推測得出他的目的。」章靜琴道。「他是瓦剌新汗同父異母的弟弟，名叫布和哈達，孟布彥是他的漢名。」

傅依蘭最警覺，聽她如此說，立刻道：「難道他抓靖王妃是為了要脅王爺投降？」

章靜琴嘆氣道：「我不知道，我也是被他抓來的，處境不比妳們好多少，他打算做什麼也不會告訴我。」

即使章靜琴沒說明，她們也猜得出她遇到什麼事，那士兵的稱呼已足夠明白，若非被孟布彥占有的女人，又怎能被稱為夫人？

然而，瓦剌人淫辱漢女眾多，卻並非每個都有資格被稱一聲「夫人」。

傅依蘭腦筋轉一轉，便問道：「妳是怎麼成為他的夫人的？」

話一出口，就見章靜琴咬著唇低下頭去，顯是不願意詳述。

然而傅依蘭並不放過她，也不理顧嬋搖頭阻止的動作，繼續追問道：「妳不要怪我，我不是想逼妳，可是妳也瞭解我們的處境，如果孟布彥真的用璨璨要脅王爺，那涉及的可不止我們四人性命，還有咱們大殷千千萬萬的百姓安危。我們總要知道妳到底想如何？」

說白了，就是在問章靜琴，這樁事上，妳到底站在哪一邊，是生妳養妳的祖國，還是為了孟布彥便一心向著瓦剌。

孟布彥那晚捉人的目標是靖王妃，而靖王妃背後指向的便是韓拓。傅依蘭假冒身分，不單是為了保護顧嬋，也是為了保護韓拓，顯然至今並無人懷疑過此事，但有章靜琴在，她與各人皆熟識，若說出去，豈不是要壞事。

章靜琴雖不知此事，但傅依蘭的話她當然聽得懂，她抬起頭來，一字一句道：「妳不必擔心，我並不願意留在此處，也不貪圖他瓦剌王爺的榮華富貴，如若不然，也不會特意趁他出營去時想方設法進來確認妳們身分。」

「妳想離開？」傅依蘭緊追不放。「我們也想離開，既然大家目標一致，不如一起想辦法。」

「能有什麼辦法？」章靜琴遲疑道。「這一處營寨有幾萬士兵，我們只有五個人，我和璨璨可半點武功都不會，只憑妳們三個，又如何能對付得了那麼多人？」

傅依蘭何嘗不知雙拳難敵四手的道理，這幾日她翻來覆去想的都是脫身之法，只是苦於她們四人被囚禁在帳篷之內，再多的主意都無法施為。章靜琴行動自由，那些士兵明顯也對她有敬畏之心，若她願意，能做的事情可就多了。

傅依蘭之所以要追問章靜琴的心態即是為此，如她心向著孟布彥，那不提也罷，但既然她也想走，自然會是眾人最好的幫手。

「明的不行，可以來暗的。」傅依蘭將自己的想法講出來。「比如，可以在他們飲食中下藥，暫時失去行動能力，這樣我們就能借機離開，等他們恢復過來，我們已經走遠了。」

她想了想又道：「我們四個都會騎馬，妳會嗎？不會也沒關係，我可以帶著妳，這樣逃走時比較快，妳知道這裡確切的位置嗎？如果知道會比較好，我們來時是夜裡，看不清楚周邊環境，我只知道當時走的那條路，那是從山上過來的，妳可還知道別的出路？」

「我來時是隨大軍從瓦剌大營過來的，當時走的是平地草原，不過輾轉了好幾處地方，實際路線我可記不住。妳們不是從大同過來的嗎？既然妳記得住路，不如原路返回，找到靖王爺，大家就都安全了。」章靜琴一一答道。「騎馬我是不會，不過，最主要的是，妳有那種藥嗎？」

若沒有，一切豈不都是空談。

「我沒有。」傅依蘭攤手道。

那一刻，另外四個人看她的眼神，令她想起與顧楓在演武場比試那天，自己被顧楓耍詐輸給他時的心情。

怎麼形容好呢？就好像對面站著的是個無賴。可，現在情形和那時一點都不一樣，這時候她太正直又怎麼可能逃走。

傅依蘭壓下自己心中的不安，正色道：「所以，得靠妳去找，找到藥以後，再尋適當的時機下藥，我們四個不能出帳篷，這一切都得靠妳一個人完成。」

「會不會太危險了？」顧嬋蹙眉問道。

「當然危險，」傅依蘭答道。「可是這已經是我能夠想出來，又切實可行的唯一辦法了。」

如果她自己能夠離開帳篷的話，會毫不猶豫地去做這件事，可是她不能，那只能讓章靜琴來。

傅依蘭知道顧嬋會擔心章靜琴的安危，因為她們是朋友，所以她根本也沒打算與顧嬋商量，就直接講了出來，壞人由她自己一個人做，反正她與章靜琴算不上朋友。

大同，墨園。

韓拓一進入墨園便覺不對，他安排的侍衛暗哨，今日全都消失不見。然而，他並未停步，因不知發生何事，又擔心顧嬋，反而走得更快。

身後隨從的李武成等另三名侍衛則已將手按在佩刀刀柄之上，若有異狀發生，隨時便可提刀出擊。

整個墨園都靜悄悄的，一路行來，連個人影也未見。

進了墨染閣，有幽幽燈光從正房窗內暈出。韓拓毫不遲疑，直接推門而入，房內不見顧嬋等人，榻上卻坐著一名男子。

這結果並不出乎意料。

「孟布彥，你在這裡做什麼？」他直接問道。「我的妻子呢？」

「靖王爺，請放心，王妃與三名侍女都平安無事，本王對待她們有如上賓，絲毫不曾怠慢。」孟布彥不緊不慢地說道。「至於目的，本王只想請你答應與我合作。」

孟布彥三個多月前便求見過韓拓。據他自己說法，瓦剌新汗斯達吉並非他父汗屬意的繼承人選，但是斯達吉為人詭計多端，耍了手段謀奪汗位，之後藉著與大殷開戰的機會暗中謀害一眾兄弟。

孟布彥帶軍攻入大同後，找到曾服侍他父汗的侍衛，這才得知事情真相，回到瓦剌主營後與斯達吉鬧翻，帶了自己部落的兵士出走。事後他找到韓拓，希望與之聯合，攻下瓦剌後，殺死斯達吉，奪回本應屬於自己的汗位。

韓拓對他們兄弟間的鬥爭不感興趣，也不打算摻和。再退一步講，誰又知道他們兄弟是否真的鬧翻，萬一這是敵人耍詐，明裡聯合，暗中打探機密，豈不是要出大事？

所以，韓拓直接拒絕了他。沒想到，過了這麼久，孟布彥都沒死心，甚至暗中查探，發現了韓拓刻意隱藏的人，看來這人比他之前預想的還要難打發得多。

韓拓往側旁交椅裡坐下，連正眼都不願看他，只道：「就因為我上次拒絕了你，所以你抓走我妻子威脅我？哼，孟布彥，我韓拓可不是那等輕易受人要脅之人，你必定將為自己所作所為付出代價。」

他心中其實急得起火，可如果當面承認這些，未必能救顧嬋，還只會被眼前這人完全拿捏住軟肋，只好裝作滿不在乎，義正詞嚴恐嚇他。

孟布彥皮厚得很，頗有些油鹽不進。「王爺誤會了，我並無威脅之意。上次見面太過匆忙，有一物未來得及給王爺過目，今日前來，便是為此。」

他一邊說，一邊伸手入懷，掏出一個物件，往韓拓眼前遞去。

韓拓看得分明，那是一只羊脂白玉觀音墜，與他早年送給顧嬋的那個一模一樣。白玉觀音並不罕見，他之所以能一眼認出，是因為這觀音雙眼處嵌了紅色珊瑚。

韓拓生於皇家，長於皇家，見過無數奇珍異寶，紅眼觀音卻未曾見過第二個。他向來心思細密，然而有句話叫做關心則亂，因為事情裡裹著顧嬋，便疏忽了孟布彥前面說的那句話。

看到紅眼觀音時，立刻以為是顧嬋平時頸上戴的那尊，怒氣更盛，不由諷刺出聲。「你特意拿內子的隨身玉件來見我，還說不是威脅？」

「哦，王妃也有同樣的嗎？我還當真未曾注意到。不瞞王爺說，這紅眼白玉觀音是本王母親遺物，我從小佩戴至今，一日未曾離身。」

韓拓此時已反應過來，之前是自己想岔了，即便孟布彥要拿顧嬋隨身的物件來證明她確實落入他手中，也不會是這尊觀音墜，畢竟顧嬋完全不記得此物是自己所贈。

「既是你母親的遺物，拿與本王觀看做甚？」他問出心中疑惑。

孟布彥道：「自是因為我知道王爺您也有一塊一模一樣的玉墜。」

韓拓瞇起眼睛不說話。他是如何知道的？那物件是元和帝在韓拓離京就藩時給他的，他半途轉送給顧嬋，即使是近身伺候的下人，也沒幾個知道這玉墜的存在。

孟布彥是遠在千里之外的異國王子，兩人在此次戰事前從來未曾見面，他怎麼會知道韓拓曾經擁有過什麼物件？

「王爺不好奇原因嗎？」孟布彥問道。

韓拓哼一聲道：「既然你專程帶了它來找我，自是打算告訴我，何須我再追問。」

他不是不好奇，而是懶得應付他的故弄玄虛。

「也對，是我自作聰明了。」孟布彥笑著致意，之後便正色道：「紅眼觀音是西涼國宮廷密宗尊神，只有皇室成員才能祭拜。而羊脂玉產地便在西涼國。四十五年前，西涼國國主從當年出產的羊脂玉中選出最上等的一塊，命工匠依紅眼觀音的模樣雕成玉墜，嵌上從大殷國得來的南海紅珊瑚為眼，分別贈與自己的一子二女。不過可惜，西涼國國運不隆，立國前後不過百年便被殷人西征滅國，國王殉國，太子被殺，大公主被殷國太子擄走，二公主雖然逃出，卻流落瓦剌，後來陰錯陽差地成為汗王的侍婢。」

孟布彥說到此處停下，看向韓拓，見他無甚特別反應，又繼續道：「二公主年幼貌美，沒多久便被汗王納為妃子。瓦剌與中原風俗不同，汗妃不分大小正側，原是地位平等。但汗王妃子眾多，其中不少更是部落首領的女兒，身分自幼尊崇，對二公主這個來歷不明從婢女晉升妃位的自是多番欺凌。汗王是男人，對女人間的這等事根本不聞不問，更不要提保護照顧了。二公主為了年幼的兒子一直隱忍，卻在孕育第二個孩子的時候遭了暗害，終至喪命，臨死前將這紅眼觀音留給七歲的兒子，命他記住她的遺願，有朝一日能與大公主相見團聚。」

其實韓拓已經聽得明白，孟布彥意指韓拓的母親是所謂的西涼國大公主，也就是說他們兩人是表兄弟。

韓拓出生時，母親便難產而死，自幼從無人向他提及亡母身世，亦無從聽聞外祖家世。孟布彥的一番話，倒是與這情形對得上號。

韓拓曾在元和帝書房裡見過母親的畫像，是難得一見的美人。若元和帝當年領兵出征哈密衛時，見到西涼國的亡國公主貌美而強占亦屬尋常。

他是近而立之年的男人，又有一番功業，母族身分究竟為何對他心情影響甚微，心思也就能保持清明。孟布彥所說若為真，也並非為了表兄弟相認，只不過是為與韓拓聯手之事增加籌碼。如若不然，早些年他去做了什麼。二公主一介女流，無能無力，自然不可能千里尋姊，他孟布彥卻是成年王子，手下有兵士，更有自己的部落，想與韓拓相識相認多的是辦法機會。

可是他以前沒有，在上次被韓拓拒絕合作時也沒提，反而在抓走顧嬋後才將此事講出，此等先要脅後拉關係套近乎的做法實在令人齒冷。

「所以呢？你想說明的是什麼？」韓拓這是明知故問，語氣自然也不會好到哪裡去。

孟布彥不以為意，他抓了人家的妻子，自然得要承受人家的怒氣，而且受點氣算什麼，最重要的是達成目的。

「王爺之前不願與我聯手，可是擔心事後我會出賣你？又或者是根本以為我是斯達吉派來的奸細？」孟布彥心平氣和道。「我只想告訴王爺無須擔憂此事，那斯達吉的母親是害死我母親之人，如今他又搶走屬於我的汗位，我與他早已勢不兩立，更何況我與王爺是表兄弟，自不會為他出賣王爺。」

其實兩人幼時遭遇極為相似，心態上也有相同之處。韓拓對元和帝其他的兒子都只有面子上的兄弟情。

孟布彥呢，蒙古人不講究禮儀孝悌，所以他與同父異母的一眾兄弟間連面子情也沒有，向來是明爭明鬥，毫不相讓。親兄弟尚且如此，自然更不會對表兄弟之間的親情有任何期待，若非如今籌謀與韓拓聯手，他確實從未打算過與之相認。

說來這有些功利主義，可生在皇家，身為皇子，哪個又不是如此呢？

韓拓依然不信任孟布彥，但他如此表態，顧嬋又在他手中，到底投鼠忌器，不好太過強硬，索性順著他的話道：「好，我也希望能夠相信你。不過，若你想取信於人，是否應當先釋出誠意？」

孟布彥爽快道：「王爺想我做些什麼？只要你提出來，我一定照辦。」

「請將內子放回。」

三更的梆子聲已停歇。

章靜琴仍像沒頭蒼蠅一般在營帳內走來走去，她心中實在焦慮不安。

忽聽有人掀了簾子走進來，她以為是伺候自己的小丫鬟托亞，開口便問：「都好了？」

一回頭對上的竟是孟布彥的面孔。

「好什麼？」孟布彥一路風塵僕僕，一邊解去衣袍，一邊問話。

「哦，我以為是托亞。」章靜琴著急起來，不知從何處撒謊，索性直說。

誰知孟布彥追問道：「妳讓托亞去做什麼了？」

他只是隨口一問，章靜琴卻因心虛而失措。「王爺，我做了一件錯事，不知道王爺是否肯原諒我。」

「說來聽聽，」孟布彥親暱地捏了一把她的面頰，笑道：「說得好的話，別說原諒，幫妳收拾爛攤子都沒問題。」

「上次王爺回來的時候，我見到王爺帶回來數名女子，以為是王爺的新歡，心中不是滋味，便趁著王爺不在營寨時，故意闖進她們帳中去了。」

章靜琴垂眸絮語，爭風吃醋又乞憐認錯的兩種姿態皆擺得十足。

男人都喜歡女人為自己吃味，只要行為不過線便好，章靜琴誤闖營帳本也不是多大事情，孟布彥分毫不以為忤，只道：「那妳現在知道不是了？」

「嗯，王爺你沒生氣吧？」章靜琴看不出他態度到底如何，便追問道。

「本王生氣，」孟布彥伸手將她箍在懷中。「我們分開三日，若妳好好伺候一番，本王才能消氣。」

章靜琴假意迎合，手上推著他道：「王爺先去洗個澡呀。」

孟布彥依言喚人抬來熱水，卻不肯放開她，拉拉扯扯地硬要一同沐浴。

「哎，王爺，」章靜琴扭扭捏捏不肯答應。「王爺趕路辛苦，我去給王爺倒杯茶。」

孟布彥知她心思，便鬆開手，她會藉口拒絕，他也會以退為進，讓她不能逃避。「也好，本王確實渴極了，一刻都不能多等，妳倒好茶送過來。」

一邊說一邊走到屏風後面去。

章靜琴湊在桌前從茶壺裡斟出一杯茶來，卻並未立刻端過去，直到聽得水聲響起，知道孟布彥已進入浴桶，才從腰帶裡摸出一包藥粉，往茶杯中倒去。由於她心中驚慌害怕，難以鎮定，手抖得厲害，一大半都撒在外面，又用手攏了，再放入杯中，待到終於妥當之後，已經出了一身的汗。

孟布彥並未察覺到章靜琴的異狀，見她舉著茶杯餵他喝茶，毫不客氣地一口飲下，之後，便一把將人拖進澡桶，好一番折騰。

可那藥勁太大，才行事到一半，孟布彥便支援不住，頭一歪，靠在章靜琴肩窩沈沈睡去。

章靜琴連忙將他從自己身體裡推出去，扶著他靠在澡桶邊緣，這才爬出去，換過乾衣服，匆匆往帳外走去。走到門前時，忽然想起一事，又奔回屏風處，在孟布彥的衣物中翻出首領權杖，這才真的離開。

三日時間極短，但她到底還是弄到了傅依蘭說的那種藥。但是藥量不大，不可能對全營寨的人奏效，最後決定只用來迷暈看守顧嬋她們所住帳篷的幾十名侍衛。

章靜琴藉口這幾日總是進那帳篷，給侍衛們找了麻煩，入夜後命托亞給他們送去湯水。那湯水當然是混入藥粉的，只是托亞不知，侍衛們也不知，一邊讚美夫人體恤，一邊大快朵頤，最後一個兩個接二連三昏睡過去，連托亞都沒能倖免。

章靜琴按照約定地過去，紅樺、白樺已將所有侍衛拖入帳篷裡，又剝下五套侍衛服飾，取了腰牌，五人扮作奉命出營辦事的侍衛。

在營帳出入口處當然遇到盤查，但章靜琴手上有孟布彥的權杖，所以順利放行。

第二十一章

五個人四匹馬，趁著夜色一路往南，才奔出不遠，便見四騎迎面而來。

明月高懸，視物無礙。

「是王爺。」

顧嬋最先認出打頭那人正是韓拓，她興奮至極，催馬加速，直朝著他過去。

韓拓當然也認出她來，同樣催馬上前，兩馬錯身相貼時，他展臂一攬，便將顧嬋拉到自己馬上。

顧嬋以為韓拓是要她與他共乘一騎，卻沒想到落坐到白蹄烏上面對韓拓時，還未待她對此有何表示，韓拓已將人緊緊擁進懷中。

當著這麼多人，顧嬋不是不害羞的，可是她也非常想念他，加上剛才出逃的過程順利得好像作夢一樣，如今人在韓拓懷裡，鼻息間全是他身上熟悉的味道，才開始覺得真實起來。因此，她便拋開了那一點點羞澀的心態，不但不掙扎推拒，還張著手臂用力回抱過去。

其餘人等自是知道王爺王妃感情極好，雖說這般毫不避諱當眾親暱也是第一次見，到底說不上有多意外，因此都是一派淡定姿態。只有章靜琴例外，看著深情相擁的夫妻兩人，想起自己的遭遇，還有昏睡在澡桶裡的孟布彥，心中既羨慕又難過。

韓拓說到底還是不信任孟布彥，雖然對方口中答應釋放顧嬋等人，他卻不打算坐等。因此，孟布彥離開大同後，韓拓便帶著侍衛暗中跟蹤，查出孟布彥安營紮寨的地方後，就算他食言不肯放出顧嬋，韓拓也有辦法將她救出。

沒想到會在此處碰到顧嬋她們，然而此地畢竟不宜久留，韓拓很快將顧嬋托起轉身，帶著眾人策馬離開。

他們並沒回去墨園，韓拓直接將人帶回了營寨。

經過此次孟布彥的劫持事件，對韓拓來說，不管遠在幽州還是近在大同，顯然都不是放心安置顧嬋的地方，暫時看來只有將她綁在褲腰帶上才能真正令他安心。

白蹄烏一直奔到營帳前才被勒住，韓拓將顧嬋抱下馬，一路抱進營帳仍未放下。他直接將顧嬋放在床上，然後欺身而上，直奔目的地。

多日來的相思，混著這三日來的擔憂不安，所有的力氣都使向一處。

動作到底還是太急躁，顧嬋承受不來，柔柔喊道：「王爺，疼……」一邊動手去推他。

可只要韓拓不想，她哪裡能夠推得開，只能毫無保留地敞開自己，去迎接他給的疾風驟雨。

待到雲收雨散，兩人都出了一身大汗。偏偏韓拓不肯讓人抬水來洗漱，仍舊箍著顧嬋躺在床上親暱。

趕了一夜的路，才進門就被那樣一番折騰，顧嬋累得上下眼皮直打架，洗不洗澡她已經沒力氣在意，只想好好睡一覺。韓拓卻不肯讓她如願，一雙大手在顧嬋身上東揉一把、西搓一下，噙著她小嘴叼著香舌極盡纏綿。

眼見顧嬋閉著眼睛快要睡著了，突然施力在她小舌上咬了一下，不疼，卻嚇她一跳，昏昏沈沈的睡意頓時散去。

顧嬋委屈地睜大眼睛瞪著韓拓，無聲地控訴他欺負人的行徑。她臉上歡愉後的紅潮還未褪盡，瞪大眼睛的模樣嬌憨可愛，既惹人憐愛又勾人心癢。

韓拓笑著在她額頭親了親，問道：「這幾天孟布彥可有為難妳們？」

顧嬋搖頭道：「除了不讓我們出營帳，看守得牢之外倒也沒什麼。每日的吃食都極好，送膳食來的人態度也非常客氣，就是碗盤全都不留下，大概是怕我們自傷或用來傷人。」

換了心眼小的女人，大抵會趁此機會好好哭訴告狀，可是顧嬋向來實事求是，孟布彥抓走她們確實令她受驚，可是在他營寨時他並未虧待她們，她便如實說了。

韓拓聽後，倒也不算意外，畢竟孟布彥口口聲聲要與他聯手，若對他妻子太過不堪，只怕是結仇而不是結交了。

「那今晚是他放妳們出來的？」韓拓又問。

顧嬋還是搖頭。「是章靜琴。」

她詳詳細細地將整個過程講述一遍，末了還不忘感嘆。「王爺，依蘭出那主意的時候我還覺得她異想天開，沒想到居然能成功，就像作夢一樣……哎喲……疼！」

她話說一半突然驚叫出聲，原來是韓拓就手在她的高聳處擰了一下。「疼就對了，疼說明是真的，不是夢。」

「王爺越來越愛欺負人了！」顧嬋嗔道，憤憤地轉身背對他。

若是想親密，面對還是背對根本不是問題。韓拓貼過去，從後面將顧嬋攏入懷中，前胸貼著她後背，膝蓋頂在她腿窩裡，總之兩人身上所有的曲線都一致貼合，就像兩支疊放的匙羹一般。

「章靜琴怎麼會在他營寨裡？」韓拓咬著顧嬋耳垂提出疑問。「我知道妳回了大同就在找她，還以為是找到人了，一起在墨園被抓走的，原來竟然不是。」

也是因為這個原因，今晚相遇時，韓拓才問都沒問就讓章靜琴一同回來。畢竟她是顧嬋的朋友。韓拓信不信她且不論，一個十六歲連馬都不會騎的小姑娘，他這樣的男人是不會防備的，多一個少一個對他來說根本沒有區別。只是，若這個在他眼中毫無殺傷力的小姑娘是孟布彥的女人，就得另當別論。

而且，如今聽來，這個小姑娘也並不像表面看來那般柔弱無用。

韓拓並非擔心孟布彥對顧嬋等人將計就計，借機安插眼線入他營寨。因為目標太過明顯，韓拓若不知他二人關係便罷，知道了肯定會防範。

其實，若是這般反而簡單。如果章靜琴當真是未與孟布彥串通，而是將他藥昏出逃，那才麻煩。大家同是男人，換作是韓拓自己，被女人這般擺上一道，也不會肯善罷甘休。

顧嬋自是不知韓拓所想，小聲道：「王爺別問這個了，她不願說，想來是傷心事……」不用再說下去也明白，大家心中都有數，大同被占領，一個姑娘和侵略者的將領，還能有什麼？無非一個貌美，一個強占，心不甘情不願，不然何至於鋌而走險下藥逃走。

兩人靜默一陣，顧嬋發覺身後的小王爺漸漸甦醒，而大王爺也開始在她脖頸上輕啄起來，一雙大手更不老實，熟練地往下滑去。

她實在累得厲害，自覺沒有力氣應付得來，找著話題想岔開韓拓心思。「王爺，孟布彥抓走我們，是為了要脅你做什麼？要你向瓦剌投降嗎？」

沒想到，問題才一出口，換來的竟然是韓拓更猛烈的進攻。

掙扎抗議全然無效，顧嬋不樂意，嚶嚶地假哭，誰想韓拓一點也不憐香惜玉，竟然對她說：「我也想試試強占美人是什麼滋味，妳哭吧，哭得越厲害就越像，掙扎得越厲害也越像。」

顧嬋立刻不動了，氣鼓鼓地瞪著眼看他，心道這樣不像了吧，看你還說什麼。

她能這樣想，是因為看不到自己的模樣，臉蛋上滿是紅暈，也不知究竟是嬌羞還是氣惱，眼淚珠子還掛在腮幫子上，怎麼看都是最讓男人想欺負的嬌美人。

有妻如此，韓拓怎麼會不討取福利，好在這次折騰完後，他終於叫人抬了水進來。不過，依照他的性子，在澡桶裡自然也少不了需索一番。

顧嬋被累得徹底昏睡過去。醒過來時，韓拓已不在身旁。

紅樺和白樺坐在屏風外面等著，一聽到顧嬋這邊有了動靜，立刻起身上前，一個墊高枕頭扶她坐起，一個手捧杯盞送上熱茶。

「王爺去哪兒了？」顧嬋確實口乾舌燥，就著茶杯啜了幾口，便問道。

紅樺垂眸答道：「京師裡來了人，王爺去與他會面商談戰況。」

「是誰？」顧嬋追問著。

白樺道：「據說是兵部尚書孫增德的小兒子孫潤昌，從前在翰林院裡當差的。」

孫潤昌其人顧嬋是知道的，他比顧松早一屆參加會試，是當年的狀元，前世極得韓啟看重，據說是胸中有丘壑之人，卻不知韓啟派他過來意欲何為，畢竟前世沒有這一遭。

她想了想又問道：「王爺過去多久了？現在是什麼時候？」

「王爺剛去了兩刻鐘。」紅樺答道。「正好午時三刻，王妃可要用飯？」

不問倒沒事，這一問，顧嬋的肚子立刻十分配合地叫了一聲。

她琢磨著京中來人，韓拓怕是要接風飲宴，便吩咐白樺。「妳去問問看，如果王爺要陪孫大人用午膳，那這邊便開飯吧，不然就等等王爺。」

白樺領命去了，不一會兒便折返回稟：「王爺在議事大帳裡設了宴。」

顧嬋便獨自用了午膳，飯後在帳篷裡轉了幾圈消食，又歇了個午晌。

她一個下午過得悠哉愜意，議事大帳中卻是風雲幾度變換。

孫潤昌是帶著聖旨來的。

然而他一入營時並未先宣旨，反而在聽韓拓講過戰事尚算順利後才將聖旨取出。

「……疑靖王與敵軍來往密切，形跡可疑，遂暫將兵權收繳，押送回京，待查實後再處置……」

韓拓接旨時發現孫潤昌一雙手臂在發抖，不由笑道：「孫大人，不知何人將接管本王部屬？」

「正是下官。」孫潤昌正色道。「靖王請上路吧。」

孫潤昌是個文人，本來極擔心靖王發難，但見他竟毫無異議，事情辦得順利，反而心裡發慌，只想儘快了結為上。

誰知韓拓道：「不忙。軍中事務繁雜，本王需與大人詳細交接過後才能放心離去。對了，正好午時剛至，大人還未用膳吧，不如本王先為大人接風洗塵。」

「這……」孫潤昌仍在猶豫，靖王被奪了權，既不憤怒，亦不辯解，若無其事，還要請客作東，怎麼看怎麼怪異。

「大人是怕本王抗旨不遵嗎？這樣好了，兵符先交在大人手裡，大人總能放心了吧？」韓拓說著，竟真命副將取來兵符，鄭重其事地遞到孫潤昌手中。

沒了兵符，不能調遣軍隊，靖王再厲害，成了光桿將軍也折騰不出大事，更何況，孫潤昌還帶了三百羽林衛同來，難不成還制不住靖王一人，如此想來，他安下心來，答應了韓拓的邀請。

酒宴很快擺上來，席面是一人一桌的形式，韓拓因交出了兵符，將主位讓與孫潤昌，自己在左首坐了。

因為孫增德的嫡長孫女在韓啟登基時被冊立為皇后，韓拓便將這酒宴當作家宴，顧楓也被拉來作陪，坐在右首。其餘將領並無人在。

孫潤昌見此情景，又生出不安，顧楓雖是韓啟表弟，卻也同時是靖王嫡親的小舅子，心到底向著誰可不一定，於是，他命十名羽林衛入帳守衛。

韓拓並未反對，還對孫潤昌道：「大人別忘了讓其他羽林衛守在帳外，正好隔絕閒雜人等，省得打攪我們暢飲。」

孫潤昌哪有不樂意的，當即照辦。

一頓飯下來，並無異樣，即使偶有敬酒，相比在京師中同僚之間，也客氣隨意得多。酒足飯飽後，席面撤下，又有人奉了漱口茶水，孫潤昌原先以為軍中生活必定十分艱苦，此時看來，倒也不比平日習慣的生活差在哪裡，不知不覺又鬆懈三分。

不過既然該吃的吃過了，該喝的也喝過了，應當辦理正事。

議事大帳右側長桌上擺著堪輿圖，孫潤昌起身向那邊走去。「還請王爺照先前講的與下官進行交……」

一句話還沒說完，只覺腳下一軟，跌倒在地。這一下毫無防備，加之本走得極快，摔得頭暈目眩，極為狼狽。還不待他爬起身，一柄冰冷的長劍已貼上他頸間。孫潤昌看得分明，持劍的人正是韓拓。

「來人！來人！」他連聲喊叫，然而不但帳外無人進來，在帳內的那十名羽林衛也不見有動靜。

被長劍架著脖子，轉頭極是艱難，稍有不慎便會傷及皮肉，然而孫潤昌還是動了動，看到他的羽林衛與他一般，皆被身穿黑色戰袍的玄甲衛壓制在地。

他還看到顧楓晃晃悠悠地自座位起身，因酒醉而滿臉通紅，步履蹣跚，一臉狀況外的表情，迷茫地問道：「姊夫，到底發生何事？」

韓拓並未理睬顧楓的問題。他彎下腰，探手到孫潤昌懷裡摸出兵符。

孫潤昌瞬間便明白過來，自己被韓拓耍了。「靖王，你好大膽，竟敢……竟敢抗旨！」

「孫大人，請慎言，剛才我明明接了旨，並且已將兵符交予你，之前在議事大帳的將領們都可作證。只可惜，孫大人不識武功，在瓦剌軍隊偷襲時被生擒。十幾萬軍隊不能無人統領，本王這才勉為其難留下，待邊境戰事平定，再行上路回京。本王這都是為了七弟的江山社稷，相信他定能明白。」

韓拓收了劍，立刻有玄甲衛上前將孫潤昌抓住，並依韓拓指示將他拖至議事長桌處。桌上本就有紙筆墨硯，侍衛磨了墨，將狼毫筆遞到孫潤昌手裡，話只說兩個字，乾淨俐落。

「寫信！」

孫潤昌這會兒整個人都不好了，不過換成誰被人耍了一遭，又被劍架了脖子，再推來搡去拖行前進後，也根本不可能好得了。

「……寫……什麼？」他問，上下牙克制不住打顫，聲音也跟著變了調。

「就照我剛才說的寫，」韓拓在首位上坐了，不緊不慢道。「說本王已接旨，並將兵符交付與你，一切順利，請皇上放心。」

孫潤昌尚有些骨氣，這擺明言不符實的信，他不肯寫，手一揮，狼毫筆掉在宣紙上，染出一點墨黑。

如此不老實，侍衛立刻將他壓住，壓得他臉都碰在了桌面上。

掙扎間只覺一隻手臂被扭著向後，另一隻則被拽到身前，拽上長桌，擺放在他臉前。

一個頭目模樣的玄甲衛持匕首上前，錚一聲將匕首釘在孫潤昌食指與中指間。「寫不寫？不寫就斬你手指，問一次斬一次。」一派山大王口氣，霸道得不像話。

孫潤昌還想掙扎，卻聽韓拓道：「林修，聽聞孫大人一筆瘦金體寫得極佳，不知若沒了食指還可執筆否？」

林修聽了嘿嘿一笑。「王爺，末將也想試試看。」

「我寫，我寫！」孫潤昌這時哪裡還敢說個不字，乖乖拾起筆來，照著韓拓口述把信寫好，末了又被逼著蓋了印，以證身分。

信寫完，按照軍中正常送信入京的渠道送走，孫潤昌便沒了用處。

他自己也很快意識到這點，為了保命不得不拉下老臉自薦道：「王爺，本官飽讀史書，兵法亦是讀得極熟，若王爺不嫌棄，本官願為王爺出謀劃策，助王爺……」

韓拓麾下個個將士都身經百戰，兵法之道不光讀得熟，也實踐出一番心得，自不需要這個手無縛雞之力、只會紙上談兵的書生來輔佐。他嗤笑著打斷孫潤昌的話。「孫大人用刀劍斬殺過雞羊嗎？」

孫潤昌自然搖頭說未曾。

「是這樣的，本王軍中有個不成文的規矩，凡初投入營者，必要經過斬殺牲畜一關，孫大人熟讀兵書自然能明白，上戰場那是要殺人見血的，所以以此作為新兵試煉，一日一百隻，連續三日不斷，仍能吃得香睡得足者，才算合格。」韓拓一本正經地說著胡話。「林修，帶孫大人下去好好試煉一番。」

除了孫潤昌，誰不明白這是耍人，所以韓拓連諸如「既得大人投誠，本王甚感欣慰」之類的場面客套話都懶得說。

孫潤昌也不是不懷疑，他只想當個軍師，又不打算上戰場殺敵，為什麼還要練這個？但敵強我弱，他也只能腹誹，萬萬不敢宣諸口，雖然心中千不甘萬不願，還是順從地被林修指揮的侍衛半拖半拽地出了議事大帳。

此番折騰，顧楓的酒已醒了八成，帳內情形他看得分明，一肚子話想問，才開口一句「姊夫」，便聽帳外有士兵回稟說有自稱大內總管的御前內侍來到，還帶來了皇帝聖旨。

呵，真是平時不來人，一來來一窩。

韓拓其實很不耐煩，有聖旨一同頒來多好，為何還要與孫潤昌分開行事，而且還是前後腳，說不定又得重新折騰一番，耗時耗力，實在無趣至極。

「他說是便是嗎？」韓拓問道。「這次帶了多少羽林衛？可有報上姓名？」

士兵道：「只他一人，姓梁名晨光，號稱……」說到此處神色略微古怪，頓了一頓，才續道：「號稱帶來的是先皇的聖旨。」

韓拓回到營帳時已是子夜。

顧嬋獨自用過晚飯，一直等著他回來，可是左等右等等不到人，又不可能知道議事大帳裡發生的事情，只當他今日公務特別多，雖然掛念卻並不擔憂，最後堅持不住便先睡著了。

韓拓怕吵醒顧嬋，未叫人抬水沐浴，脫去外衫在她身側躺下。

白日天熱，那床薄薄的夏被早被顧嬋踢去床腳，身上穿的碎花紗棉小衣既輕又透，隱隱約約能看到白皙嬌嫩的皮膚。

若是往日，韓拓定要化身為狼，將沈睡中毫無反抗能力的小白兔好好疼愛，吃乾抹淨。可，今日他腦中煩事太多，實在沒有心情，只微微將人攬住，便閉目養神起來。

顧嬋雖在夢裡，卻彷彿能感知韓拓的到來似的，他一躺下，她便往他那邊拱過去，最後尋著一個舒服的姿勢，窩在韓拓懷裡睡得更香更甜。

韓拓有嬌妻在懷，軟玉溫香，孫潤昌卻被五花大綁地丟在馬廄裡。

馬廄搭成的棚子，光有茅草頂，而無避風牆。

窮人家雖然家徒四壁，尚能有四堵牆，他孫潤昌堂堂三品大員竟睡在四面皆空的地方，心中自是憤憤難平。整個下午加晚上，他都被侍衛押著殺雞，殺到手都軟了，抖得抬不起來，也只殺了四十六隻。

到安排他進馬廄睡下時，那侍衛還不忘叮囑，按規矩明天該宰羊了，但是今日的任務沒完成，所以明天還要繼續，也就是說明天一共要殺五十四隻雞和一百頭羊。而且，血噴濺了滿身滿臉，也不能沐浴更衣，侍衛說了，真上戰場，十天半個月不洗澡都是常事，所以也是試煉的一部分。

孫潤昌如今什麼都不想，只盼著明天的太陽不要昇起。然而到了後半夜，他主意便改了。

七月下旬天本就漸涼，草原早晚溫差又大，這會兒冷風颳起，他處身之所，四面敞風，再伴著一地馬糞濃香。孫潤昌自幼養尊處優，何曾受過此等折磨，若不是雙手被縛，簡直要抹一把辛酸淚了。

正自憐不已，忽聽腳步聲響，一個人影漸漸走進。他凝神望去，藉著馬廄入口幽暗昏黃的燈光，發現來人竟是顧楓。

「顧大人，救我。」孫潤昌不知顧楓深夜來此何事，下意識便向他求救，他所求不多，只要能換個地方睡覺就好。

眼見顧楓快步走近。「別急，孫大人，我就是來救你的。」

孫潤昌一聽這話，感激得眼淚都要流出來了。

他口中千恩萬謝的時候，顧楓已將捆綁他的繩索解開，又遞過來一個包袱。「這是玄甲衛的軍服，還得委屈大人先將衣服換了，扮作侍衛，我才好帶大人出營寨。」

孫潤昌這時也顧不得禮義廉恥之心，在四敞大開的馬廄中解了衣裳，從內到外全部換過。

適才他心中激動，未曾深想，換衣時被冷風一吹，人醒了神，思慮便多起來。

顧楓為何要救他？

孫潤昌根本就沒想過還能有人將他放走，只要不殺雞宰羊，能洗澡換衣，不睡馬廄便好。

你若問他想不想走，答案當然是肯定的。不過此處是靖王的地盤，人都是靖王的人，中午的經驗告訴他，靖王膽大妄為、不守規矩，帳下士兵也一樣，只認靖王不認兵符，完全不把他這個接管兵權的人放在眼裡。

在今日之前，孫潤昌想都沒想過會有這種事，讀書人有一股迂腐認死理的勁頭，認為白紙黑字的規矩大家便應遵守，將士認兵符而非認人，這是軍中規矩，是道理。因此他受韓啟之命前來接管軍權時，雖然也擔心過韓拓不會輕易順從，卻不知道原來全部人都不順從。

孫潤昌心裡簡直覺得這群人全像山匪似的蠻不講理，哪有半點軍人應有的風範。所以，他根本不奢望會有正義之士同情他的處境，出手相助。

況且，顧楓身分特殊，防人之心，孫潤昌還是有的，他思前想後，終於忐忑問道：「顧大人為何要救我？」

「此處不是說話的地方。」顧楓嘴裡叼著一根草，吊兒郎當地靠在柱子上，見孫潤昌換好了衣服，連聲催促道：「孫大人只管說你想不想離開吧，若是你想，我現在就帶你出去；若你不想，還是準備接受我姊夫的試煉，之後投入他帳下，我也不必多此一舉，為你冒風險。」

他說著，站直身體，眼看便要邁步離開。

孫潤昌把心一橫，將人拉住。「我走！還請顧大人帶路。」

顧楓問道：「你會騎馬嗎？」

孫潤昌自是會的。

顧楓牽了兩匹馬出來，一人一騎，領著孫潤昌斜穿過營地。

沿途也有遇士兵巡查，但顧僉事人人都認得，自然也不會多加盤查，只點頭致意便算。

到了寨門，顧楓出示腰間權杖，守衛便按例放行。之後再無任何阻礙，兩人快馬揚鞭，朝通往大同的山路奔去。

夜色茫茫，月隱不出。山路崎嶇多彎轉，多虧顧楓離開營寨時順手拔出一枝火把，才能將前路照亮。兩人一路馬不停蹄，待到終於轉出大山，來到山腳下，天色已漸亮。

「孫大人，我只能送你到這裡了，」顧楓勒馬停步，細心地為孫潤昌指路。「順著這條路再往前走不遠就能見到驛館，你可以在那兒落腳歇息。不過為防被追兵追上，我建議你走得遠些再歇息。還有，大同千萬不要去，山西境內大的府城都別去，那些地方都有駐軍，萬一被發現報告給姊夫，那孫大人恐怕會有危險。」

提醒完，顧楓又從馬鞍兜裡取出一個小包裹並一只水囊，通通遞到孫潤昌手中。「這是一些乾糧，還有肉乾和水，足夠你三日飲食。之後，在沿途村鎮打尖就是。對了，你身上有現銀嗎？若是沒有，便先拿著這個。」

說著又從懷裡摸出一個鼓脹的荷包來。這般殷切照顧，事事都為他考慮周到，孫潤昌本來有的那麼一點兒懷疑全都隨之煙消雲散。

「有的，我有的。」孫潤昌將荷包推了回去，因為感激顧楓的用心，投桃報李，對他予以關懷。「顧大人，那你呢？你可是還要回去？」

顧楓不答反問：「不然還能去哪兒呢？」

孫潤昌擺手道：「你私自放了我出來，回去後難道不會被治罪？」

顧楓道：「如果不回去，就此離開，豈不是成了逃兵？那是要受軍法處置的，不會好得了多少。」

孫潤昌今日遇的挫折磨難，比平日數年裡還要多些，心中自是感慨非常，早已憋了一肚子話，只是沒有適合的人可以講述。此時對顧楓除去了戒心，便有些忍不住，閒話抱怨噼哩啪啦冒出來。

「我今日可算領教過了，那靖王詭計多端，他帳下的將士又那般野蠻……」話到一半，他急急住口，解釋道：「哎，我不是說你。」

顧楓笑著搖頭。「沒事，我今日也實在是看不過眼，孫大人你奉皇命辦事，姊夫卻那般無禮，為難孫大人你不算，還抗旨不遵……」

他原先單手握住韁繩，此時越說越覺氣憤，需得借助舞動手臂才能發洩一二，不自覺便鬆開手去。「我當年投軍是為了報效國家，可不是為了與此等蠻人為伍。」再想想，又氣哼哼加上一句。「虧得我那時還以為姊夫是英雄豪傑，沒想到他……想來真是年少無知。」

「難得顧大人如此明白事理，真是英雄出少年。」孫潤昌聽得顧楓與自己看法相似，更多生出幾分親近之心，伸手拍他肩膀稱讚一番。卻不知哪裡氣力使得不對路，顧楓胯下坐騎忽地尥蹶子。

顧楓身手好，騎術也精湛，抓了韁繩，三兩下便將馬兒制住，毫髮無損，不過虛驚一場。倒是孫潤昌嚇得不輕，扯著韁繩策著馬，躲開顧楓那匹馬兒幾步遠，自認處在安全位置才停住。

人安置妥當，才有心情感嘆。「如今為了我，令顧大人陷入進退兩難的境地，孫某實在是心中有愧。」

顧楓豪情萬丈地一揮手。「這算不得什麼。真說起來，咱們兩家也沾著親不是，我還能跟啟表哥……」

他突然住了口，輕咳一聲，又續道：「不好意思，我從前叫習慣了，一時忘記改口。我是說我還能跟著皇上稱呼您一聲小叔父呢。所以，小叔父就別客氣了，也別再叫我什麼大人，稱呼我潼林便好。」

沾親帶故，救命之恩，同仇敵愾，隨便一樣都足夠讓兩個男人結為至交，更何況集齊三樁。因此，顧楓說得誠懇，孫潤昌受得也爽快。

「好好好！」他連聲道好。

既然是自己人，當然要為新認的大姪子出謀劃策。「潼林不如隨我一起回京師罷了，反正屆時有皇上為你作主，也無須再擔心逃兵之罰。」

不用顧楓自己提，孫潤昌也記得他曾是韓啟的伴讀，姨表兄弟，年紀相近，又從小一處讀書長大，孫潤昌理所當然認為韓啟願意對顧楓照拂一二。

「我也想。」顧楓只說了三個字，面帶猶豫，語氣吞吐，與他給人爽利痛快的印象大有差別。

孫潤昌也是多年官場裡浸淫過的，這點察言觀色的本事當然有，便問道：「你有何顧慮？不妨直言，且看我是否能助你解憂。」

顧楓躍下地，牽著馬走到路邊樹下，盤起雙腿，席地而坐，擺出準備推心置腹、長談一番的姿態。孫潤昌自是跟隨著，在他身邊坐下，之後便聽得顧楓一聲長嘆。

「小叔父，不瞞你說，若是從前，我當然毫不猶豫地立刻投奔皇上去。但是現在……我不知道皇上現今究竟如何心思。之前家父被皇上貶去福建……我一直在前線，通信不方便，也不知到底發生何事。小叔父，你一直在京師，可知道家父被貶的內情嗎？」

「這你可問對人了，」孫潤昌一拍大腿，徐徐道來。「說來無非是皇上要減軍需，顧尚書反對，兩人起了爭執，於是……其實說起來，皇上是心寒，覺得自己嫡親的姨丈偏了心，一切事情決斷都向著靖王。」

「皇上這絕對是誤會了。」顧楓連忙解釋起來。「家父自幼教導潼林，顧家人不拉幫不結派，只忠於天子一人，只站天子隊，是天子幫、天子派。這是永昭侯府一門百餘年來安身立命的根本宗旨，父親又怎會為姊夫與皇上作對？」

他一臉擔憂焦慮，絮絮叨叨講了一大堆，生怕說得少或者不誠懇，便講不清楚，要落下罪名一般。

孫潤昌再次拍他肩膊，只是這次將讚許換作安慰。「潼林莫要擔心，有你今日這番表現，待回到京師，由我面聖闡明詳情，皇上便會知道你心之所向。」

「潼林不勝感激。」顧楓作揖致謝。

「如你適才所說，我們都是一家人，何須多禮。」孫潤昌道。

說罷，才想起自己這話怕是有拉幫結派的嫌疑，擔心天子幫的顧楓瞧不上，連忙補一句。「更何況，我都是照實說，對不？」
事情就此抵定。
兩人分了乾糧和水，伴著初昇的朝霞，將就吃了一頓早飯。
「潼林尚有一事不明，想請小叔父指教。」
顧楓吃飽喝足，忽然想起一事，湊近孫潤昌身前，神秘兮兮地問起。「皇上聖旨裡為何說姊夫與敵軍有來往？可是查探到何事？」
「這個……」孫潤昌遲疑著，只說了兩個字便住口，反問顧楓道：「你不知道？」
顧楓搖頭。
孫潤昌又問：「你真的沒發現？」
顧楓再次搖頭。
孫潤昌本來不過是想詐上一詐，顧楓畢竟長期待在軍隊裡，萬一靖王當真有什麼不軌的舉動，顧楓又是他小舅子，能知道一些也實屬尋常。
但看顧楓搖頭搖得那叫一個誠懇，大眼睛裡全是好奇，就差沒在臉上寫一筆「等你講秘密給我聽」了，可見他是真的什麼都不知道。
詐出機密好立功的計劃沒能成功，孫潤昌收了那份心，開始對顧楓賣弄起來。「皇上想收回兵權，讓靖王回京師去，那總得有個適當的理由不是？總不能說，你最近又勝了幾次戰事，表現太好，所以請你回京師歇個大假。」
以有嫌疑待查之罪奪靖王兵權，他都敢不遵從，若用其他方式，當然更不可能成功奏效。孫潤昌出京師時本還有那麼一點點覺得，皇上這時候如此做不大恰當，但見識過靖王其人之後，再想想當年他解救京師圍城大難旗下兵士的勇武，他覺得還是應當趁早將靖王收服，不然等他大勝歸朝，保不齊會鬧什麼么蛾子出來，那時可當真沒人治得住靖王的軍隊。

如此想來，皇上年紀雖小，做事不但沒有不恰當，還深謀遠慮，早著先機，總而言之，皇上不愧是皇上，英明啊！

顧楓聞言，恍然大悟，拍著大腿道：「原來是這樣！我還以為皇上在軍中安插了眼線，探查出什麼重要事項。」

至於靖王身邊到底有沒有細作，孫潤昌則毫不知情。不過，他可不會當著顧楓的面承認自己不夠格知道所有機密，所以嘴上拐了個彎，將話變個說法。「這個麼，據我所知並沒有。」

「那依小叔父所見，皇上是否需要這樣的人手？」

顧楓問得認真，孫潤昌卻不好答話。

皇上到底要不要在靖王身邊安插細作、探子，他孫潤昌一個翰林說的哪能作準。

他思索半晌，才道：「依我所見，想辦法取回兵權才是正事。」

說完了，孫潤昌都忍不住想給自己拍掌。本來嘛，放個細作，也不過是暗地查探事情，再密報過來，情報再多再細緻，又不能真的改變什麼事，而皇上登基後一連串動作，誰都看得出，這是快要容不下靖王了，所以重點之中的重點，便是兵權一事。

可是，顧楓想法明顯與孫潤昌不一樣，他興致勃勃道：「小叔父，皇上在軍中安插眼線也是正事，畢竟知己知彼，才能百戰百勝。皇上對軍中各事瞭解得越清楚透澈，才更容易選擇適當的時機，成功將兵權收回手中。」

聽起來倒是挺有道理，孫潤昌順口問道：「可是這樣的人選上哪兒去找？貿然收買士兵怕會走漏風聲，往軍中進人恐怕也會惹人懷疑，屆時防備都來不及，又怎麼可能打探到機密事情？」

他雖是門外漢，問題問得倒是十分精準。一般來說，細作的安插至少要經過數年部署與行動，才能漸漸奏效，需要極大的耐性，更要小心謹慎。想在與瓦剌戰事完結前，臨時安插細作入營寨並成功套取機密，時間顯然太過緊迫，根本不可能成功。

沒想到顧楓卻站起身，昂首挺胸，慷慨激昂道：「有我在啊！小叔父，我願意為皇上做這件事。」

孫潤昌瞠目結舌，盤腿坐在地上，歪梗著脖子，看顧楓豪情勃發、壯志在胸的模樣看得呆住。

怎地變成新姪兒要去當細作？

他從懷裡摸出手帕，揩一把額頭上冒出的汗珠。手有些抖，說不清是日間殺雞累的還是剛才又給嚇著了，心中則感嘆著實有些跟不上這少年野馬一般跳脫的思路。

孫潤昌是兵部尚書的老來子，輩分雖大，年紀卻小得很，今年不過二十有五，論起來比韓拓還要小上兩歲，因此他從來也不曾生出過自己已經老了的念頭來，但今日遇著顧楓，卻不得不承認自己已沒有少年人那想起一齣是一齣的活泛勁頭。好在人老了，記性還不算差，可以適時彌補。

孫潤昌轉動那顆在翰林院內外聞名過目不忘的腦袋瓜子，回憶起之前兩人的談話。哦，他們說定了顧楓要一起回京師，向皇帝投誠，後來又討論起皇上是否在靖王軍中安插了探子。終於將前後因果串連清楚，可是討論歸討論，怎麼就轉到自己要去做探子？難不成改明兒大臣們在朝堂上討論戰事，便都要掛帥出征，親上戰場不成？

饒是他今次被皇帝派來收走兵權，也從來沒打算過真的上戰場。主帥不都是在議事大帳裡指點江山嗎？就跟皇帝似的，主意他拿，命是別人在賣。這只是孫潤昌一廂情願的想法。

實際上主帥在軍中的威信真不是只靠指手畫腳便能得來。韓拓沒少親自率軍作戰，更沒少與士兵們同甘共苦，士兵們自覺與王爺是過命的交情，所以才會不認兵符只認人。

孫潤昌可不知道這些，他只覺得頗有些啼笑皆非，顧楓還是少年，想事情太過簡單直接，於是問道：「你不打算回京師了？」

「我想回，可是這一回，擺明是逃走，到時候再回來可就難了，回不到軍中又怎麼為皇上做事？」顧楓道。「之前決定回去的時候，還沒想到此一層……」

孫潤昌卻問道：「若你不去京師，不見皇上，又如何名正言順為皇上做事？」

「我修書一封，請小叔父轉交，皇上看過後，自然知道我所思所想。」顧楓答得順暢。

孫潤昌反對道：「你怎麼知道皇上會同意你的想法？你又怎麼知道皇上願意派你去做這件事？還是得當面說清楚才好。」

表忠心這種事，當然要當面做才有效果，孫潤昌覺得這是常識，便沒明說。

顧楓喃喃道：「皇上為何不同意，他真的需要這麼一個人。」

「需不需要哪是做臣子的說了算。」孫潤昌道。「那得看皇上他自己的想法。他覺得需要，即使是不需要也是需要；他覺得不需要，即使是需要也是不需要。」

一番話說得跟繞口令似的，顧楓雙眼轉了兩轉，才明白過來，驚訝道：「小叔父，若不能真誠諫言，豈不是成了阿諛拍馬的讒臣？」

呸呸呸，這是罵誰呢？

孫潤昌心裡哼哼，給顧楓一句話氣得頭疼，但轉念一想自己畢竟癡長幾歲，沒白多吃幾年米，也沒白多過幾座橋，總歸比顧楓懂得多。而且，今日得了他救命之恩，又受他一聲叔父的稱呼，就不能再跟這小子一般計較。

於是，他耐心道：「我是說對皇上得恭敬，不能因為你覺得需要或者不需要就莽撞行事，而是要根據皇上的想法，順勢而為，見機行事，這當然包括尋找適當的時機進行勸諫，絕不是一味逢迎。」

還有句話被他隨著口水嚥下去沒說：找不到適當機會當然就不勸諫，少勸諫一次不會死，老跟皇上作對可是會有大麻煩。

「這裡面學問可大了，又得能讓皇上同意你的看法，又不能讓他覺得你與他對立，否則事倍功半不算，還會惹禍上身。就像令尊，明明是忠君之臣，卻蒙冤受屈，是因為什麼？不就是讓皇上生出誤會了嗎？」

孫潤昌滔滔不絕，甚至沒注意到評論人家的父親是多麼不禮貌的事情。

顧楓並沒表現出不悅，只是打斷道：「如果我先做出成果來，皇上便會明白此事的重要性，自然覺得需要。」

「先斬後奏最使不得。」孫潤昌連連擺手道。「那只會讓皇上不悅，覺得你根本不把他放在眼裡。你得徵得皇上同意，而且讓他極願意如此行事，這樣將來事情成了你才能落到好處。否則，做得好卻不是皇上想的，你白費力氣，不但沒得封賞，還得罪了他。做不好更慘，直接降罪受罰，下場不見得比當逃兵好到哪裡去……」

話說得太多，有些口乾，他停下來喝了幾口水，又續道：「至於將來皇上當真派你做這事，你要如何再取信於靖王，那都是後話了，做事得講究順序，一步一步來，不能心急。」

顧楓最終還是被說服，隨孫潤昌一同上路返回京師。

啟程時，孫潤昌先上了馬，怕顧楓臨時再改主意不肯走，依舊不停口地勸著：「聽你叔父我的，準沒錯，看我多得皇上信任……」

還有最重要的事情不能說，他只是個書生，這一路回京師千里迢迢，不知得遇到多少危險，有個武人同行，便多了護身符，可不能輕易放走。

孫潤昌小算盤打得啪啪響，見顧楓躍上馬背，更加得意洋洋，一馬當先奔了出去。

顧楓策馬回頭，遙望營寨方向，面色已不復適才輕鬆，濃眉緊鎖，略顯陰鬱，好半晌，才猛地一回頭，打馬揚鞭，追了上去。

第二十二章

兩人回到京師，見了韓啟，孫潤昌將事情原原本本講過一遍，自然也沒少替顧楓美言。為了突顯顧楓對韓啟的忠心赤誠，他自然不會忘記轉述顧楓對細作一事的執念。

韓啟登基後雖是親政，遇到大事，卻有與寧太后商量的習慣，此事自然也不會隱瞞。

「潼林倒是個懂事的。」寧太后先是讚許，但聽得韓啟對顧楓當細作一事頗為動心，提醒道：「皇上真的覺得他可信嗎？」

韓啟反問道：「難道母后覺得他信不過？」

寧太后答：「並不是信不過，只是想皇上小心謹慎些。我知道你們少時一起讀書，又是表兄弟，感情深厚，但是用人時不能輕信。」

其實，若顧楓當真能為韓啟所用，寧太后自是歡喜。她當初向先皇建議安排顧楓做韓啟的伴讀，便存了讓兩人結少時情誼的心。只是沒料到世事無常，先皇心血來潮的賜婚，將她的打算全盤破壞。

「母后，我仔細考慮過的。若不是潼林救了孫潤昌，我至今尚不知道發生何事，仍對早些日子收到的書信深信不疑，以為三哥真的將兵權交出。」韓啟解釋道。「他若不是一心向著我們，只要什麼都不做便是。您想，他又不知道我們到底會不會信他。事情已經做下，如果我們不信，他便兩頭不到岸，可說對自己毫無益處。」

「他如此鋌而走險，可有所求？」寧太后再問道。
救孫潤昌並不難，仗著顧楓在軍中的身分，輕易便可辦到。但再折返回去當內應，那就是以性命當賭注了，單靠一腔赤誠，未免還是不夠穩妥。
韓啟立刻答：「他希望事成後，我願意相信永昭侯府對朝廷的忠心，將姨丈調回京師，官復原職。」
寧太后放下三分心。「這倒是個好條件。不過，皇上可有想過，潼林此次逃離軍中，怕是事情早已穿幫，再回去又該如何取信於靖王？若不能，則根本毫無用處。」
有此一問也不需多能夠洞察人心，不過推己及人，若鳳儀宮的宮人誰做出有損自己之事，寧太后不但不會再用，還會重罰，甚至了結對方性命。
韓啟當然想得到這些，他與顧楓為此討論了一個多時辰，想出許多辦法，一一分析，最後找出最可行的，因此答得十分順暢。「母后，潼林回去後，會假作與我們接觸都是為了幫助三哥。先斬後奏放走孫潤昌，是因為這人留下也無大用，他反而藉此取得我們信任，之後便能知道我們都有何舉動，適時向三哥彙報。」
「只是一個說法，靖王那人未必會信。」寧太后蹙眉道。
「所以需要我們配合他，有過那麼一次兩次故意為之，將行動透露給三哥，便能輕易取信。」
韓啟越說越得意，母親的每一個顧慮他都事先考慮到，並有了應對之法。
寧太后也十分滿意，她一直擔心兒子年紀輕，做事莽撞，不能夠瞻前顧後。如今看來，雖然登基不過數月，韓啟卻成長得很快，心思日漸縝密。

總算沒有白費她當初的一番心思。

顧楓真正動身返程已是一月之後。

他歸心似箭，一路馬不停蹄，再一次踏著月色翻山越嶺。

晨光熹微，整個營寨還靜悄悄的，未曾甦醒，顧楓直奔韓拓營帳前，站立在門口，阻止衛兵通傳的動作，親自放聲道：「姊夫，我回來了。」

彷彿能夠提前感知似的，韓拓這晚睡得並不踏實，斷斷續續地作了好些個夢。先是夢到十二歲那年初上戰場，半途中遇到刺客追截，侍衛全數被殲滅，韓拓右腿受傷，行動不便，安國公世子將他藏在山洞裡，自己一人外出誘敵，浴血奮戰，殺盡刺客，卻也傷重身亡。生母身死時韓拓只是個毫無記憶的嬰孩，因此安國公世子的死是他首次面對親近之人逝去。事情發生得那樣突然，令人措手不及，那日雨下得尤其大，積下的雨水和著鮮血流進山洞裡，他躺在那赤紅冰冷的水中一日一夜，直到安國公副將帶著救援的人趕到。之後也全都是噩夢。

最後夢到顧楓不但未能取得韓啟信任，還被對方關入天牢，準備斬首，消息傳開來，顧嬋惱火異常，對他再不理睬。

好在韓拓一直知道自己身在夢中，只盼著趕快醒來，屆時能見到顧嬋乖乖巧巧地窩在自己懷中安睡。

誰知睜開眼，偌大的帳篷裡只得他一人孤枕獨眠，這才記起顧嬋已被自己送走。

韓拓嘆一口氣，伸出手摩挲那半邊冰冷的床褥，想起顧嬋走時心不甘情不願，滿是委屈，彷彿她不是被送回安全之地，而是被他拋棄一般。

那時她是如何說的？

「別送我走，我要和你在一起，同生共死。」

真真是個頂傻頂傻的蠢丫頭，旁人嫁夫隨夫，求的都是榮華富貴，再不濟也是平安康寧，只有她總嚷嚷著同死。

她有這樣的一分心意，韓拓當然開心，但他也捨不得她。如果可以，他會留她在身邊。可是如今，前途晦暗不明，籌謀之事又不知能否成功，怎能帶著她一同冒險？

一切要從梁晨光來到營寨說起。

梁晨光是從潛邸時便服侍元和帝的老人，入宮後自然也是風光無限，年紀雖然有些，但是因平時養尊處優，保養得宜，倒也不顯。可是那日梁晨光被帶入議事大帳時，身上衣衫破舊，滿臉憔悴不堪，哪還有半分平日光鮮亮麗的影子。

若不是侍衛提前通報過，韓拓差點認不出來。

「殿下，殿下……」梁晨光進帳時便苦著一張臉，見到韓拓更是忍不住老淚縱橫。「臣還以為沒命見到王爺，不能完成皇上囑託。」

一邊說一邊從懷裡掏出一卷卷軸。「聖上身體抱恙，請王爺速速回京。」

韓拓看得出他手上拿的是聖旨，大抵因為精神情緒皆不佳，梁晨光連最基本的宣聖旨禮儀規矩都忘了執行，直不愣登便將卷軸往韓拓懷中送。

那卷軸看起來有些髒污，不過有梁晨光狼狽的模樣在先，韓拓並不驚訝。他將之展開，絹帛顯然浸過水，有些字跡已模糊，但跳過去閱讀，也能把意思讀通。

「殿下，快隨我回去，聖上恐怕等不得多久。」梁晨光先是催促，後又抱怨起來。「都怪老臣沒用，竟然耽擱這許多時日。」

元和帝駕鶴西歸已三個月，梁晨光居然絲毫不知。

「梁公公，你可知道……」韓拓壓下心中震撼，皺眉提問。

不想梁晨光甚為急躁，竟然打斷他話頭。「殿下，有什麼話咱們路上再說，還是請您先準備一下，立刻動身隨老臣回京師吧。」

「梁公公，」韓拓重複道：「你可知道先皇三個月前已賓天，繼位登基之人乃是七弟？如今你送如此一份聖旨給我，到底是何意？」

梁晨光愣怔半晌才反應過來韓拓話中的意思，原本因為終於不辱使命而現出的一點欣喜瞬間被吃驚取代，接下來便是毫不掩飾的悲傷。

「皇上，老臣到底還是辜負了皇上的囑託……」他朝著南邊跪下去，連續不停地磕頭，磕得額頭都冒出血來，一旁值守的侍衛由韓拓授意將他拉住，這才作罷。

然而他不肯起身，跪行上前，抱住韓拓小腿。「殿下，都是老臣無用，但……皇上主意早定，又故意要瞞住皇后，絕不可能臨時更改主意……」

他一邊說一邊哭，額頭上的血緩緩流下，與眼淚混成一團，叫人看得心驚。

韓拓看過聖旨雖然心神激盪，但並未全信。若是元和帝派梁晨光出宮，那怎樣也已是三個月前了，這麼久的時間，往返京師與大同兩趟都足夠。他要怎樣耽擱，方能拖延到今日才進營寨？

事不合理，便有可疑。不過，眼下看他這泣血哭啼的樣子，悲傷愧疚都不似作偽。韓拓便命侍衛去傳了軍醫，先為梁晨光將額上傷口包紮好。

待軍醫退下，韓拓將侍衛們也遣了出去，才開口問道：「梁公公，本王有一事不解，既是父皇命公公前來，想必時日已久，公公卻為何來得這般遲？」

原來，當日梁晨光奉元和帝旨意，領一隊侍衛出京師直奔大同而去，初初幾日一路順暢，誰料想走到徐州地界卻碰到山匪，侍衛全部被殺，他卻被關押起來。

那些人關著他，好生折磨。梁晨光惦念元和帝交代的事情，幾次逃走又被抓回，次次都少不得一頓痛打。一直到數日前，有個蒙面的男人將他放出來，給他一匹快馬請他上路。

「原來該去哪兒現在就去吧，要是讓我知道你去了不該去的地方，下次再關起來就別指望出來了。跟殿下說，這次我又自作主張了。但憑殿下的本事想什麼時候去什麼地方，沒人能攔得住。請他以戰事為先，該守著的我替他先守著。」

梁晨光複述那人臨別前的話，末了又道：「殿下，我不知道他是誰，但想來有可能是認識的，不然他也沒必要蒙著臉不讓我看。」

韓拓「嗯」了一聲，心中已明白，那是陳永安。

陳永安是早年伺候韓拓的內侍之一，後來適逢寧皇后收買宮人陷害韓拓，便將計就計投靠了過去。當時兩人曾有言在先，只要不涉及韓拓性命，任何事陳永安都可以自作主張處理安排。一晃十幾年過去，為了不暴露身分，兩人從未聯絡，韓拓也不知道他是否還如當初那般忠心，所以早就不再抱有期待。

沒想到此次陳永安竟主動送上一份大禮。

可，韓拓要如何接這份禮？不知道的時候什麼事都無。如今知道了，父皇打算傳位給他，卻被寧皇后暗中阻止破壞，硬將皇位搶了去，他斷不可能若無其事，靜心一如從前。

「姊夫，我回來了。」

顧楓的聲音將韓拓從回憶中拉出，他連忙披衣下床，將顧楓迎進帳中。

不過一個月未見，顧楓黑了也瘦了。大抵真是憂患使人成長，少年原本微帶稚氣的臉龐，如今添出幾分堅毅，看來更像個成熟可靠的男人。

韓拓什麼也不說，什麼也不問，先命人送來兩罈酒。

酒是北國的烈酒，入喉辛辣爽利，只用來款待出生入死的兄弟。

酒過三杯，還是顧楓先開了口。「姊夫，他們信了，為了讓你再次相信我，之後那邊再有舉動都會事先通知我，讓我將消息告訴你。」

「做得好。」韓拓讚許，親自給顧楓倒滿酒。

顧楓一仰頭將杯中酒飲盡。「姊夫，可是我不明白。他們既然明知事情會被洩漏，肯定不會做什麼重要的大事，那麼我們套取這些消息到底有何用處？」

韓拓不答反問：「如果換作是你，要相信一個人真心實意為你套取對手情報，需要他成功送上正確的情報幾次？」

「至少也要兩到三次。」顧楓稍思索後答道。

韓拓點頭道：「嗯，那便是了，就算韓啟每隔一月折騰一次，兩至三次也足夠撐到年底。我已經與孟布彥談妥，他熟悉瓦剌那邊的部署，我們聯手，預計最遲年底前即可取勝。」

自從見過梁晨光後，韓拓再也不稱韓啟為七弟，而改直呼其名。他從前不曾覬覦過那個位置，但不代表會願意將本應屬於自己的白白讓別人奪去，何況那人事後還不停施展陰謀手段，想將自己趕盡殺絕。

「那之後呢？」顧楓追問道。

「之後，」韓拓握著酒杯，笑言道。「之後，殺死現任汗王，推孟布彥登位，之後他保證瓦剌不再犯境。」

顧楓酒量不大，幾杯下肚臉已泛紅，他抓了抓頭髮，口氣透出些許煩躁。「姊夫，我不是問這個，我是問你的打算。」

韓拓品著酒，沈吟半晌不語。

顧楓只得主動道：「我知道，身為下屬我不應該問這個問題。不過身為姊夫的小舅子，我不能不問，姊夫之後打算怎麼辦？還有，姊夫打算將璨璨怎麼辦？」

「我已經將璨璨送回幽州。」韓拓道。

其實，韓拓並不放心顧嬋一人留在幽州，安全上他可以多派玄甲衛保護她，但心情上侍衛卻照顧不到。因此，韓拓本打算將顧嬋送去福建，不過只是離開軍營都令她十分難以接受，要他哄勸多日才能說通，所以唯有暫緩，等日後見機行事。

這些話韓拓並不想對顧楓解釋，所以他只說：「這些日子以來的事情，璨璨並不知道，我怕擔心，也不打算讓她知道。等孟布彥登上汗位，邊境穩定下來，我們要做自己的事情，屆時我會將璨璨送去福建，送到岳父岳母身邊去。」

送得那麼遠，應當足夠安全，那他就可以不必掛懷，放開手腳做想做的事情。

同樣身為男人，思考角度自然十分相似，顧楓也不覺得將事情瞞著顧嬋有何不妥。他們並非存心隱瞞欺騙，實在是這些事女人家幫不上忙，就算知道了，也不過徒增煩惱憂慮，倒不如一無所知，反而能安心無憂，平常度日。

顧楓想了想，覺得還是做事情更實在，於是問起：「那我還有什麼可以幫上姊夫嗎？」

韓拓聞言微微一笑。「事情當然有，讓你去接近韓啟與太后，除了能在戰事結束前不再節外生枝，另一個目的便是為了之後要你做的事情。」

顧楓再灌一杯酒，拍著胸脯保證道：「凡是姊夫吩咐的，潼林必然萬死不辭。」

「死倒是不必的。」韓拓道。

再次親自為顧楓斟滿了酒，兩人碰杯，各自一飲而盡。

「潼林可有興趣做軍中主帥？」

顧楓再次回到幽州時，已是秋末冬初。

西山層林盡染，霜葉紅豔如血，正是郊遊賞景的好時節。顧楓卻心無旁騖，目不斜視，一路快馬揚鞭，直奔靖王府門前。

五間三啟的朱漆銅釘大門緊閉不開，他一躍下馬，步上石階，握住獸頭銅環輕叩。眼角餘光寒光閃過，一柄長劍倏然而至。

顧楓迅速閃避，拔劍回身，一劍刺出，才看清偷襲他的人，連忙收招撤劍，吃驚道：「是妳！」

「對！是我！我來替姊夫教訓你這個叛徒！」傅依蘭橫眉冷對，舉劍便刺，出招毫不留情，盡往顧楓要害招呼。

被逼無奈，顧楓只得出劍格擋。兩劍在空中相交搏擊，「錚錚」聲響連續不斷。

他二人功夫本不相伯仲。此時此刻，一個招招殺意，一個被迫應戰，出手狠辣對上只守不攻，顧楓漸漸露出頹勢。

一次躲閃不及，冰冷的劍鋒滑過他臉頰，留下一道淡淡的血痕。

見顧楓受傷，傅依蘭手下劍招竟然微微頓了一下。只這一下，已被顧楓乘隙而上，利用男子先天力氣大過女子的優勢，幾招間便將她逼退直至牆角。

腳下退無可退，手上也被壓制住不能動，傅依蘭恨恨地瞪視顧楓，滿臉不屑，鄙夷道：「除了陰謀詭計，你還會什麼！」

顧楓左手抹一把傷處，見到指尖血跡，擰眉不悅道：「輸就是輸，贏就是贏，誰管妳中間過程如何？」

「姊夫哪裡對不起你？你為什麼要串通狗皇帝害他？」傅依蘭憤怒質問。

靖王府占地極廣，正門前整條大街只有它一家，平時若無人登門造訪，便是絕對安靜，並無車馬路人經過。

然而，顧楓聞言，還是下意識地先向四周張望，尤其多看了大門處幾眼，確定附近無人後，厲聲警告道：「當街當巷的，說話注意些，不要信口雌黃，惹禍上身。」

「我才不怕！」傅依蘭鄙薄道：「只有你才會作賊心虛！」

這時靖王府的大門漸漸開啟，門房探出頭來，見狀大吃一驚。

「林叔，叫侍衛過來，」顧楓朗聲吩咐道。「請李侍衛長帶四個人一起來，記得讓他們帶繩索來。」

約莫兩個月前，整個靖王府上下都收到王爺密令，從今以後見舅爺顧楓如同見王爺本人，要聽從他一切命令。

門房老林毫不遲疑地領命去了。朱漆大門「吱呀」一聲合起。

「顧楓，你想幹什麼？」傅依蘭咬牙問道。

顧楓輕哼一聲。「幹什麼？好端端的一名姑娘家，不知道安分守己，成日裡撩事鬥非，造謠誹謗，還行刺朝廷命官，我綁了妳送回去給安國公，請他好好管教。」

傅依蘭哪肯乖乖等他綁，當即斜出一腳，便往顧楓胯下踢去。

幸好顧楓反應快，捉住她小腿往外一帶，輕鬆化解開來。

「嘖嘖嘖，原來還不光是剛才說的那些，還有詭詐狡猾。」

「你放手！」傅依蘭掙扎著。

她還未出閣，尚不通人事，卻也本能地感覺到被顧楓分開腿站立的姿勢太過羞恥。

顧楓只是自衛，並沒打算輕薄她，可他也不會輕易放過她。

「要我放開妳也行，不過妳得答應，以後再不能在街上胡說八道。」他想了想又道：「在家中也不行。」

管得還真寬，傅依蘭是個拗脾氣，脫口反駁道：「你們做得出，還怕別人說。」

她冥頑不靈，顧楓氣得直搖頭。

正巧李武成帶著四個侍衛魚貫而出，顧楓便將人交給他們處置，自己邁步往王府裡去。

「顧楓，你別走，你把姊夫還給我！」

一個男人傅依蘭尚對付不過，何況是五個，她生生被綁縛住雙手。

好在玄甲衛們知她身分，行事並不粗暴，但這也足以讓自幼尊貴的姑娘難堪不已，說話中已帶著哽咽。

顧楓本已走到大門口，聽她如此，又退了回來。

「那是我的姊夫，不是妳的。」他皺著眉，神色一本正經，說出的話卻像爭搶玩具的孩子一般。

傅依蘭還想再說什麼，顧楓卻解了腰帶蒙住她嘴，繞到腦後繫緊。

「爺有正經事辦，不得閒同妳糾纏不清。」

拋下這句話，顧楓頭也不回地離開。

其實，如果能選，他情願和傅依蘭一起胡鬧，而不是去辦那「正經事」。

顧嬋縫好最後一針，將線貼著布料打結，取過矮几上的金剪刀剪斷。一件寢衣終於做好了，她舉起來左看右看，笑得眉眼彎彎。

「王妃的手藝越來越好了。」碧落奉上茶來，順口讚道。

「可不是，等王爺回來穿上這衣服一定捨不得脫。」碧苓也幫腔。

他肯定會脫的。顧嬋想偏了去，雖然沒人知道，還是自己羞紅了臉。兩個多月未見韓拓，她想他想得緊，那人肯定也是，若真回來了，還不定要折騰成什麼樣。

這兩個多月來，靖王府被李武成帶回來的侍衛們護得鐵桶似的，滴水不漏。外間的消息一概不許傳入王府，也不許任何人進府見王妃，就連書信也需過濾後才能交到王妃手上。

這一切，顧嬋全然不知。紫韻山房裡歲月靜好，安寧無波。

韓拓每日一封信，都是講述戰事進展良好，讀來無甚需要擔心。剛被強行送回來時的委屈難過，也在時光流逝中漸漸淡去。

顧楓踏進次間時，看到顧嬋斜倚引枕，手上舉著件男式寢衣不住打量，小臉泛著紅暈，神情嬌憨又喜樂。

他在門口駐足，幾乎想要立刻逃走，以免因為自己到來而打破她寧靜的生活。

可是，碧苓眼尖，已叫出聲來。「三爺回來了。」

顧嬋聞聲回頭，笑著招呼道：「潼林，你回來了？可是王爺派你回來辦事？」

「嗯。」顧楓點頭稱是，抬腳邁進屋內。

「那你事情辦好了嗎？」顧嬋問道，然而這不是她最關心的。「前線戰況如何？依你看，還有多久戰事才能結束？王爺每次信上都說很順利，那為什麼還這麼久……」

顧楓打斷她。「璨璨，戰事結束了。」

顧嬋眨巴著水汪汪的大眼睛，喃喃重複著他的話，忽而滿臉喜色道：「王爺呢？他是不是也回來了？」

「姊夫……」顧楓偏開頭，不敢與顧嬋對視。「不回來了。」

「為什麼？什麼是不回來了？」顧嬋不解道。

「一個月前，有瓦剌的奸細混入營地，」顧楓咬牙硬生生地說道。「當時，姊夫受了重傷，蕭神醫也沒辦法……」

顧嬋愣怔地看著他半晌，突然道：「你騙人！你們兩個聯合起來捉弄我的對不對？」她站起身來。「王爺就在外面躲著呢，我知道，等我信了，哭了，你們就該笑我傻了。」一邊說邊向外走出去。

外間沒有人，跨出門檻，院子裡也空蕩蕩的不見人影。

顧嬋呆呆地站在門前，怯聲道：「王爺，你出來，你現在出來我會原諒你的。」

沒有人應她。

顧楓跟出來抓住她手臂。「璨璨。」

顧嬋猛地大力甩開他，跑到庭院中間，跺腳大喊：「你現在不出來，我以後再也不理你！」

「璨璨，我沒有騙妳。」顧楓的聲音從背後傳來。

「你說一個月前，可是我每天都收到他的信，一直沒間斷過。」顧嬋分辯道。

「那是他之前寫好的。」顧楓一股腦兒道。「因為怕妳知道，特意命李武成封鎖了整個王府，所以妳才什麼風聲都沒聽到。而且，他說妳年紀太小，如果從今以後都一個人，他不忍心。要我在戰勝班師回朝時，替他向皇上和太后請求，將妳從皇家玉牒上除名，這樣妳不必遵從皇家規矩，還可以再嫁。我是從京師來的，皇上他們已經答應了這個要求，並且立刻執行，現在妳已經不是靖王妃了。我是來接妳，將妳送到福建去，送到爹娘身邊，就跟沒出嫁前一樣。」

「我不去！」顧嬋尖叫起來。「我是靖王妃，我要留在王府等王爺回家，我們說好的，他不會騙我的。」話未說完，眼淚已像斷了線的珍珠一般落下。

顧楓見狀也紅了眼眶。他一直將韓拓奉若神明，從不懷疑他的決定與做法，可這次，卻不那麼確定。

顧嬋抹一把淚，依舊倔強堅持道：「我哪兒也不去，我就在這兒等王爺回家。」

她一邊說，一邊失魂落魄地往屋裡去。

碧苓和碧落將姊弟二人的對話聽得一字不落，這時一人把著一邊門框，跟著顧嬋一起淌眼淚。

顧楓年輕英俊的面龐上凝著一層陰霾，咬牙咬得兩頰肌肉鼓出，才能克制住自己不說出不應當說的話。

「碧落，妳去拿另一疋松江棉布來，我要繼續給王爺做衣服。」顧嬋進門時幽幽吩咐。

顧楓聞言，突然狠下心來，快步跟上去，提起手刀在顧嬋後頸一擊。在碧苓與碧落齊聲驚叫中，毫無防備的顧嬋軟綿綿地倒在顧楓懷裡。

「去給王妃收拾東西，只帶幾套路上換洗衣服就行，其餘不要。一刻鐘後就啟程，快去。」顧楓厲聲吩咐道。

驚魂未定的兩女連忙進了內室，火燒火燎地揀出幾套衣服，胡亂裹成包裹，跟著顧楓上了一早準備好的馬車。

顧嬋醒來以後，不說不笑，不哭不鬧，只裹著狐裘，一動不動地躺在車裡，一雙大眼空洞無神，看得人心裡難受不已。

這不是最糟的。她還不吃不喝，當碧落餵水餵飯，顧嬋緊咬牙關就是不肯張口，任憑碧落、碧苓一起哭著求她，她也毫無反應。

僵持了一天一夜，第二天夜宿驛館時，顧楓捏著顧嬋下巴，強行扳開她嘴，灌了一碗瘦肉粥進去。東西灌下去，碧苓和碧落一個打水一個擰毛巾，忙著給顧嬋擦臉擦身。

顧楓轉身出了房間，一直走出他們住的院子，拔出佩劍對著一棵大樹一陣胡砍亂劈。

之後每日皆是如此。幸好馬車走得快，沒幾日已進入江蘇地界。

「三爺，要進京師嗎？或者回侯府讓老太太勸勸姑娘。」碧落偷偷詢問。

「不去，我們直接去福建。」顧楓拒絕道，轉而向車夫吩咐。「再走快些。」

傍晚住進驛館，正趕上有人在向驛丞問路。

「沿門前大路一直走，則是南下，若遇第一個岔口拐出，半個時辰便可達京師，千萬別走錯了。」

顧嬋由顧楓揹著往裡走，與驛丞擦身而過時正好聽到這句話。她攀在顧楓肩頭的小手突然握了一握，然而身體太虛，動作太輕，顧楓絲毫沒有發覺。

「我想吃東西，」進了房，顧嬋突然開口說出一路上的第一句話。「想吃珍珠圓子和糖醋排骨。」

眾人喜出望外，碧苓和碧落兩個搶著跑去廚房點菜。

兩盤菜同一碗米飯被顧嬋吃得乾乾淨淨。顧楓坐在對面，暗自鬆一口氣。

「沒飽，還想吃松子桂花糖，」顧嬋放下碗，又說道。「要碧落親手做的，別人的不吃。」

「我這就去做。」

主子終於想通了，別說松子桂花糖，就是要月亮她也肯搭梯子去摘。碧苓同碧落一樣想法，與她一起去廚房幫手。

這種糖做起來頗有些費事，顧楓與顧嬋有一搭沒一搭地說著話，等了兩刻鐘也沒見人回來。

顧嬋漸漸地開始眼皮打架，伸手掩嘴秀氣地打了個哈欠。「好睏，想睡覺了。」

「妳先睡，那糖明天再吃也一樣。」顧楓勸道。

顧嬋出奇地聽話，乖乖應了。

「她們兩個不在，我來給妳守門，妳有事便叫我。」顧楓說著，起身往房間外面走去，雖是親姊弟，也要避嫌的。

然而身後突然響起急促細碎的腳步聲，他尚不及駐足回頭，已覺後頸一痛，眼前一黑，向前撲倒，就此人事不知。

顧嬋丟開手中瓷枕，戰戰兢兢地蹲在顧楓身旁，費了好大力氣才將人翻過來面孔向上。她抖著手去探他鼻息，感覺到氣息穩定如常，捂著胸口大大地吁出一口氣。然後，跑到床前扯出冬被，蓋在顧楓身上，便推門而出。

天不過剛黑，驛館裡還十分熱鬧，顧嬋逢人便問，一路摸到馬廄，尋到顧楓的那匹馬，解開拴馬繩，爬上馬背，策馬上了官道，按照驛丞所講的，往京師方向奔去。

顧嬋踏著暮鼓進了京師，城門在她身後徐徐闔閉。

宮規嚴謹，若無召喚，酉時起便不能再遞牌子進皇城。注定得耽誤一夜。

她尋思著落腳的地方，信馬由韁，不知不覺來到永昭侯府門前。

高牆巍峨，朱門緊閉，顧嬋猶豫著不知當不當進。思前想後，她糾結地翻下馬來，到底還是身子虛，又騎了一路馬，雙腳發軟，落地沒站穩，直接摔倒在地。

大門正好打開。

一名穿青藍直裰的男子步出，看到顧嬋半跪半坐在那裡，一身素服，神情茫然中帶著悽楚，我見猶憐。

「姑娘，妳怎麼了？」他上前詢問，只是礙於男女授受不親，不好直接將人攙扶起身。

門內忽然一聲喊：「大姑爺！」

跟著有個梳雙髻的丫鬟跑了出來，顧嬋認得是二伯母薛氏身邊的翠兒。

翠兒手上提著一個剔紅食盒，塞到男子手裡。「二太太請姑爺將這湯帶回去給大姑娘補身。」

說完了，才看到地上的顧嬋，驚訝道：「二姑娘，啊，王妃，不，二姑娘……」

靖王請求將顧嬋從皇家玉牒上除名的事情，整個京師可說是無人不知，翠兒一時間竟拿不準究竟該如何稱呼顧嬋才對，反覆叫了幾遍人，才問道：「妳怎麼一個人在這兒？」

翠兒嘴上如此一番折騰，倒讓顧嬋明白過來，這家至少現在還回不得。

她抓著馬鞍藉力爬起，晃晃悠悠地踩著腳蹬上馬後，一鞭揮下，馬兒便噠噠噠地跑開了。

翠兒看著顧嬋遠去的背影，不明白怎麼好好地到了家門口，竟然連一句話都不說就走了呢？

她一頭霧水地送走了自家姑爺，回到顧景言夫婦兩個住的跨院裡，將在門口撞見顧嬋的事情跟薛氏說了一遍。

「妳看真切了？就她一個人？身邊沒人跟著？」薛氏正對鏡描晚妝，聽翠兒說完，手中螺黛一偏，細長舒揚的遠山眉一揚就揚到了髮際去。

「奴婢看真切了，二姑娘一個人騎馬來的。」翠兒是楚王圍城那年才到薛氏身邊伺候的人，前後不過兩年，又因兩位姑娘先後出嫁，少了衝突比較，不似老人那般瞭解薛氏的心結，一個不慎便問了不該問的。「二夫人，是不是應當派人把二姑娘找回來？她孤身在外太危險了。」

不料薛氏不耐煩地罵道：「黑燈瞎火的妳肯定認錯人了，要真是咱們家二姑娘，她還能過門不入，越叫越走？」

說完想了想，總覺得不大放心，她又惡聲惡氣地嚇唬翠兒。「事關咱們二姑娘名節，這話就此打住，妳若再跟旁的人提一言半語，便是誣衊主家，當心我把妳發賣到窯子裡去。」

「不說不說，奴婢絕不敢再亂說了。」翠兒慌忙擺手道，她家雖然窮，但總歸是清白人，寧死也不要去青樓那種糟踐人的地方。

薛氏滿意道：「這就對了，過來，幫我把眉洗了去。」

翠兒扯下臉盆架上的絲棉布巾，沾過水，包在食指上，熟練地替薛氏洗去螺黛痕跡。

薛氏仰頭閉眼，嘴角噙著一抹笑。

做王妃好風光嘛，靖王死前都不忘把她從皇家玉牒除名，擺明是下堂棄婦，當真沒臉。

都說風水輪流轉，如今她閨女有了身孕，姑爺在翰林院待了一年便調入大理寺任右寺丞，官職五品，二十歲出頭已與她爹平級，將來自是前途無量。

哦，做官再大也大不過王爺？人都死了，再大有什麼用？

薛氏越想越得意，至於那個顧嬋，又不是自己身上掉的肉，管她那麼多做什麼。

第二十三章

顧嬋在客棧裡將就了一夜，翌日一大早遞上牌子進宮。

寧太后聽她把來意一說，便反對道：「璨璨，姨母懂妳的心意。你們少年夫妻，剛成親還不出兩年，妳傷心難過是人之常情，一時割捨不斷也正常。但妳如今還不滿十七歲，往後還有幾十年日子好過，靖王這也是為了妳好。」

顧嬋見寧太后與顧楓一個腔調，著急得不行，一時想不出更好的說詞，只能像小時候一般拉著姨母袖口撒嬌哀求。

寧太后對顧嬋還是有幾分真情，當初聽得顧楓轉述韓拓請求，雖然納罕，卻暗地裡鬆口氣，這是她唯一一個妹妹的寶貝女兒，她也不會當真希望顧嬋半生孤寡。只是沒想到顧嬋竟然如此執拗。

「好孩子，來，到姨母身邊來。」寧太后把顧嬋半摟在懷裡，安撫道：「妳看這樣好不好，妳就照著大家商量的，先去福建。」

她見顧嬋蹙眉不悅，改口道：「不管是去福建，還是留在京師，都看妳的意思，只是別一個人留在幽州。妳看，福建有妳爹娘兄嫂，京師有妳祖父祖母，至少有人陪著妳說話解悶，咱們就當散心，等過陣子，事情淡下來，再作決定，好不好？」

「姨母的意思是會幫我？」顧嬋倒也不大好糊弄，追問不休。

寧太后含糊道：「夫死妻守孝，一年才能除服，至於以後到底做什麼打算，一年後咱們再說。」

總共成親沒兩年的人，又聚少離多，能有多深厚的感情？時光流轉，一年後只怕不用人催逼，顧嬋自己也會受不住，另有想法。

得了寧太后的保證，顧嬋總算安下心來，陪著姨母敘話一陣，用過午膳便告退出宮。

顧嬋走後，寧皇后進了小佛堂，點燃一炷香，對著裊裊青煙，喃喃自語道：「皇上，若當年你我情濃時，遭遇生離死別，是不是也會變作今日這般模樣？」

可惜，世間事哪有那麼多如果，她隨即搖頭笑道：「皇上，你看看，你一紙賜婚，把璨璨害得多淒慘可憐，可見，你作的決定是不對的。」

而她作出的決定，才是最正確的。

講完話，寧太后便跪坐在織錦蒲團上，撥著蜜蠟佛珠，誦起經來。

一段經文尚未唸完，忽聽身後腳步聲響，她微有不悅，早已吩咐過每日唸經時不許打擾，是誰這般大膽？

正欲出口訓斥，只聽郝嬤嬤呼哧帶喘地回稟道：「太后，皇上強把二姑娘帶去龍棲殿了。」

龍棲殿，那可是皇帝的寢宮。

韓啟把女人往那裡帶，傻子也懂他什麼意思。簡直胡鬧！

而今偌大的龍棲殿裡，只有兩個人。

顧嬋坐在玫瑰椅裡淌淚，韓啟站在她身前，握住她肩膀，柔聲哄勸：「璨璨，妳別哭。我不是想嚇唬妳。」

一邊說，一邊伸手去幫顧嬋擦眼淚。

顧嬋偏頭躲開去，咬死只說一句話。「放我走。」

「不放。」韓啟立刻拒絕道。「璨璨，妳留下來，我立妳做貴妃。」

「我不要！」顧嬋想也不想，站起來便跑，撲到門前卻被阻住。

殿內只有他們兩個人，韓啟吩咐內侍徐艮良將殿門從外面鎖了起來。

推門推不開，顧嬋驚恐地轉身，看著韓啟一步步走近前來。「璨璨，妳要是嫌貴妃分位低，我立妳做皇后，妳可滿意了？」

「皇上，求求你，放我走。」顧嬋跪在地上，磕頭哀求。

這話卻提醒了韓啟。他是皇上，普天之下莫非王土，想要一個女人而已，何必低聲下氣？韓啟已大婚，不再是昔日未開葷的毛頭小子，自然知道怎樣才能讓女人真正屬於自己。只要她成了自己的人，還怕會不肯心甘情願留在宮裡？

顧嬋磕頭磕得頭暈腦脹，始終不見韓啟應聲答應或者反對，正疑惑間，忽然被用力提起，按在門上。她尚不清楚發生何事，本能地掙扎踢打起來。「放開我，放開！」記憶裡那個溫和愛笑的表兄，這時變成野獸一般猙獰可怖，一點點向她逼近……

御醫比寧太后先一步達到龍棲殿。

顧嬋奄奄一息地躺在龍床上，額上兩處傷，一處輕一處重，輕的只是紫瘀，重的那處血流不止。

傷在頭上，想蓋住臉掩藏身分都不行，好在御醫並不認識她。但一個素服婦人，年輕貌美，在皇上寢宮裡受了傷，而且明顯是撞傷，其中過程當真是耐人尋味。

御醫面上一本正經，目不斜視，只管看診裹傷，心中早已腦補過無數版本，每一種都脫離不了宮闈秘辛，香豔非常。

待傷勢處理妥當，御醫告退後，寧太后才遣退宮人，向韓啟問話。

韓啟自知闖了大禍，吞吞吐吐、避重就輕道：「太久未見，便帶她回來敘話。」

一抬頭對上寧太后嚴厲的眼神，不由自主說了句心裡話。「母后，既然璨璨如今已從玉牒除名，兒臣想納她為妃。」

「你同她說過了？」寧太后明知故問。

韓啟點頭稱是。

「那她如何反應？」寧太后再問。

「自然是歡喜的。」韓啟仍未知錯，想趁顧嬋昏迷時將名頭坐實，待到萬事抵定，顧嬋再不願也只能服從。

寧太后冷笑道：「歡喜？歡喜得拚死撞在柱上？」

入殿第一根金漆大柱上染著血漬，再一看顧嬋的傷口，寧太后還有什麼不明白的。

「母后，兒臣自幼想娶璨璨為妻，要不是當年父皇突然下旨將她賜婚給三哥，她早就是我的妻子了。」他不過是拿回被人搶走的東西，自認為理所當然。「求母后不要反對。」

「我說過我反對了嗎？」寧太后嘆氣道。「自小凡是你想要的，我有哪一次不是依著你心意？可是，強扭的瓜不甜，如今她丈夫剛去，你硬要在此時納她為妃，別說她自己接受不來，全天下有幾個人聽聞後不罵你一聲荒淫無道，保不齊最後變成皇上陰謀害死兄長，只為霸占寡嫂。」

「兒臣不在意。」

就算靖王不在戰事裡誤中毒箭，待戰勝回朝時，韓啟本也打算將其處置。這計劃寧太后也知曉，只是沒想到，靖王意外喪生，臨終還將顧楓推上主帥之位，如今原本靖王麾下的二十幾萬大軍，全落在顧楓手裡，而顧楓早已投誠，可說是不費吹灰之力解決了心腹大患。

「這不是你在不在意的問題。」寧太后耐心道。「如今你是皇上，要得天下歸心，自然得是公認的明君。這事你無論如何急不得，聽母后的話，先將人送走。」

韓啟望一眼昏睡中的顧嬋，明顯還是不願。

寧太后只得放軟些再勸道：「只是暫且等上一段時日而已，待到她平復了心緒，憑你二人青梅竹馬的情分，難道你還沒有信心讓她心甘情願？」

對任何年紀身分的男人，激將法總歸十分管用，韓啟最後終於同意下來。

顧嬋醒來時，人已在永昭侯府。

因她受了傷，三房一眾人又不在府中，便被安置在永和堂的碧紗櫥裡。

二姑娘醒了，對整個侯府來說都是大事。

因為近，蔣老太太來得最快，見到顧嬋便垂淚，心疼地埋怨道：「傻孩子，就算太后一時不肯將妳重列玉牒，妳也不能尋死啊。」

顧嬋頭痛欲裂，腦中昏沈，但仍清晰地記得前事，她哪是因玉牒之事尋死，明明是為保清白。轉念一想，既然已被送回家中，又特地尋了藉口掩飾，那就說明宮裡有人幫她。除了寧太后，還有誰能擰得過韓啟。

「祖母，我以後不會做傻事，惹祖母傷心了。」她拉著蔣老太太手臂，也跟著一起掉眼淚，既是後怕，又是委屈。

對於顧嬋再一次化險為夷，平安無事，有些人顯然不那麼開心。

三日後，顧嬋已能下床，雖然額上傷口仍未痊癒，但行動已如常無礙，日間陪著蔣老太太一起坐在堂屋裡聊天解悶。

守門的婆子進來回稟，說二太太過來探視二姑娘。

蔣老太太有些不悅，早兩天顧嬋傷重時不見薛氏過來，這會兒人好得差不多了，也不知還過來做什麼。不過心裡頭這麼想，卻不能直接回絕。

見了面，薛氏好一番噓寒問暖，殷勤體貼得幾乎讓人以為她轉了性。只是，古語有云：江山易改，本性難移。

不過一盞茶的工夫，薛氏便露出本性來。「璨璨真是有福氣，得靖王垂憐，恢復自由身。那麼妳自己有何打算？」

顧嬋垂頭不語，蔣老太太代答道：「這些事將來再說。」

薛氏卻道：「母親，俗話說機不可失，失不再來。如今我這兒有個好人選，端的是年少英俊，前程無量，最重要的是，他不嫌棄璨璨是再嫁之身。」

蔣老太太半信半疑，疑是不覺得薛氏能認識什麼有臉面的人，信則是看得出來薛氏明顯因此而來，便道：「妳且說說看，到底是什麼人。」

薛氏閒不住的那張嘴，這次竟然沒第一時間答話，而是叫身旁的婆子遞上一卷宣紙。蔣老太太展開來，紙上畫著一幅美人兒小像，美人臉是顧嬋的臉，五官神態無一不唯妙唯肖，身上穿戴佩飾則與她被從宮中送回來時穿的那套一模一樣。

「喲，畫得真好，只不知出自哪家公子之手？」蔣老太太看出薛氏要賣關子，便再追問道。

「這畫是姍姊兒昨兒差人送回來的。至於作畫的人麼，」薛氏掩口笑道。「那是咱們家大姑爺。」

顧嬋原本所有注意力都被薛氏帶來的婆子吸引，聽了這話回過神來，低聲回應道：「二伯母莫要說笑了，既是姊夫，自然與璨璨無緣的。」

薛氏嗤笑道：「這話可就見外了，咱們都是一家人，當然是有緣的。姍姊兒有孕之後，便念叨著要給姑爺納妾。我看她人老實，怕她箝制不住那些個狐媚子，一直勸她且等等，人選得精挑細選。果然我有先見之明，姑爺如今看上了璨璨，那是再好不過。姊妹兩個共事一夫，姍姊兒不用擔心妾室不安分，璨璨也不用擔心再嫁後被主母折磨。」

「胡說些什麼！」蔣老太太氣得摔了茶杯，直接下逐客令。「滾出去！」

薛氏不肯走，被蔣老太太喚了力氣大的婆子往外拖，嘴上仍舊不依不撓，不乾不淨。「母親，我知道這話您不愛聽，可是大家得面對現實不是？這皇家的棄婦能再嫁什麼好人家，我們姑爺官運正亨通，年少有為，肯納她做妾已是她福氣了。您這會兒生氣，卻不知道璨璨早就動了心思，私下裡見過我們姑爺，把人迷得神魂顛倒，不然哪來的這幅畫。家裡把她千嬌百寵，養尊處優，耐不住人家自甘墮落，前腳死了夫婿，後腳就勾引姊夫。要真是咱們侯府的種，怎麼可能這麼下賤，說不定早年間走失後找回來的，根本就不是三叔夫妻兩個生的，叫人換了……」

人被拖遠了，聲音漸漸減弱，終於再聽不見。

「祖母，我沒有。」

顧嬋欲待解釋，卻被蔣老太太打斷道：「我知道。」說著拍了拍她的手。「我的孫女兒是什麼人，我自個兒心裡有譜。」

顧嬋另有疑問。「祖母，二伯母說的走失，是什麼意思？」

「別聽她胡說八道。」蔣老太太擺手道。「那是個一等一的潑皮，自小在家裡跟同樣庶出的姊妹們互相糟踐慣了，什麼混帳話都敢說，妳理她做甚。」

比起薛氏來，顧嬋當然更相信祖母的話。而且，真正讓她發愁的，不是過去，而是現在和將來。

如果，她不想改嫁，應該去哪兒？

顧楓在傍晚時分到達侯府，進門便直奔祖母院中。

「妳怎麼能一個人就那樣跑出來，妳知不知道有多危險？年紀漸長怎麼反而還是這般不懂事？」

他還在顧嬋又走失的後怕中沒有恢復過來，一見面便喋喋不休地擺出「兄長」姿態教訓她。說完，去查看她額頭傷口。「看來好得差不多，明日應當可以啟程去福建。」

「我不去。」顧嬋道。「祖母，我想入慈恩寺陪姑姑一起修行。」

「不行！」顧楓搶先答話，斬釘截鐵反對道。「那種地方不是妳該去的。」

「璨璨，妳先去福建陪父母一段時間，再作決定吧。」蔣老太太話說得溫和得多。

顧嬋卻十分執拗。「我想得很清楚了。我真的不想再嫁，也不想被人誤會。」

薛氏今日的態度讓她明白了一件事，她雖然有侯府撐腰，甚至還有太后姨母保護，但也改變不了旁人心中寡婦門前是非多的想法。

薛氏不過是誤會，才來出氣，她不怕。那位大姑爺就算當真存了要納她做妾室的想法，顧嬋也不擔心家中任何一位長輩會同意。

韓啟卻不一樣。那是皇帝。這一次，寧太后幫了她。可若韓啟一意孤行，直接降旨，就像當初元和帝將她賜給韓拓時那般呢？聖旨已出，便不可能再更改。

去了慈恩寺，至少那是皇家寡居之人修行之所，韓啟再胡作妄為，也不敢從慈恩寺裡搶人。

她不怕死。她只想活著一天，乾乾淨淨、清清白白。

顧嬋主意已定，九頭牛都拉不回。

顧楓被她氣得跳腳。「妳等著！就算妳要去，也等我回來再去！我不管了！我受不了了！」

他說完跑了出去，據下人回稟，三爺騎了馬出城去也。

若肯乖乖等他的，便不是顧嬋。何況她也等不得，韓啟若不死心，隨時可能降下聖旨，顧嬋立心速戰速決，儘早入寺。

當然，此事需得皇家人批准。

寧太后特地召見了蔣老太太，兩人將顧嬋在宮中與回到侯府的態度互相一通氣兒，也都知道一時半刻是不可能勸得住的。

何況寧太后也猜得出顧嬋最顧忌的是韓啟。這事她不能說，說出來對兩個人都沒有益處。最後，索性還是用了最初的拖延之法：准許顧嬋先入寺一年，既還了她的願，又讓她好好體會一番寡居的生活，屆時便知現實不似理想中那般容易；並將靖王與王妃伉儷情深大肆宣揚稱頌，一個特地打破規矩准許王妃再嫁，一個執意要為夫婿守節，一時間也成為城中美談。

顧嬋入慈恩寺那天，京師下了今冬第一場雪。雪花像揚起的鵝毛，漫天盤旋飛舞。

車馬受天氣影響，前行極慢，耽擱到天擦黑才到達。

寺中住持一早收到太后懿旨，將一切準備妥當。顧嬋被安排在顧景惠獨居院落的西廂，方便姑姪兩個作伴，互相照應。奔波一天，顧嬋也累了，與顧景惠同桌用過齋飯，便欲告退回房中安睡。

顧景惠卻吩咐丫鬟去寢房中取來兩個湯碗大的紅漆圓木盒。顧嬋揭開盒蓋，見其中各別盛滿紅豆與綠豆，她不明其意，抬頭看向姑母尋求解釋。

「妳且先收著，若遇夜裡不能安眠，將兩盒豆子混在一處，再分別挑揀出來。」

顧嬋聽得似懂非懂，但還是道過謝，之後回房去了。雖說是入寺修行，身邊依舊有丫鬟跟著，碧落和碧苓當日隨顧楓一起回侯府，此時自然陪顧嬋入寺照顧她起居。

兩人服侍顧嬋解衣沐浴，之後按照向來的習慣，將香胰子等物安置在浴盆旁的高几上，留她一人在淨室泡澡。

大抵是乏得緊，不一會兒，顧嬋在澡桶裡睡著了。這一覺不知睡了多久，醒來時只覺澡桶裡的水已變得冰涼，凍得她直發抖。因為太冷，顧嬋也顧不上叫人來伺候，自己哆哆嗦嗦地爬出桶來，往靠牆的梨木衣架去取貼身的衣裳。

她睡得尚有些迷糊，暈頭暈腦地走到半途，赫然發現衣架下露出一雙男子皂靴來。

「誰？誰在那兒？」

這一驚可令顧嬋徹底清醒過來，身子也因為恐懼抖得更加厲害。

淨室不大，卻很空曠，顧嬋全身上下只裹著一條浸濕的白棉布巾，其餘衣裳皆掛在衣架上，此時進退不得，便是連尋死都不方便。

那雙皂靴緩緩移動，高大的身影從衣架後轉出。來人穿玄色冬衣，披黑絲絨斗篷，一張面孔雖然瘦了，卻依然俊美如謫仙，可不正是令她朝思暮想的韓拓。

顧嬋呆愣愣地看著他，一時間竟分不清楚，自己究竟是日有所思才夜有所夢，還是因在佛門淨地遇上了鬼魂顯靈。

「怎麼了？不認識我了？」

韓拓笑問，見顧嬋歪著頭打量他，不知在想些什麼，於是主動伸出雙臂，示意她投入懷抱。

可是，顧嬋依舊站在原地不動。

「王爺……」她呐呐地問道：「我是在作夢嗎？」

韓拓走上前來，在顧嬋右頰上輕捏了一把。「疼嗎？」

「唔……」顧嬋蹙眉揉臉，呼疼。

「既然疼，那就說明不是夢。」韓拓好笑地在她左頰上又捏一下。

既然不是夢，那就是鬼魂顯靈了……

顧嬋小心翼翼地伸出手，摸上韓拓的下巴。果然冰冰涼涼的……

她的眼睛忽然有點發酸，緊接著便被霧氣蒙住，面前的人與景都模糊起來。

「別哭。」韓拓溫柔地把她擁在懷裡。「看到我還哭？」

果然全身都涼冰冰的，冒著寒氣……

顧嬋一點也不怕，這是韓拓，變成什麼都是她的王爺。她哭得更厲害，在他胸前一蹭一蹭地嗚咽著。

韓拓嘆口氣，他也覺得她全身都涼冰冰的……

於是，他大掌在她小屁股上一托，將人舉著豎抱起來。

白棉布巾子其實很大，裹在身上卻又很短，本就只堪堪遮住下圍。經過一托加一舉，巾布邊緣向上捲起，那雪白渾圓便露了出來，觸手間滿是滑膩柔軟……

韓拓又嘆一聲，不再是無奈，而是有點壓抑。他走到衣架旁，把人放下地，空出雙手解開濕漉漉的布巾，顧嬋的一切美好立刻毫無遮掩地展示出來。

她的皮膚恍如最頂級的羊脂白玉般，柔嫩細滑，毫無瑕疵，唯有兩點粉紅，像三月天最嬌妍的桃花骨朵，小小一團，翹翹挺挺，誘人採擷。

原本最是害羞的一位姑娘，這會兒一點也不知閃躲，傻愣愣地站在那裡，只管仰著脖頸看他，全然不知自己給對面的男人帶來什麼影響。

韓拓艱難地偏開頭去，扯過衣架上的紅綾抹胸，先遮住身前，然後靠近些，手環在顧嬋背後，將綢帶相交繫起。

平素裡，韓拓脫抹胸脫得多，手法不知多麼熟練，如今反過來要穿，竟然完全脫離想像——難，實在是難。

一忽兒綢帶纏住顧嬋的頭髮，惹她喊痛；一忽兒才鬆開手，綢帶不知怎的便自己散開，只好重繫。

折騰好半晌，他終於把個抹胸穿戴妥當，又拿過褻褲來，雙手撐起褲腰，半蹲著，道一聲：「抬腿，把褲子穿上。」

顧嬋乖乖地抬了腳，一前一後分別踩進兩條褲筒裡。韓拓拽著褲腰向上提，又將褲帶打個結，再來是寢衣。

有了剛才的經驗，靖王不再是服侍人的生手，順順利利地給顧嬋穿好寢衣。最後他拿另一塊乾爽的布巾包起她滴水的頭髮，再次托抱著步出淨室，在外間榻上，讓顧嬋背對他坐好，開始給她擦拭濕髮。

顧嬋不停地扭過身子看他，嘴上柔柔地哀求道：「我不想看不到你。」

他是鬼魂，太陽昇起便要離開。

她珍惜相聚的每一刻，一點兒時間也不願錯過。

雖然面對面的，擦起頭髮來十分彆扭，但韓拓到底拗不過顧嬋，於是，變成一種很奇怪的姿勢——顧嬋跨坐在韓拓腿上，他手兜著布巾伸在她頸後，而她呢，十隻纖纖玉指在他面孔上梭巡，反覆描繪著他的眉眼，時不時還送上小嘴輕觸他嘴唇、下巴。

漸漸地，顧嬋感覺到有些不對勁了，下面有什麼頂著……

原來鬼魂也有炙熱的地方……

到底還是硌得不舒服，顧嬋小心翼翼地撐著榻席，向後挪了挪。沒想到兩人身體接觸的地方卻變得更加尷尬。

韓拓停了手中動作，低頭看她。

顧嬋臉騰一下地紅了，小聲辯解道：「我不是故意的，我想躲開……」

韓拓強忍住笑，摸了摸她頭髮，已乾得差不多。

「為什麼要躲？嗯？妳不想它嗎？」

這種問題要她怎麼答？原來有一種鬼，真的像人是一樣好色，果然是色鬼！

顧嬋羞窘得不行，便要爬下去，躲得遠遠的。可是有人像老房子著火，將她牢牢抓著。布巾落在地上。適才穿上的衣服，又由同一個人親手一件件解開脫下……

顧嬋哭著從激情的巔峰中清醒過來，全身早已痠軟無力，只能軟綿綿地攀住韓拓脖頸，小臉靠在他肩頭平復。

四方紅木桌上點著一盞燈，燭光搖曳，將兩人相擁的身影映在牆上。

顧嬋疲累地閉上眼，昏昏欲睡。然而，片刻後突然睜開眼。

影子？鬼魂怎麼會有影子？可是韓拓的影子明明映在灰撲撲的磚牆上……

顧嬋抬起頭來，蹙眉看著他，猶猶豫豫地問道：「王爺，你是人吶？」

即便雲收雨散，韓拓的雙手也未曾歇息，一刻不停地在她嬌軀上遊走。此時聞言，他一頓，忍笑道：「嗯，不然呢？妳以為我不是人？」

「潼林不是說，你重傷……」

話說到一半，顧嬋突然明白過來。他們合起來騙了她！

怒氣像烈火一般噴湧而出，之前的日子裡有多傷心，現在便有多憤怒。顧嬋硬生生推開韓拓，從他腿上滑落下地。

「你走開，別碰我！」她揮開韓拓纏過來的手臂，抓起榻上散落的衣服蔽體。

「璨璨。」他溫柔地叫她的名字，試圖把她抱住。

顧嬋不停掙扎，口中叫喊起來。「別碰我，男女授受不親。」什麼授受不親，他們才做了不能更親的事情。

韓拓笑道：「妳是我的王妃……」

「現在已經不是了！」顧嬋打斷他，前一句宣洩了憤怒，後一句跟著便是道出心中的委屈。「你已經不要我了……」

這種事同她辯論不清楚，韓拓索性強硬地將人抱回腿上，依舊是那個跨坐的姿勢，窄腰用力一挺……

「這樣是不要妳嗎？」

「不要，現在我不要你了……」

顧嬋哭著掙扎，可是她怎麼會是韓拓的對手，最後只能跟著他的節奏起伏……

結束時，韓拓將顧嬋壓在榻上，輕輕親吻她額頭傷口。

顧嬋累得幾乎睜不開眼，還不忘賭氣偏開頭去。

「我不要你了……」她弱弱地重申著，聲音小到幾乎聽不見。

兩人靠得太近，韓拓還是聽得清楚。「不要我？那妳跑到這裡來做什麼？妳在為誰守節？」

「那是我以為你死了……要是一早知道你騙我……」

顧嬋嗚嗚咽咽、斷斷續續地說著，卻想不出什麼狠心的說詞來，他活著，他沒事，她開心還來不及，哪裡還會真的與他分開。

「可是你為什麼要騙我？」顧嬋幽幽地問道。「我以為……我差點……也死了。」

韓拓自是知道。他與顧楓有秘密聯絡的方式，但為保萬全，不會輕易使用，沒想到由此方式收到的第一封信卻是在講顧嬋。

「璨璨，是我考慮得不周到，」韓拓輕聲道，語氣中有後悔也有愧疚。「我不應該讓妳傷心難過，也不應該瞞著妳。璨璨，妳聽話，我想個辦法讓妳離開慈恩寺，然後妳乖乖地去福建好不好？」

「為什麼一定要去福建？」顧嬋不是沒有疑問的。

「岳父岳母，還有朝林夫婦都在那裡，一旦有事，你們可以立刻登船遠走。」

從一開始，韓拓便是這般打算。假死，是為了讓韓啟和寧太后那邊鬆懈下來，而將軍隊交給顧楓，與韓拓親自控制並無區別。但是，作出這個決定，並不是因為顧楓是唯一能信任的人，而是他是最容易取信於韓啟和寧太后之人。

對顧嬋隱瞞這一切，請求將顧嬋從皇家玉牒除名，將她送去福建，都是希望不連累她，也不要連累顧家其他人。若是事敗，他們與他韓拓毫無關係，自不會被波及，顧楓呢，也另有脫身之法。

若是事成，自然要將顧嬋接回身邊。只是，韓拓千算萬算，唯獨算漏了顧嬋對他感情太深，因而完全不能照著他的安排走下去。可，越是這樣，他越捨不得她有分毫危險。

「璨璨，好不好？」韓拓又問一次。

「會有什麼事？為什麼一定要詐死？」顧嬋警覺地反問道，她心裡已有個隱隱約約的猜測，那件她最不願意發生的事情，好像在她不知道的情況下，已悄然拉開序幕。

這一次，韓拓沒再隱瞞，從孫潤昌來奪兵權，到顧楓上京師假意對韓啟投誠，以及之後種種，一一道來。

顧嬋聽了，久久沒有作聲。她不知道應該如何回應他，雖然事情與前世不盡相同，但她知道他最後一定會成功。只是，不知那時他會如何對待韓啟與寧太后呢？

她咬著唇，將這點疑問嚥下去。

「我不去福建，好不好？」顧嬋問道，這才是她現在最急需解決的事情。

她話音落後，韓拓久久未曾回應。房間裡靜悄悄的，只聽到窗外風雪呼嘯的聲音。

「璨璨……」終於，韓拓開了口。

顧嬋卻一把捂住他嘴，不讓他說下去，生怕聽到他的拒絕。「求你了，王爺。」

韓拓拉開那微微顫抖著的小手，輕輕親吻一下，問道：「不去福建，妳想去哪兒？」

當然是他去哪兒她就去哪兒。

「我想和王爺在一起。」顧嬋咬著唇，忐忑不安地答。「王爺剛才說過，會想辦法將我從慈恩寺帶走，那個辦法不會引起旁人的懷疑對不對？既然是這樣，那我去福建，還是跟著王爺在一起，都沒有分別了。」

如此說來是沒錯，可是，韓拓總希望她能在儘量遠離紛爭的地方。

他嘆息著躺在顧嬋身後，從背後將她攬住，剛欲開口勸說，卻見她慌慌張張地轉過身來。

「我想看著你，別讓我看不到你。」她依舊是側躺著，手臂搭在韓拓腰間，微仰著頭與他對視，水汪汪的大眼睛裡盛滿祈求與依戀，讓人不能不心軟。

但事有輕重緩急，他是個男人，不能什麼都聽她的，而且，還有義務保障妻子絕對的安全。

「璨璨，別這樣，」韓拓將那可憐兮兮的小臉埋進懷裡，看不到了，才能硬起心腸講話。「我有很多事要做，不能一直陪著妳照顧妳。妳去岳父岳母身邊，我才能心無旁騖。」

所以，他是在怪自己這次擅自跑回京師給他添了麻煩？

「我不是……」顧嬋小聲辯解道。「我不是故意要給你添麻煩的，我不知道你還活著，潼林說得那樣真……我好害怕……我不想從今以後做一個和你毫無關係的人……我也不想改嫁……」

她一開口眼淚便止不住。那天被韓啟逼迫時，她也想過，自己是不是蠢透了，為什麼要入宮，為什麼要自投羅網？可，說到底，顧嬋不是韓啟肚裡的蛔蟲，她怎麼知道一個皇帝會對個新喪夫的寡婦有那種執念……

「璨璨，不哭，妳無須改嫁，等我事成了，就接妳回來，好不好？」韓拓一迭連聲地哄著。「別哭了，哭得我心都亂了。」

若事不成呢？顧嬋沒忍住打了個激靈。

這種話她不敢問，最好連想都不要想，此次她已受夠了，幸好只是一場虛驚。

「王爺，我保證不打擾你，只要你把我安置在一個離你近些的地方，你偶爾來看我一眼，讓我知道你一切都好就行了。」

她一個勁兒地保證哀求，因為太緊張，小手不自覺地在韓拓胸前抓撓，不一會兒便發現他身體的異樣。

「王爺不讓我在你身邊，那王爺有夫君的需要時誰來滿足你……」

顧嬋紅著臉，說出羞死人的一句話，說到最後，聲音小得已不可聞。「還是王爺有別人滿足……唔……」

這句沒能說完，因為韓拓猛地低頭在她嘴唇上咬了一口。

他其實不大理解她的思路是怎麼拐到吃飛醋上去的，不過，他知道如何有效制止這種情況。

顧嬋覺得自己已經散了架，像團棉花一樣任由韓拓搓圓捏扁，最後只能軟綿綿地趴在他身上。如果不是還未得到滿意的答覆，恐怕她早已支撐不住沈沈睡去。

「真的不給我添麻煩？都乖乖地聽話？」韓拓問。

「嗯……」顧嬋全身脫力，根本張不開嘴說話，只從喉嚨裡發出一聲像小奶貓一樣的呻吟表示同意。

韓拓好笑地在她臉上捏了捏。「真的能那麼乖？這次是誰完全不聽話，一意孤行跑到京師來，嗯？逼得我不得不冒險親自過來。」

「我不想你涉險。」顧嬋勉強發出一點聲音，話說完才發現前因後果不大對，又解釋道：「明明是你和潼林騙我在先，如果我知道你沒事，就不會這樣了……」

她說的都是大實話，韓拓心裡也清楚，若不是真的以為他死了，她怎麼會因為寧太后不答應將她重列玉牒便尋死……

幸虧只是受了傷，並無性命之憂，不然他一輩子都不能原諒自己。

「我想留在你身邊，想知道你的情況，真的情況，什麼都不知道我會很害怕……而且，我們是夫妻，我不想一個人躲得遠遠的……求求你了，王爺。」

顧嬋越說越可憐，再不答應，韓拓都覺得自己像是要拋妻棄子的負心漢。其實他只是絕不能讓她留在慈恩寺，只要他還想奪回原本屬於自己的東西，便不能冒險將顧嬋放在寧太后與韓啟觸手可及的地方。

「那妳要真的聽話才行，先老老實實地在這裡等著我帶妳走，如果再出什麼意外，我立刻送妳去福建，再不能商量。」他心軟得徹底，嘴上還要找回夫主的威嚴。

顧嬋才不管那麼多，只知道他終於答應了，強撐著的精神放鬆下來，嘴邊噙著一抹甜絲絲的笑意進入夢鄉。

再醒來的時候，天已經大亮。韓拓自然是不在身旁。

顧嬋坐起來，發覺身體已被清理過，只是一低頭便能看到胸前紅紅紫紫的痕跡。她紅著臉抓起榻上擺放整齊的衣裳，把自己裹得嚴嚴實實。

既然韓拓囑咐過，顧嬋就安心地等。

這一等便等了一個月。

除夕夜裡，因煙花火星落進柴房，引起慈恩寺大火，燒毀了三分之一的客房院落。其中最嚴重的便是永昭侯家兩姑姪所住之處。

正房全毀，幸好起火時顧景惠與寺中其他居士在大殿聽方丈講經，倖免於難，但前靖王妃就沒這般幸運。那西廂燒得只剩半面牆，因身體不適早早安歇的前靖王妃連同兩個侍女被燒得如同焦炭，死狀甚為可憐。

消息傳回城中，寧太后下旨將前靖王妃風光厚葬。

然而，皇家的禮遇撫平不了失去親人的傷痛。

永昭侯府裡，顧楓安慰過蔣老太太，一路轉回自己住的廂房裡，倒一杯梅花釀，對著皎皎月色嘆息道：「你們倒是雙宿雙棲去了，可憐我先去找死囚替身，現在還要給你們善後。」

第二十四章

顧嬋被韓拓安置在宣州的一處小院裡。

她和紅樺、白樺、碧落、碧苓住在後院，另有五名擺在明處的侍衛住前院，扮作門房、家丁與護院。

到達的那天，門房佝僂著背來開門，滿頭白髮鬍鬚，明明是個陌生的老人家，顧嬋卻覺得非常眼熟。她一步三回頭，直到轉進垂花門時，看到那老人家抖著手撕開鬍鬚，露出一張熟悉的面孔。

原來是林修。

顧嬋沒忍住，「噗哧」一下笑出聲來，韓拓轉過頭來瞪視林修道：「難不成糊糊也會看人，怎地每次見到姑娘鬍子都往下掉？」

之前買下院子，五名侍衛最先入住，後來紅樺和白樺從幽州過來的那天，林修也是這般表現，正巧當時韓拓在，便逮個正著。

若不是韓拓本就沒打算隱瞞顧嬋等人五個侍衛的身分，林修這般行為已經可以挨上一頓軍棍處罰。

韓拓陪著顧嬋一直到上元節，給她慶祝過生日才離開，過十餘日又返回。之後也是這般，一個月裡他最多留在家中十日，多數時間則在外忙碌。

韓拓在家中時，不時帶顧嬋外出。

宣州位於大殷、瓦剌、韃靼交界處的三不管地帶。城雖小，卻很繁華，茶館、酒樓、繡莊、首飾店鋪等等一樣不少。韓拓不在家時，顧嬋便沒什麼興趣出門，每次都眼巴巴地一心盼韓拓回來。

顧嬋也是這時才慢慢知道，原來韓拓同孟布彥商定，在瓦剌境內一處極偏僻的地方，偷偷蓄起兵力來。原先韓拓手下的幽州衛與大同衛現在盡數掌握在顧楓手中，玄甲衛也是。

但韓拓麾下有三百暗衛，這些人從不曾在人前露面，亦沒有任何官方文件能證明他們確實存在於世，是以能夠神不知鬼不覺地跟著韓拓去了瓦剌。

同去的還有元和二十二年時與韃靼戰事中投靠韓拓的蘭氏部落朵蘭衛兩萬人。他們當初投誠的目的很簡單——大殷願出銀兩雇傭。

他們不問因由只求財，所以韓拓由暗衛中選出適合之人出面，以雙倍價格將朵蘭衛雇傭過來，成為韓拓秘密部隊的最初構成。

「王爺打算蓄多少兵力後再行動？」

顧嬋趴在韓拓身上，手指在他肌理分明的胸膛上畫著圈，聽他講完這次去瓦剌的種種事情，試探著問起。

「伺機而動吧，看潼林那邊的進展如何。」

最好的打算是可以不掀起戰事，然而那樣的可能性太小，所以必須蓄兵力做兩手準備。

韓拓並不想將全部計劃詳細講給顧嬋聽，不是因為不信任她，而是因為他認為女人家應該在男人為她構築的安全堡壘中無憂無慮，外面的風風雨雨讓她知道不過徒增煩惱而已。

可是，因為有上一次的教訓，韓拓也懂得了，如果顧嬋什麼都不知道，不但不能真正安心，還會完全不能跟他配合，甚至因為茫然無措而將事情的走向弄反。

這當然不是她的錯，而是他不肯同她溝通的緣故。所以，現在韓拓每次回來都會多少講一些，讓顧嬋瞭解事情的進展便好。

他還發現，自己這樣做之後，顧嬋漸漸不再驚慌害怕，甚至有時連他離開她視線都受不了，反而人漸漸安定下來，平和許多，也從容許多。

兩人唯一有分歧的事情是章靜琴的歸處。

當初離開韓拓軍營時，顧嬋本想帶章靜琴一同走。但韓拓認為，章靜琴既然是孟布彥的女人，不管兩人前因如何，他身為盟友自然應當將人送回給孟布彥；而顧嬋認為應以章靜琴本身的意願為準。

就在這當口，章靜琴被診出有孕，最後還是被孟布彥接走。從那之後，顧嬋再沒得到她的消息。

顧嬋曾試著向韓拓問起章靜琴的近況。然而，韓拓並不知情，一來，他與孟布彥甚少碰面。二來，就算碰面，他們商議的也是大事，誰也不會無端探問對方女眷。

但顧嬋提起，韓拓還是上了心，這次回來也帶了消息。「剛生了小王子，還封了王妃。」

聽起來似乎不錯，可是汗王有多少妃子？

顧嬋記不起曾在哪裡聽過，說韃靼與瓦剌沒有嫡庶之分，王妃也不論正側之別。章靜琴獨自一人，無依無靠，會不會被蒙古人部落出身的王妃欺負？孩子又能不能繼承汗位？

這些女人後宅中的事情，男人之間當然不會談起，顧嬋也無法得知。

「既然她過得不錯，妳也好安心了。」

從男人的角度看，一個經歷過屠城的女人，最後能有這般結局，已是相當幸運。

顧嬋此時又被擺弄成韓拓最愛的姿勢，大掌從她背脊上撫過，三兩下便變了味道。

翌日起床時，顧嬋全身又痠又痛，她穿好衣裳，低頭穿鞋時，感到一陣暈眩，心口又發悶作嘔，待要直起身來，只覺眼前一黑，「咕咚」一聲栽倒在腳踏上。

韓拓正在院子裡打拳，忽然聽得身後屋中一聲尖叫，連忙轉身回去，便見到顧嬋暈倒在床前，碧落正在扶她，但她氣力不夠大，想把人搬上床去沒那般容易。

他快步上前，兩手一抄，將顧嬋打橫抱起，放到床上。「去請大夫來。」

碧落腳不沾地跑了出去。

顧嬋昏昏沈沈地醒轉過來時，正好聽到老大夫對韓拓道：「恭喜老爺，夫人這是喜脈啊。」

晨曦初露，大部分人家尚未從美夢中醒來，卻有一座小院的廚房已冒出炊煙。

碧苓蹲在灶臺前，手上拿著蒲扇搧火，腦門子上積了一層薄汗。

半個時辰裡，她煮了三回飯，累得簡直快要斷氣。

砂鍋裡發出咕嘟咕嘟的聲音，碧苓聽見，拿厚棉布墊著手，揭開鍋蓋，見鍋裡此起彼伏、熱鬧非凡地冒著泡泡，拿木勺攪了攪，舀起一勺粥來，嚐上一口。

糯米糯軟，紅棗香濃，羊骨高湯更是味道鮮美。碧苓滿意地把粥盛在青花瓷煲裡，和配套的碗勺一同放進托盤，往後院送去。

可是，東西才送到顧嬋跟前，她就跟前兩回一樣捂著胸口乾嘔起來，因為一早上都沒吃進一口東西，嘔的都是酸水，臉色慘白慘白的，不知道的還以為她受了多大虐待。

韓拓進門時看到的就是這麼一幅光景。

「怎麼回事？」他把包袱往門前窄榻上一抛，板臉皺眉，口氣不悅。

碧落一邊給顧嬋拍背順氣，一邊回話道：「老爺，夫人這是害喜，吃不下東西，也有好多東西根本聞都聞不得。」

「那妳們就根據夫人的口味做她喜歡吃的，怎麼把人餓成這樣？」

這話一出，碧苓、碧落都不吭聲了。尤其是碧苓，簡直委屈得不行，她當然是緊著顧嬋的口味做。可顧嬋有孕後口味太難捉摸，前腳剛說過想吃什麼，後腳做好了端上來，顧嬋一聞就作嘔，根本吃不下去。

碧苓、碧落兩個把能想到的都做遍了，可惜收效甚微。她們從小伺候顧嬋，和她一起長大，名義上是主僕，感情上卻像姊妹。

顧嬋有了身孕，她們和王爺、王妃夫妻兩個一樣高興，甚至開始抽空給小主子縫起小衣裳來。顧嬋身體不舒服她們也著急心疼，偏偏又沒辦法解決，連大夫都說這種事只能熬著，過幾個月就好了。

韓拓不知道其中緣由，他走的時候，顧嬋雖然診出了喜脈，可看著跟從前沒什麼兩樣。非要說有區別，也不過特別愛睡覺，一天十二個時辰，她能懶洋洋地睡足八個，剩下那四個時辰，時不時還坐著就打起盹來。

他怎麼也想不到離開不過十來天，顧嬋竟然瘦了一大圈，可把他心疼壞了，要不是孩子在肚子裡不能退貨，他都要叫顧嬋不要生了。

「不怪她們，碧苓一早上都換著花樣煮三回飯了，是我自己胃口不好，大家都說，雙生子的人頭幾個月都這樣。」

顧嬋見他發火，連忙替兩個丫鬟解釋起來。

韓拓面色稍霽，走過去把顧嬋從繡墩上抱起來，放在自己腿上。

兩個丫鬟都在看著，顧嬋可沒韓拓臉皮厚，伸手推他，想爬下去。

韓拓雙臂鐵圈似的箍在她腰上，把人摟得死死的，額頭頂著她的額頭。「別亂動，當心傷到自己。」

碧苓和碧落見慣了王爺對王妃的親暱舉動，笑著退了出去。

「這孩子一點都不孝順，把妳折騰成這樣，等他出來，看我怎麼教訓他。」

韓拓摸著顧嬋尚未顯懷的肚子，故意做出惡聲惡氣的樣子，好像那沒成形的小娃娃真的能聽懂他的威脅似的。

這次回來後，韓拓留在家中的日子明顯增多起來。

況。

其實他每次離開去的都是秘密囤積兵力的地方，主要目的是為了觀察兵士們訓練的情況。

當然，一支成熟的軍隊，即使沒有主帥在旁監督，也可以自行運作所有日常功夫。但是，身為主帥，如果完全不瞭解自己麾下將士們的水準情況，就不可能在與敵軍對戰時做出最貼切的計劃。

將士們好比一把利劍，主帥就是揮劍之人，人劍合一，才能天下無敵。所以，韓拓只能將原本每月二十天留在軍營中的日子減少至十天，再少就不夠他瞭解情況，畢竟這支隊伍臨時組成，全是新兵，暫時還不能像他從前的幾支衛隊那般精良。

懷孕滿四個月後，顧嬋害喜的情況漸漸好轉，只是各種折磨人的孕期反應並沒有完全停止。其中一樣，說起來有些害羞，那便是不能忍尿，方便的次數比從前多許多，尤其是在夜裡。

這天夜裡，顧嬋又捂著小腹在床裡側翻來覆去。

「想如廁？」韓拓睡得很輕，顧嬋一動他立刻醒來。

得到顧嬋肯定的答覆後，直接把人抱去了恭房。

他在家的時候把顧嬋看得可緊了，生怕有一點磕著碰著。尤其是顧嬋顯懷以後，韓拓每每盯著那凸起的小腹發呆，顧嬋坐臥走路時他都要把手放在上面，好像不護住就要出事似的。也不知道是在緊張什麼，她又不是瓷娃娃。

顧嬋有點無奈，一邊在心裡甜蜜地發著牢騷，一邊提好褻褲，走了出來。

韓拓又把人抱起來，送回床上去，生怕她自己走路會摔著似的。

顧嬋躺回床上，捧著肚子滾進韓拓懷裡，睜著水汪汪的眼睛一直盯著他看。

「怎麼了？」韓拓摸著她臉頰問道，聲音別提多溫柔了。

「寶寶說他想吃陳記烤羊腿肉。」顧嬋擺出一副無辜的姿態來。

自從不害喜後，顧嬋的胃口便好得出奇，白日就算了，半夜也經常想吃東西，而且念頭一起，不吃到就不得安生，不是她不想，而是控制不住。

「我去給妳買。」韓拓立刻下了床，不管是大的要吃，還是小的要吃，他都要滿足。

顧嬋卻挽著他袖口不放人。「你別去，你陪我……」話沒說完，眼睛裡竟然蓄起淚來。

「嗚，我不想哭……」

韓拓有點頭疼，連忙爬回床上，把顧嬋抱在懷裡拍哄道：「乖，我陪妳，讓林修去買。」

兩刻鐘後，新鮮出爐、熱氣騰騰的羊腿肉送到顧嬋面前，可是……

「我現在又不想吃了。」顧嬋靠在韓拓肩頭，啪嗒啪嗒掉著眼淚，為自己這樣折騰人感到難堪不已。「我真的不是故意的。寶寶現在想吃和順齋的桂花薯泥。嗚嗚……我控制不了……」

一眨眼便翻了年，正月十五上元節，也是顧嬋的生日。

小院裡熱熱鬧鬧地擺了一頓生日酒，還把相熟的幾家鄰人都請了過來。

入夜後，小夫妻兩個洗漱過後，摟抱著上了床。

「還是有酒氣。」顧嬋推了韓拓一把，略微嫌棄。

「那我去睡榻？」韓拓裝模作樣地起身穿鞋。「我這兒有封信，好像是潼林從京師送來的，要不咱們改天再看？」

「不行，」顧嬋霸道地把他拖回來。「怎麼現在才告訴我？」

其實韓拓也是酒席散後才收到，不過，他才不屑跟隨時隨地掉金豆子的孕婦鬥嘴，只把人往懷裡一帶，左手覆在顧嬋因為懷孕而日漸豐滿的柔軟上，右手從懷裡掏出一封信塞在顧嬋手裡。

顧嬋接過，拆開來專心致志地閱讀。

「潼林說了什麼？」韓拓問道。「可是軍中的事情？」

顧嬋沒說話，一直看著信發呆，安靜了好半晌才抬起頭來，吶吶道：「他說幽州衛裡有一些安國公舊部不服氣他，鬧著重投安國公麾下，皇上為了控制這批人，要潼林和依蘭成親。」

「給我看。」韓拓伸手將信拿了回來。

果然如顧嬋所說那般，韓啟已經打算下旨。

顧楓在信上寫到，他認為答應是最好的辦法。不過到底涉及傅依蘭終身，雖然將來韓拓事成後兩人可以和離，但對女子名節卻有虧，所以想問一問韓拓的看法。

韓拓草草讀完一遍，正低頭沈思，忽然聽到顧嬋哀呼出聲。「疼，好疼啊！」

「怎麼了？哪兒疼？」韓拓連忙問道。

「肚子疼……」顧嬋捧著西瓜似的肚子，眼淚直打轉。

難不成是要生產了？小院裡頓時忙亂起來。

說來也奇怪，孩子之前沒少折騰人，真到了生產時竟然出奇順利，不到兩個時辰，一個男孩落了地。

在門外等待妻子的韓拓聽到嬰兒啼哭，剛剛鬆了一口氣，還沒來得及笑，就聽到屋裡顧嬋再次哀嚎起來。

他不知到底出了什麼事，擔心不已，再顧不得產婆說的男人不能進產房的顧忌，抬起腳來，使足全力踹在門上。

木門應聲而斷，房門敞開，最先入眼的是一群女人圍在床前。

產婆坐在床尾，扳開顧嬋雙腿查看，而紅樺和白樺正手忙腳亂地把顧嬋雙手重新綁回床頭綢帶上。

碧落抱著剛生下來的孩子站在床腳，碧苓則從給孩子洗澡的金盆旁邊翻出來個櫸木塞送到顧嬋嘴邊。「夫人，咬著這個……」

韓拓看也沒看那新出生的嬰兒一眼，徑直走到床前，推開碧苓，豪氣萬丈地把胳膊往顧嬋嘴邊一伸。「璨璨，別怕，忍不住就咬我，我陪妳一起疼。」

顧嬋疼得臉都扭曲了，聽到韓拓這話，老實不客氣地一口咬在他手臂上，牙齒下面立刻有血珠冒了出來。

「老爺，你怎麼進來了，快出去。」產婆連忙攆人。「男人進產房……」

話還沒說完，就叫韓拓截斷了。「有血光之災嗎？我沒進來時，她也沒少流血啊！」

床單上有血漬，韓拓一眼便看到了。

「女人生孩子，都是要流血的。」

產婆還想勸，韓拓卻不耐煩聽，只道：「既然都要流血，都會有血光之災，男人進不進產房還不都一樣。」

這意思就是他不會出去了。產婆一時語塞，想不出更適合的話來。

「不是已經生完了嗎？怎麼會痛成這樣？」

韓拓擔心得不行，想起小時候他的奶娘曾說過，他的生母就是因為產後血崩去世的。

「恭喜老爺，夫人懷的是雙胎，肚子裡面還有一個沒生出來呢。」產婆笑著回答。

第二個生起來卻比第一個難得多。胎位不正，甚是凶險，顧嬋疼得暈了過去。

產婆忙吩咐眾人弄醒她，拍臉、掐人中，甚至以人參片吊氣，種種辦法都用過了，顧嬋卻毫無反應。

她陷在一個夢裡，追著一個人一直走，看背影是那次滾落山崖昏迷時夢見的賣女娃娃給一對夫婦的婆子。

顧嬋想追上去看清她的樣子，但總是差著十來步遠，無論怎麼追也追不上去。

跑著跑著，突然聽到身後一陣嬰兒的啼哭，顧嬋一下就睜開了眼睛。

見顧嬋醒來，所有人都鬆了一口氣。

「夫人，再使把勁，胎位已經正過來，孩子就快出來了。」

白樺和紅樺一左一右地按著顧嬋雙腳，據說這樣可以幫她使力。

「可是我真的沒有力氣了。」顧嬋低聲道。

此時天已經亮了，距第一個孩子出生已經過去一個時辰。

顧嬋記得顧楓和自己不過相差一刻鐘落地，就算產婆不明說，她也明白第二個孩子生了這麼久很有問題。

她艱難地轉動脖子，看到一臉焦急的韓拓。「我要是有什麼事，你好好照顧孩子。」

「我不會的！」韓拓惡聲惡氣道。「妳要有什麼事，我明天就娶別人，娶最凶悍不講道理的，讓她虐待妳生的孩子。」

顧嬋本來以為他會一口答應，並且保證一番，這種時候就算哄她也要這樣說的，不是嗎？誰想到得來的是這麼一番話，她腦子昏昏沈沈的，哪有精力分辨真假，「哇」的一聲便大哭起來。

「哎！老爺，你真是的，這會兒嚇唬夫人做什麼！」產婆埋怨道，而且她最擔心的事情發生了，男人在跟前，女人果然比較嬌氣愛哭。

韓拓什麼都聽不進去，他現在眼裡只有顧嬋。

他低下頭來，輕啄她雙唇，她唇角邊還沾著他的血。「所以妳必須堅持住，要不然別人搶走妳的夫君不算，還住妳的院子，穿妳的衣服，戴妳的首飾，欺負妳的孩子，嗯？」

「……沒力了……怕……」顧嬋再開口時，明顯比說上一句時聲音弱了很多，而且說得斷斷續續的，語句都不完整。

韓拓卻聽得明白，給她鼓勵道：「別怕，有我在，妳不會有事的。妳小時候，被人拐去，就是因為有我，才能安全回到家裡。那年上元節，驚馬後，妳一人流落荒野，也是碰上我，妳才平安無事。還有，妳摔到懸崖下面，被依蘭救了，都是我要她跟妳做朋友的，對不對？妳自己犯傻跑去慈恩寺修行，也是我帶妳出來，帶妳回家的。」

他一股腦兒說著，凡是能想起來的，他都說全了，根本也不分到底是誰的功勞。

「什麼小時候？」顧嬋遲疑問道，她有些不明所以。

「妳聽話，再試著用力，把孩子生下來，我就原原本本地講給妳聽。」

可是，顧嬋真的沒有力氣了，疼了一整夜，她全身都已麻木，沒有感覺，控制不了身體，從哪兒去用力？

碧落平時最是老實穩重，然而她人可聰明得很，聽著兩位主子的談話，在最適當的時機，挪了個位置，不偏不倚把哭得響亮的小世子展現在顧嬋眼前。

那是她的孩子。顧嬋咬著唇看過去，她還沒來得及抱一下呢。

上輩子母親去世時，顧嬋難過得恨不得以身相替，而之後的日子裡，不管旁的人待她再好，也彌補不了她心中的缺憾，她不想自己的孩子也變成孤兒，也品嘗那種滋味。

既然這樣，除了再堅持下去，還能怎樣？

顧嬋雙手緊緊握起成拳，一點一點找回自己的力氣。

「對，夫人，就是這樣，用力……」

她聽到產婆有些驚喜的喊叫聲。「已經看到頭了！夫人，再加把勁。」

她咬著韓拓手臂，把全身力氣都集中在下面，拚死一般跟著羅嬸子的節奏用力。

有物體從她身體裡滑了出去，顧嬋知道，這是孩子生出來了。緊繃的神經鬆懈下來，她再也堅持不住，無聲無息地昏睡過去。

這一睡，足足睡了一天一夜。

睜開眼便見到韓拓靠坐在床頭，他緊閉雙眼，似乎睡著了。不過，眼下月牙狀的青黑清晰可見，下巴的鬍碴也冒出來，整個人看起來甚為憔悴。

顧嬋心疼不已。她想推醒他，讓他回房去好好睡，可是全身仍舊乏力，動也動彈不得。她想叫醒他，才開口說了一個字，被那沙啞得完全不像自己的聲音嚇得住嘴了。

韓拓卻立刻睜開了眼睛。

「璨璨，妳醒了？」他低頭輕聲問道。「妳有沒有哪裡不舒服？要不要喝水？」

她全身都不舒服，下面尤其痛。可是，這話她不好意思同他講。

於是，顧嬋輕輕點頭道：「水。」

她確實想喝水，他不問時她還沒覺得，這一問，只覺喉嚨乾渴得快要冒出火來。

韓拓下床去桌前倒了杯溫熱的茶水，餵到她嘴邊。顧嬋連喝了四杯，緩過一點勁來，便要看孩子。

兩個孩子都包在襁褓裡，一樣閉著眼睛嘟著小嘴，睡得正沈。

顧嬋眼都不眨地盯著他們看了老半天，想分辨出誰是老大誰是老二。可是，老二生出來她就昏睡過去，見都沒見過一眼，老大麼，她倒是見著了一眼，可當時那情況，根本什麼都記不住，這時自然分辨不出來。

她只好抬起頭來，求助地看著韓拓。

「這個是老大，」韓拓點一點湖綠妝花的襁褓，然後又指向湖藍妝花的襁褓。「這個是老二，老二是女兒。」

顧嬋看看這個，再看看那個，像發現什麼了不得的事情似的。「王爺，他們怎麼長得不像？」

她和顧楓也是龍鳳胎，從小長得可以說是一模一樣，當然男娃娃和女娃娃神韻氣質上總有差別，而且隨著年紀漸長，這種差別也越來越明顯。可是，即便到了現在，旁人仍舊能輕易看出他們是雙胞胎。為什麼她生的孩子卻不是這般？

韓拓好笑道：「女兒像妳，兒子像我，不是挺好嗎？」

顧嬋靠著引枕半坐片刻已覺得支撐不住，便躺了下去。

韓拓索性跟著在床外側躺下，兩個孩子被擺在中間，一家四口，親密無間。

「王爺給他們取名字了嗎？」顧嬋側躺著，輕聲問道。

「妳睡著的時候我想好了。」韓拓說著溜下床，去桌前拿了一張紙來。

顧嬋接過，見紙上寫著兩個字，一個是皓，一個是皎，耳邊聽著韓拓說道：「大的就叫韓皓，小的叫韓皎。皓皎皆是潔白明亮之意，就像那天我在雪地裡撿到妳時所見的天上月亮。」

這樣有紀念意義的名字，顧嬋怎會不說好，她又問起：「那乳名呢？」

「乳名啊，」韓拓說著重新躺下來。「乳名我想留給妳來取。」

她懷孩子生孩子都非常辛苦，他不打算一個人說了算。

「可是我想王爺來取。」顧嬋卻道。「王爺是一家之主。」

她隔著孩子去勾韓拓的手，才觸到他指尖便被大掌用力地攥住。

隨後便是男人沈穩又令人心安的聲音響起。「這樣吧，兒子是寅時生的，乳名就叫寅兒，女兒呢，要養得嬌些，是個寶貝，就叫寶寶。」

「寅兒、寶寶，你們有名字了，高興嗎？」

顧嬋一邊說一邊探著空出來的那隻手，輕輕觸摸兩個孩子幼嫩的臉頰。

好像真的像韓拓所說那般，寅兒虎頭虎腦，一看就知道將來會是個小男子漢，至於寶寶，臉比寅兒小兩圈，五官也秀氣許多。

顧嬋看著兩個孩子，越看越歡喜，越歡喜便越捨不得挪開眼。看著看著卻發現了不對勁的地方。

屋內有四個大熏爐，自是不怕冷的，她伸手解開兩個孩子的襁褓，觀察過後，更添疑惑憂心，驚慌問道：「王爺，寶寶為什麼個子這麼小？」

女孩子腦袋小、臉盤小尚可說是秀氣，可是寶寶連身子都比寅兒小了不止一圈，胳膊腿也比哥哥細瘦，看起來可憐兮兮的。

想起生寶寶時的艱難，顧嬋一下子就著急起來，別是孩子有什麼問題吧？

「沒事的。」韓拓探著身子，把她摟過來。「大夫說雙生子個頭不一樣大很正常，畢竟他們在娘親肚子裡要搶東西吃，難免分配不均，便長得不一樣大了。」

「可是，她小了這麼多。」顧嬋比劃著。「你看呀，王爺。」

她心裡著急，說話便帶哭腔。

韓拓立刻哄道：「別看咱們寶寶個子小，身體還是很健康的。」

「真的？」顧嬋問。

「嗯，我什麼時候騙過妳？」韓拓反問。

明明騙過的……顧嬋心道，連生死這麼大的事都騙過，還有什麼不敢騙？不過，她倒是相信韓拓不會拿孩子健康與否的事情開玩笑，便安下心來。

「只要身體健康就好，以後要多餵寶寶一些，好讓她長得快一點。」

顧嬋絮絮叨叨地說著，多災多難的孩子會令大人不自覺多費心思。然而，一抬頭便對上韓拓明顯不大贊同的表情。

「王爺，你怎麼了？」也不知是不是做了母親的人對子女的事情都特別敏感，顧嬋直覺韓拓是對著寶寶來的，怯怯問道：「你不喜歡寶寶嗎？」

有此一問時，不是不委屈的。她那麼拚命才生下來的孩子，他怎麼可以不喜歡？

「別瞎想，只要是璨璨生的，我都喜歡。」韓拓揉著顧嬋頭頂，柔聲道。「只是她太折磨妳了，我雖然沒親眼見著，也知道生寅兒的時候沒那麼費事。」

顧嬋自是不依的。「那王爺也不能偏心，兩個孩子你都要疼。」

「那是當然的。」韓拓嘴上應道，但心裡可不這般想。寅兒連出生時都那麼迅速，可見是個懂事的，也就是說從懷孕起折磨顧嬋的一直都是寶寶。韓拓身為父親，自認為自己當然會喜歡懂事的長子多些，對於那個把他的心肝寶貝折磨得死去活來的小丫頭，他日後一定要嚴厲教導。

說了一會兒話，顧嬋開始哈欠連天，雙眼迷濛起來。韓拓讓奶娘把孩子們抱了出去。孩子在的時候，他們是父母。只有兩人獨處時，顧嬋就成了韓拓的孩子，被他摟在懷中，拍哄著睡覺。

「之前你說的小時候，到底是怎麼回事？」顧嬋迷迷糊糊，半睡半醒時，忽然記起這樁事。

韓拓手上微頓，輕咳一聲，徐徐講述起當年如何在去幽州就藩的路上遇到被拐賣的顧嬋，如何認出她，又如何將她帶走，最後分別時又為什麼交換了信物，許過諾言。

顧嬋在這陌生得好像聽旁人故事般的舊事中漸漸睡著。在夢裡，她又回到了當初昏迷不醒時曾去過的那個房間。

那聲音熟悉的女人終於轉過身來，顧嬋看清了她的面孔。雖然明顯年輕了許多，顧嬋卻認得出她是跟在薛氏身旁、曾將顧姍姑爺畫的那幅畫像遞給蔣老太太的那個婆子。

她驚叫著醒了過來。

「怎麼了？」韓拓本也睡著了，被這一聲嚇了一個激靈，眼都沒睜開便先開口問道。

「我作了一個夢，夢見我不是被人牙子賣掉的。」顧嬋不知應從何說起，話才起頭就停住。

「沒關係，別怕，有我在，乖。」韓拓其實並未全醒，嘴裡胡亂說著，還不忘在顧嬋額角親一親，以示安撫。

顧嬋微微掙扎了一下，繼續道：「王爺不是說撿到我的時候，我還戴著那對珠花嗎？那可是京師摘星閣出品的首飾，價值不菲呢。王爺就沒想過，如果我是被拐賣的，怎麼可能還戴著那個？」

摘星閣韓拓當然知道。不過他一個大男人，彼時又才十六歲，哪會分辨得出哪對珠花是摘星閣製造，而哪對不是。

韓拓緊皺眉頭，與瞌睡蟲搏鬥一番，終於將顧嬋講的話理順。「那妳夢裡是被誰賣掉的？」

「是我二伯母身邊的一個婆子，而且，她與那對夫婦好像沾親帶故，也是她教他們假稱從人牙子手上買了我，說是怕惹麻煩。」

「妳家裡的下人怎麼一個比一個胡來？」

話雖不好聽，顧嬋卻想不出反駁之語。她將最早那次夢裡的情景回憶了一遍。「她不是賣了我，是把我送了人，還倒貼了銀子，三十兩呢。」

這可是天下奇聞了。拐了小主子去賣，雖說既沒規矩又膽大包天，但到底是有利可圖。人心逐利，再污糟可恨，也尚能說得通。倒貼銀子把小主子送人，圖的又是什麼？

「是不是受了妳二伯母指使？」韓拓猜測道。

不然實在是想不通。別的不說，只說那三十兩銀子，對侯府人家的僕婦可是相當大的一筆錢財。

顧嬋也想到了這一層，永昭侯府裡下人們的月銀她是知道的，婆子丫鬟們一般最高不過五百錢，就算是主子身邊最得寵的，一兩也頂天了。就算從不花費，三十兩銀，那婆子最快也得攢上兩年半。對薛氏來說，卻不過是她兩、三個月的花銷。

若是早些年，顧嬋大概會懵然不解薛氏所圖為何，但經過鄭氏那事情，她多少明白了人心難測，哪怕只是羨慕，也會演變成害人的根由。至於薛氏的動機……

彷彿心有靈犀似的，韓拓恰在此時開口追問道：「她不喜歡妳？妳那會兒還沒我大腿高，那麼小小一丁點的娃娃，能妨礙她什麼？」

「她好像誰都不大喜歡。」顧嬋回憶著薛氏平時的表現。「我們高興的時候她就不高興，我們不高興的時候她反倒高興了。大哥、二哥和潼林有出息時，她最愛冷嘲熱諷，反而潼林小時候淘氣燒了祖父的書房，她就最念念不忘。」

聽到這裡，韓拓便明白薛氏是個見不得人好的性子。「妳二伯母生的是個女兒，對吧？」

他總共也就光明正大地進過兩次永昭侯府，一次是迎親，一次是回門，因而也還記得顧嬋有個堂姊。

顧嬋「嗯」了一聲，雖然跟著便想到韓拓的意思，但她寧願那不是真的。

薛氏品性再惡劣，到底還是一家人，她真不願意相信，薛氏會因為覺得自己妨礙了顧姍便想方設法把自己拐賣掉……

「我們這樣猜也猜不出準的，等將來有機會我再好好查一查，若真是她……」韓拓停了停，等顧嬋仰頭看他時，才笑著說道：「那我要跟二伯母謝個媒，多虧了她，才能讓妳五歲時就把自己許配給我。」

顧嬋在他胸前輕輕推了一把，她當然知道這是說笑。若是將來真有機會查一查，也就是說那時韓拓已回到京師，他所圖謀的大事已成。

顧嬋從未想過韓拓會不能成事。前世沒有顧楓的幫忙，他都能攻下京師，登上帝位。今生有了顧楓，豈不是如虎添翼？

想到此處，她忽然意識到一件事。

自己重生回到的是十二歲，也就是說十二歲前的事情，不分前世今生，只發生過一次。那麼，不管前世今生，她都在小時候被韓拓撿到過。

以他現在的說法，雖然並沒完全把顧嬋的孩子話當真，卻一直記得這件事，那為什麼前世見面時好像根本不認識自己似的？

顧嬋從來沒像現在這般清楚體會到什麼叫做百爪撓心。她真想問問前世那個韓拓，到底對自己存了什麼心。可惜，她回不去前世，現在這個韓拓也沒有前世的記憶，這注定是個不解之謎。

啊，也不全是。

顧嬋靈機一動，抓著韓拓衣襟問道：「王爺為什麼一直把我的珠花隨身攜帶？」

她記得清清楚楚，當時在那客棧裡，他從荷包裡掏出珠花遞給她。

「咳，誰說一直帶著了？」韓拓自是不承認。

「明明就是一直帶著的，不然那麼巧，偏在遇到我那次，才出門時把珠花裝進荷包？而且你又不是從幽州王府裡出來，你是從戰場直接回京師，從京師出來才遇到我的。」

有個聰明的妻子到底好還是不好？在這件事情上便能看出分曉。

韓拓寧願顧嬋永遠懵懵懂懂，也好過靈光一現的句句緊逼。這個問題他不能答，因為怎麼答都不對，若說他對一個五歲孩子的許諾當真，一直惦記著，一直等著她長大，那他成了什麼人？不光可笑，還可怖；可若說沒有，顧嬋定然是要不高興的。

「嗯，可不就是巧合嘛。」他只能強撐道。「說明我們緣分深厚，要不然怎麼能成夫妻呢，對不對？」

說完這話，也不待顧嬋有何反應，直接將話題轉換。「我想和妳說說潼林與依蘭的事情。」

顧嬋正笑得促狹，聽他這樣一說，那笑容突然凝在臉上。

經過生孩子的鬼門關，她差點忘了這件大事。

「王爺希望潼林如何應對此事？」顧嬋問道。

韓拓不答反問：「璨璨怎樣想的？」

「依蘭是個好姑娘，而且又對我有救命之恩。如果在正常情況下，潼林與她成親我贊成還來不及。可是現在這樣的情況下，她會願意嫁給潼林嗎？」

一個是同胞雙生的親弟弟，一個是有救命之恩的好友，顧嬋當然希望他們都能獲得美滿的姻緣，就像她自己和韓拓這樣。

顧楓信中寫了，為了不讓韓啟懷疑，也為了能掌控住那部分不服他的軍士，他願意娶傅依蘭，哪怕只是權宜之計亦無妨。

但，傅依蘭不知道實情，她會怎樣看顧楓的行為？就算被韓啟逼著嫁了，她又能心甘情願，與顧楓好好過日子嗎？怎樣看，這都不會是一個好的開頭。

顧嬋將自己的想法全部講了出來，末了低眉斂目道：「王爺，我是否太感情用事？如果王爺覺得他們成親勢在必行的話，我不會反對的，畢竟事關緊要，還是以王爺大事為重。」

韓拓聞言，沈默不語，手指在顧嬋肩頭輕輕滑動，好半晌才嘆息道：「璨璨，我未曾同妳講過安國公世子的事情，對嗎？」

顧嬋「嗯」了一聲。

「我十歲那年，第一次進軍中歷練，便是跟隨安國公抵抗韃靼軍隊入侵。那時幽州衛的主帥還是安國公，當時安國公世子剛滿十六歲，但因自幼跟隨父親在軍營中長大，已經十分老練精幹，任職從五品的鎮撫。父皇名義上是把我交託給安國公，但實際上是傅寧一直將我帶在身邊，負責教導我各種事宜。有一次，我們戰勝了韃靼偷入邊境的一小股軍隊，在回營地途中，卻遇到大批刺客偷襲。當時傅寧帶出來的只有不到一千人，數量不及刺客隊伍的一半，自是不敵，只能一路抵抗一路後退。半途我腿上受了傷，行動不便，那時隨從的兵士已死傷大半，傅寧將我藏在山洞裡，而他帶著餘下的士兵在外面引誘敵軍至之前布下的陷阱處。他最後成功了，但自己也身受重傷，在安國公帶援軍趕到之前便……沒了……」

韓拓說到此處，聲音有些哽咽，他稍事停頓，平復情緒後，又繼續道：「有時我也會自責，如果當時再能幹一些，或許傅寧便不是如此下場……總之，從那之後，我便明白了戰場上生死相搏的殘酷，知道若要求生，要立於不敗之地，唯有讓自己更加強大……也是從那時起，我將安國公一家人視作除父皇外最親近的人，依蘭就像我自己的妹妹一樣，如非萬不得已，沒得選擇，我也不願委屈她。對潼林也是一樣。我知道潼林現在為我做的事情非常危險，但當時我身邊能夠信任，又適合取信於太后與韓啟的人也只有他了，不然……」

「我知道，」顧嬋打斷他。「王爺，潼林他從小就崇拜你，能得你這般信任與看重，他歡喜還來不及。」

雖然顧楓此時的處境猶如懸崖上走鋼絲的雜技人，稍有不甚便有性命之憂，但前世他一向安穩無憂，結局也沒有好到哪裡去。

顧嬋從顧楓第一次提及要投入韓拓軍中時的想法至今未變，至少他再不用因為守城之事與韓拓兵戎相見，最後戰死。她不可能絲毫不擔心顧楓，但，她也相信顧楓的聰明能幹，不會輕易暴露身分，將自己置於危險之地。

「所以，王爺是打算讓潼林拒絕嗎？」

「嗯，妳說自己感情用事，我何嘗不是呢？雖然最簡單也最有效的辦法就是讓潼林答應皇上的要求，迎娶依蘭，再順理成章地將那些軍士安撫下來。但，我真的不願走這一步。所以，我打算讓潼林先與安國公商議，讓安國公想辦法將那些軍士勸服。」

「王爺的意思是……將秘密告訴安國公嗎？」

「不，多一個人知道便多一分危險。」

知道的人多了，秘密也就不再能成為秘密。韓拓的秘密，是事關生死，容不得洩漏。

「我不是不信任安國公，但事關生死，而且，現在我不是一個人，有妳，還有孩子，我不能輕易冒這個險。所以，潼林得在不講出實情的情況下，想辦法說服安國公。」

天亮後，韓拓給顧楓回了信。

第二十五章

然而，事情完全沒能按照他的預料發展。

最開始時，那些兵士只是暗中與安國公聯絡交涉，還未完全公開化。

安國公多年前將軍權交還朝廷，當時已有自保之意，如今年事漸高，自是更無意願涉足各種糾紛。他並非不知道有些人暗地裡議論顧楓背叛韓拓之事，甚至那些不服顧楓的士兵也將此事當作其中一個原因——不願接受一個叛徒的統領。

但，安國公的想法卻與他們不同。在他看來，顧楓是否背叛過韓拓，並不能成為他是否適合做幽州衛主帥的依據。換句話說，只要顧楓有足夠的能力，只要皇帝認可，那麼他因何得到主帥的位置根本不重要。說到底，道理上來說，不只是軍隊，還有所有的臣民，都是屬於皇帝的，除非你打算造反，不然不要與皇帝對著幹。

安國公當然不打算造反，他也看不出那些舊部有何人是打算造反的，只不過是一時激憤而已。

他勸誡眾人：「若還願留在軍中，便安心跟從，切莫生事。若不然，解甲歸田，未必不是一條好出路。」

可是，仍舊有人不聽勸，一紙奏摺將此事捅到韓啟跟前。

奏摺上當然不會講所謂叛變之事，列舉出彈劾顧楓的原因無非是他年紀輕，經驗淺，真正出戰的次數也不過兩次，根本沒有資格做軍隊統帥。

這奏摺其實講得在理，但，好巧不巧，偏偏捅了韓啟的馬蜂窩。身為皇帝，韓啟也是絕對的——「年紀輕，經驗淺」。所以，他當然不會認同奏摺上的道理。

事實上，韓啟不但不認同，還非常反感。從他登基以來，可沒少受那些「年紀大，經驗深」的老臣子刁難，更有些人仗著是兩朝元老，從前深得元和帝重用，不僅干涉，甚至反對他的種種決定。

少年人，尤其是韓啟這種從來沒經過風浪的少年人，往往最是自信心膨脹，容不得旁人指手畫腳。他登基後，起先還尊重老臣子，表面上肯請教他們，事後聽不聽另說。到後來，韓啟連這份面子上的尊重都懶得裝，他強硬地下旨命令幾個位高權重的老臣告老還鄉，轉而將那位置換成自己的心腹——全都是年紀輕、經驗淺，卻與他同聲同氣的人。

所以，那封奏摺在韓啟眼中，根本不是彈劾顧楓，而是指著他韓啟的鼻子罵：昏君，你想的做的全都錯了！蠢貨！你不配做皇帝！

收到奏摺的第二天，韓啟頒下聖旨，給顧楓和傅依蘭賜婚。

至於婚期，則是三日後。

顧楓收到韓拓回信時，已經穿起了新郎服，正準備出門迎新娘。草草將信讀了一遍，除了感嘆姊夫仁心重情義外，心中只有濃濃的無奈。

顧楓還記得上次傅依蘭對自己刀劍相向，大聲斥責的模樣，既然不能讓她知道真相，也就可以想像婚後兩個人會相處成何等模樣。

婚事辦得極為隆重，然而當事人卻沒一個感到喜意。

傅依蘭便罷了，新娘子有蓋頭擋著看不到臉，她無須作偽。顧楓可慘了，明明不情願，還得在臉上擺出一副興高采烈、歡天喜地的表情來應酬賓朋。還好，作為新郎官，太過歡喜便容易喝醉，醉了酒便由小廝一左一右架著，送回了新房。

傅依蘭從淨房洗漱出來時，一眼就看到穿著喜袍的顧楓四仰八叉地躺在婚床上。床前站著四個丫鬟，兩個是她自己從家裡帶來的，兩個則是顧家原來伺候顧楓的。

「妳們都下去吧。」傅依蘭從其中一人手上接過醒酒湯。「我來伺候姑爺，喔，不，是三爺。」

婚事辦得急促，來不及回京，就在幽州舉行。

顧景吾在幽州做布政使時買下的院落仍在，顧楓平時便住在此處，新房也設這裡。因此，傅依蘭從今日起就是這院落的主母了，她自己的兩個丫鬟不必說，顧楓的那兩個丫鬟也十分聽話，一起低頭退出新房。

「欸，你還聽得見嗎？聽得見就起來把醒酒湯喝了吧。」她不冷不熱地說道。

顧楓躺在床上，紅著臉，雙眼緊閉，一動不動，似乎睡得很沈。

「欸，姓顧的，你醒醒，我有話跟你說。」傅依蘭伸手推了他一把。

顧楓依然沒有反應。

傅依蘭原本尚算正常的面色瞬間變得冷硬起來，她重重地將描金紅碗擲在桌上，轉身回到床邊時，已從袖口滑出一柄匕首。

這匕首原本只是為了自衛。抗旨是死罪，傅依蘭沒得選擇，只能出嫁。但，她不願被這叛徒髒了身子。

上花轎前，傅依蘭便已打定主意，若顧楓硬要強占她，她能做的唯有——要麼殺死他，要麼殺死她自己。只是，她萬萬沒想到，顧楓竟然會醉倒。

殺了他！立刻殺了他！這個念頭在傅依蘭腦中盤旋飛舞，越演越烈。

天賜良機，不可浪費！殺了他，便可為姊夫報仇！還有顧嬋……

若不是姊夫死了，顧嬋不會進慈恩寺守節修行，也就不會被大火燒死。

這一切都是顧楓造成的！嫡親的姊夫，還有一胎雙生的親姊姊，皆是因他而死。他居然可以毫無愧疚，繼續我行我素，春風得意迎娶新娘不算，甚至還在喜宴上喝得爛醉如泥……

簡直無恥至極！

傅依蘭右手緊握住匕首，將之高高舉起。她雖然自幼習武，卻從未殺過人，事到臨頭並不像之前以為的那般容易，心中始終還是有猶豫，不能乾淨俐落、痛下殺手。

那匕首舉在半空，遲遲未能落下。而待宰的羔羊依舊渾然不知危險，竟張著嘴打起鼾來。傅依蘭咬了咬牙，將左手覆在右手上，雙手齊齊握住匕首，對準顧楓咽喉，用盡全力便向下扎……

幾乎是同一時間，顧楓突然睜開雙眼。他躺在那兒一動不動，只一對眼睛死死盯住她，目光清澈又冰冷，令人一看心中就生出寒意。

傅依蘭本就有些慌張，此時毫無防備地被顧楓一嚇，人失卻重心，匕首也脫手而出……

但力道絲毫不減，只聽得「錚」一聲響，匕首穿透床褥，直挺挺扎在床板上，那位置距顧楓肩頭不過半寸。

「妳想做什麼？」顧楓開了口，聲音比眼神還冰冷。

傅依蘭跌在他身上，慌忙中曾抓住床幃試圖穩住身體，但最終的結果是扯下半幅紅帳與自己一起墜落。

「你明知故問。」她從紅帳中掙扎出來，坐正身體，直言回答，根本不打算為自己的行為找任何藉口。

「呵，」顧楓被她氣笑了。「妳倒是光明磊落，謀殺親夫還這般理直氣壯。」

她接得飛快。「那當然，我問心無愧，自然不需要遮遮掩掩。不像你……」

「我怎樣？」顧楓打斷她，問道。

傅依蘭偏開頭，嘴角不屑地一撇。「看到你，我都要吐了。」

「哦，」顧楓的笑意更深。「還沒開始洞房，妳就作嘔了？」

「這關洞房什麼事？」傅依蘭不解道，話畢才忽然明白他的意思，立刻心生戒備。

她目光向下，落在匕首上，心中盤算著如何不露聲色地引開顧楓注意，再將匕首拔起。

然而，顧楓永遠比她想像的更加難纏。她才欲收回目光，顧楓的手已跟上，乾淨俐落地將匕首拔出，再以迅雷不及掩耳之勢將冰冷的鋒刃抵向傅依蘭脖頸。

傅依蘭也不是尋常女子，她手腳並用，迅速地向後退去躲過。

顧楓並沒有輕易放過她，緊緊跟隨而上。床只有那麼大，最終退無可退……

「真是一把好刀。」顧楓口中唸唸有詞，故意湊近她，將匕首在她臉頰旁晃來晃去。

兩人功夫不相上下，但一人有武器而另一人沒有，正所謂人為刀俎，我為魚肉，現在她只有任他宰割的分兒。即便閉起眼睛也能感覺到鋒刃傳來的冷意，然而那自顧楓身上傳來的濃重酒氣突然淡去。

傅依蘭睜開眼，正見到顧楓伸手解著腰帶——當然，是他自己的。

「幹麼驚訝成這樣？」顧楓挑釁地問著。

她不屑答話，一鼓作氣往床外避去，同時察看究竟有何處適合她自盡來保全自己……只這樣一分心，脈門便被人制住，再不能動，唯有眼睜睜看著顧楓單手解開腰帶，除掉喜服，露出裡面同樣是大紅色的中衣來。

當她以為他會繼續時，他突然停了手。

「其實妳根本不必怕成這樣。」顧楓淡淡地開口道。「我同妳一樣不喜歡這樁婚事，若非為了控制那些軍士，我絕不會答應娶妳。所以，妳放心，我不會碰妳，等將來情況穩定下來，我便與妳和離，屆時再幫妳穿針引線，另尋一位品貌才情俱佳的夫婿。但是，在那之前，妳不能將事情洩漏出去。」

他說的可是真話？傅依蘭怔怔地看著顧楓，心中衡量著他話中可信的程度。

新婚夜被丈夫如此宣告，本應是一樁心碎又悲哀的事情，傅依蘭卻既驚又喜……

然而，顧楓在她眼裡，信譽向來不好，換言之，她實在難以相信他。

「既是如此，你為何寬衣解帶？」

「一身酒氣，當然沐浴更衣，才好睡覺。」

顧楓說得理所當然，然後放開傅依蘭，大剌剌下了床，往淨室走去。

「妳可以先睡，」他的聲音遠遠飄過來。「床給妳睡，我睡外間的臥榻。」

折騰了一整天，傅依蘭早已疲累，然而她不可能真的安心入睡。她和衣躺在床上，身上緊裹著喜被，瞪著眼睛強撐。

約莫兩刻鐘後，顧楓從淨室出來，披散著頭髮，換了一身白色的寢衣。

他果然遵守諾言，別說往床鋪這邊來，便是看也未曾往這邊看上一眼，直接走去外間。透過屏風，能看到他真的爬上臥榻躺下。又過了一盞茶時光，外間傳來輕而有規律的鼾聲，傅依蘭終於再也撐不住，在那鼾聲中睡了過去。

醒來時，顧楓已不在房中。

她從娘家帶來的丫鬟采青在外間坐著，聽到裡面傳來響動，立刻走了進來。

「姑娘醒了？姑爺一早去了軍營，說要入夜才會回來，讓姑娘不必等他用飯。」

采青一邊說，一邊服侍傅依蘭洗漱穿衣。

偌大的一個宅子，只有傅依蘭與顧楓兩位主子，既無叔嫂小姑需要相處，也無婆母公爹等長輩需要侍奉，她樂得逍遙自在，只有管事引見了府中下人，便再無事可做。

顧楓這日回來甚晚，並且未再進入正房，而是去了書房安睡。

傅依蘭懸了整日的心再放下三分，又怕顧楓臨時變卦，特地命采青睡在外間榻上值夜。因她從來沒有這個習慣，又怕采青多想，便尋了個理由。「換了地方，不習慣，夜裡害怕，妳陪陪我。」

她家姑娘會害怕？真是太陽月亮星星一齊從西邊升起。

采青越想越覺有趣，半是打趣半是認真道：「姑娘，妳要是怕，我就去請姑爺回來睡，讓他陪妳……」

話沒說完，便在傅依蘭怒氣沖沖的目光中打住了。

采青只得從耳房抱了自己的鋪蓋過來，但心中到底疑惑，一邊鋪床一邊納悶，都說新婚時最是如膠似漆，她家姑娘為何聽到姑爺就避如蛇蠍？

翌日，新嫁娘三朝回門，傅依蘭本以為顧楓不會賞臉陪她，沒想到他早早收拾妥當，派人傳話在府門前等她。

「妳不必這樣看著我。我那日已說過，答應妳的事情妳不能洩漏出去，在人前我們自是要扮演好一對正常的夫妻。」接收到傅依蘭不解的目光後，顧楓如是說。

傅依蘭無話可說，踩著長凳登上馬車，車簾一放，再不用見那最討厭的傢伙。

她坐車，他騎馬，自是一路無話。

到了安國公府，拜見了父母高堂，顧楓陪安國公去書房下棋，留傅依蘭與國公夫人敘話。國公夫人目光如炬，又是過來人，一眼便看出兩人貌不合神更離，而且，傅依蘭眉目間絲毫沒有初為人婦的羞澀。

「依兒，你們兩個，這是怎麼回事，妳能不能跟娘說個實在話？」

傅依蘭哪懂得那許多，夫妻間是否行過人倫大事，有經驗的人一眼就能看穿這種事，讓她想破頭也不可能想得到。此時聽母親如此問話，自是大吃一驚，不由抬頭張嘴，卻吶吶地不知如何回答。

「娘，什麼實在話，妳在說什麼啊？我們兩個挺好的。」

裝糊塗和稀泥，是面對不願回答的問題時最普遍的做法。

對這樁突來的姻緣，安國公夫人並非完全不看好。她長居後宅，甚少出門，所謂顧楓叛變一事自然未曾聽聞，只是看到他少年英雄，才貌出眾，就覺得是個合格的女婿人選。

此時看到傅依蘭不願多說，她倒也並不強逼，轉而叮囑女兒道：「妳記著，這男人麼，不論什麼年紀身分，都喜歡女人溫柔體貼些，所以妳在家中時那假小子似的事情可不能再做，尤其是刀槍，都給我收起來，可不能讓姑爺見到。還有，沒事多研究穿著打扮，將自己收拾得精緻些。姑爺在外忙碌一天，回到家中看到也歡喜些……」

「哎呀，娘！」傅依蘭起先還能做出認真聽教的樣子來，到後來完全不能忍，直接打斷道：「我為什麼要討好他？」

安國公夫人沒想到自家女兒如此不開竅，搖頭道：「這怎麼算討好呢？不過是教妳夫妻間的相處之道。」

可是，她不需要這些，等到將來情況穩定，他們就會和離……

傅依蘭心中衡量起來，顧楓那晚的話可信度到底有多高。他說不會碰她，便真的沒有。

但，什麼時候是情況穩定？

她應當問個清楚。

傍晚回程時，傅依蘭登上馬車後，探出頭來，對著正要上馬的顧楓道：「欸，你上車來，我有話跟你說。」

顧楓依言將馬兒交給長隨，輕巧一躍便站於車上，他微一彎腰，鑽進車廂裡，坐在傅依蘭對面的矮榻上。「說什麼？」

傅依蘭承認他身姿非常優美，以同樣是習武之人的眼光來看，甚至堪稱完美，可惜，他的心不美，這是最大的瑕疵。

「你那晚說的話，可以算作約定嗎？」

「哪晚？什麼話？」顧楓皺眉，故意裝起糊塗。

傅依蘭怎會看不出，強壓住怒氣，把他說過的重複了一遍。

「哦，」顧楓恍然大悟似的。「當然是真的。」

「那好，我問你，你所謂的等情況穩定下來，到底是什麼時候，什麼情況，我要一個準話，以免將來你賴帳！」

消息傳回宣州的時候，已是寅兒和寶寶滿月之時。

韓拓的反應幾乎可以說遲鈍至極，手掌落在他自己膝頭，對顧嬋隱晦的撒嬌渾然不覺，口中只道：「妳看這信上說的，七弟招潼林進京了。」

「不是才成親嗎？」顧嬋一聽是正事，忍著委屈道。「當初成親不是為了讓他掌控住那些軍士，怎麼突然又回京了？還有，那幽州衛怎麼辦？」

她雖然不清楚韓拓全盤的計劃，但從他告訴自己的事情裡面，多少也分析得出，將幽州衛交在顧楓手裡，也是為了後續計劃上的方便。因此，那是萬萬不能落入旁人手裡的。

「別擔心。」

韓拓手臂抬起，從顧嬋腦後繞至她肩頭，輕撫寬慰道：「不是調職，潼林信上說，皇帝認為他年輕能幹，要他帶一小隊幽州衛進京，訓練京營與上十二衛士兵，貌似皇上與朝中老臣起了一些衝突，正忙著證明年紀輕也能做大事。」

說到最後，他語調裡難以克制地帶出一些鄙夷來。年紀輕也能做大事，從理論上講是沒錯，但也要分人。他那個同父異母的七弟顯然不屬於其中。

然而，顧楓更進一步得到韓啟的信任與重用，卻是韓拓一直在等待的事情。既然事情發展順利，他心中自然輕鬆，放在顧嬋肩上的手便向下滑，至她腰間時大力一攬，將人狠狠地攏進懷裡。

「啊……」顧嬋毫無防備，驚呼出來。「小心寶寶呀！」

嚇得她差一點將寶寶甩出去，真是！

「女人怎這麼麻煩？」韓拓調笑的聲音從頭頂傳來。「剛才是誰委屈地蹭過來，我抱著孩子不抱她，沒手抱她，她還彆扭不高興，這會兒滿足了她的願望，怎麼還是不行？」

原來他都知道，是故意裝模作樣逗弄自己。

「誰呀，我不知道！」顧嬋可不願意承認，當娘的人和自個兒閨女爭寵吃醋，真是太丟人了。

她眼珠子轉了轉，便抓住韓拓話裡的把柄，反擊道：「王爺現在已經嫌我煩了嗎？我聽許姊姊說過，女人又要生孩子又要操持家務，稍不注意就會變成黃臉婆，到時候丈夫一準兒嫌棄，果然都被說中了，哼！」

對付這種明顯是撒嬌的泛酸，最好的辦法絕對不是與她辯論，言語太無力，若要證明他的熱情，唯有一種方式……

韓拓猛地低下頭，迅速而又準確地擒住顧嬋的小嘴，把她吻得昏天暗地。

為了照顧坐月子的顧嬋與新生的嬰兒，韓拓這一整個月都留在家中。

如今，滿月已過，他又在家中停留數日，便啟程前往軍營。

韓拓這次離開的時間比往常都要長，足足過了兩個月才回來，與他同來的還有兩位神秘的客人。

時間已是四月下旬，春光明媚，天氣溫暖，正是一年中最好的一段日子。中午歇過晌，顧嬋帶著寅兒和寶寶在天井裡曬太陽。

天井中央有一套石桌凳，顧嬋坐在凳上，手裡拿一個顏色鮮豔的撥浪鼓，搖得響亮，逗引著兩個孩子的注意力。

三個月大的孩子，已經會發出簡單的音節，比如：哦、噢、啊之類。

雖然大人根本聽不懂他們要表達什麼，但這不緊要，重要的是讓他們高興，好發出更多的音來，羅嬸子的獨家秘笈裡寫了，這是孩子在與大人交流，要多鼓勵，對將來學說話有益處。

活了兩輩子，只做這麼一次母親，顧嬋把兩世的認真勁都放在這裡，孩子們咿咿呀呀，她也跟著咿咿呀呀，交流得不亦樂乎。

寅兒已經會伸手搆東西，此時見撥浪鼓有趣，小手一伸，握住了鼓頭，顧嬋順勢一鬆手，寅兒便抓了過去，然而他力氣小，拿是拿不動的，只半拖半握著放在胸前，張嘴吮著鼓面。

兩個孩子都長大了不少，只是，寶寶還是比寅兒小許多，也不夠活潑。就像這時，她明明對那撥浪鼓也興味十足，卻只是懶洋洋地歪著小腦袋、瞪大眼睛看著，直到發現娘親把撥浪鼓給了哥哥，才委屈地耷拉下嘴角，嗚嗚地哭了起來。

「寶寶也想要？」顧嬋從奶娘手裡接過另一個撥浪鼓來，在寶寶面前搖晃著。「娘這裡還有一個喔，寶寶想要就自己伸手來拿，來呀……」

寶寶一向是懶的，她是女娃娃，是妹妹，又比寅兒看著嬌弱許多，向來都是大家關注的重點。她咿咿呀呀幾聲，奶娘們能換著花樣把所有的玩具都捧到她跟前，這更助長了她的懶惰，明明已經到了小孩子該自動自發會伸手搆東西的時候，她卻永遠不肯動。

此時仍舊是這般，不管顧嬋怎麼說怎麼逗，寶寶只是張著小嘴哭天兒抹淚，就是不肯動一下。

「哎，好啦，快給她吧。」坐在顧嬋對面的林大嫂看不下去，開了腔。「有妳這樣當娘的嗎？非得讓孩子哭……」

「我沒有。」顧嬋把寶寶從木頭車上抱出來，一邊哄一邊說：「我這不是想讓她自己動一動嘛，跟寅兒比起來她實在太懶了，想讓她活潑一些。」

「那是寅兒聰明，長得快，小孩子本來就都不一樣，性子不同，長得快慢也不同，不是說哥哥會什麼，妹妹就同時也要會的。」許氏也在，一邊縫著給自家孩子的小襖，一邊給顧嬋傳授育兒經。「像我家那兩個，大的一歲多了才會說話走路，小的八個月就全會了。」

顧嬋用心聽著過來人的經驗，同時又有些惦念起韓拓來。

他這次去之前，並沒說會與以往不同，走了半個月後突然叫人送了一封信，說是情況有變，他也許要多留些時日，之後，書信也很少，似乎很忙碌，又或者是不方便。

畢竟是做母親的人了，顧嬋年紀雖然不大，卻還是比往常穩重許多，而且，生活的重心也改變了，從以往全身心都投放在韓拓身上，變成多了兩個孩子要她照看，因而，比較能控制自己不去胡思亂想，安心等待丈夫消息的同時，也能盡心盡力地照顧孩子們。

有句話叫做：一說曹操，曹操便到。今日就是這般巧。

顧嬋才剛起了念頭，就聽見垂花門外侍衛一聲喊：「老爺回來啦。」

她抱著寶寶起身去迎，果然見到韓拓走了進來，身後還跟著兩人，從服飾身量上看得出是一男一女，然而，兩人都戴著帷帽，看不到臉，便認不出究竟是何人。

林大嫂與許氏皆知道小夫妻兩個分離日久，肯定有許多話說，且又有客人到訪，與韓拓打過招呼，便知趣地告辭離去。待得院內只剩下自家人，隨韓拓前來的女子率先摘下帷帽。

「阿琴……」顧嬋又驚又喜。「妳怎麼會來的？」

來者正是做了瓦剌汗王妃的章靜琴。不用說，她身邊的男子自然是孟布彥，瓦剌的現任汗王。

「來看看你們唄，聽說妳生了娃娃，還有個姑娘家，來看看能不能給我兒子訂個親。」

章靜琴語調輕鬆愉快，半開玩笑半認真，聽起來更像是當年在幽州時，尚不知愁的少女腔調。

「呀，這就是妳閨女嗎？讓我抱抱。」她從顧嬋手上接過寶寶，同是做母親的人，抱孩子的手勢當然極熟練。「妳看她長得多可愛，我也想生個女兒……」

章靜琴把寶寶往孟布彥眼前晃了晃，已除去帷帽的男人挑了挑眉，應聲道：「這事情得咱們兩個合作才行。」

「光天化日的，你胡說什麼？」章靜琴挑釁不成反被打趣，暈紅著臉斥道。

「我沒胡說，我在和表哥談事情，」孟布彥伸手指指韓拓，又指指自己。「我們兩個得合作才能成事。」

在場眾人沒有聽不懂他們兩個打情罵俏的，雖不戳破，卻也忍不住笑出來。

章靜琴節節敗退，白了孟布彥一眼，跺著腳一轉身，不再理他。

寅兒吭撥浪鼓吭得正歡快，天井裡忽然熱鬧起來，又有陣陣笑聲，他的注意力被引開，伸著頭看向大家，撥浪鼓也從手裡滑落出去。

可是……好像他又被大家忽視了……

小男娃很快發現了這個事實，才剛張開嘴，還沒來得及哭出聲，便被一個陌生的叔叔箝住了小手。

「這就是寅兒嗎？真是和表哥長得一模一樣。」孟布彥晃著寅兒的手，逗弄道。「來，我是表叔，叫表叔……」

「你別鬧，」章靜琴一手托著寶寶，一手戳著孟布彥肩頭。「他才三個月大，哪裡會說話，又不是沒養過孩子的人……」

「說不定他跟我特別有緣呢。」孟布彥故意道。「是吧，寅兒。」

寅兒：「噗噗噗……」

有人注意到自己，寅兒興奮地吐了幾下泡泡，唾沫星子全噴在孟布彥臉上。

顧嬋這會兒已沒工夫注意他們，正依偎在韓拓懷裡磨蹭。自從上次被丫鬟與奶娘們無意中聽了壁腳，她倒是比從前放得開了，反正最丟人現眼的也被人知道過，那麼偶爾在院子裡被韓拓摟一下抱一下也就不再是多麼大不了的事。

不過，這次她十分敏銳地意識到，章靜琴與孟布彥的到來，未必只是為了看看他們。

入夜後，顧嬋的猜測得到了證實。

韓拓洗漱完，爬到床上，破天荒未曾求歡，而是靜靜地將她抱住。「璨璨，我想……稍後，送妳和孩子去孟布彥那裡住一段時間。」

「王爺，」顧嬋抬頭看他，因為預料到了，所以並不吃驚。「你是準備行動了嗎？」

「嗯，」韓拓答道。「所以，一定要將你們送到最安全的地方，我才能沒有後顧之憂。

待事成之後，我立刻接你們回來。萬一……」

顧嬋伸手捂住他嘴，無比堅定道：「不會有萬一，王爺一定心想事成，我聽你的安排，我會好好照顧孩子，等你來接我們。」

如果是從前，她一定不肯離開他，不管再難再苦，都要跟他在一起。可是如今她不光是他的妻子，還是一個母親，她沒有資格再任性，做的一切事情都要以孩子們為先。不留在軍中，去孟布彥那裡，對孩子們來說，無疑是最好的選擇——可以有安靜無憂的生活環境。

聽顧嬋如此說，韓拓放下心來，原以為要花些時間才能說服她，沒想到竟然如此順利。預備了一肚子說詞，此時派不上用場，只有將人攬得更緊些，恨不得揉進身體裡。

他又何嘗捨得送他們離開……

顧嬋柔順地依偎著他，有一句話在心裡糾結掂量許久，終於還是問了出來。「王爺，若你事成，會如何對待太后與皇上？」

成王敗寇，斬草除根。這八個字幾乎同時在兩人心中掠過。

「璨璨希望我怎麼做？」韓拓問道，聲音有些冷，聽不出喜怒。

顧嬋輕輕搖頭道：「我沒有，王爺想如何便如何，我是王爺的妻子，一切都聽你的。」她幾乎是咬著牙說出了這些話。從前，顧嬋一直覺得到這時，她一定左右為難，不知如何是好。可事到臨頭，她卻發現，自己雖然仍舊不忍心見到寧太后與韓啟慘死，但比起他們的安危，對於她和孩子來說，還是韓拓活著才更重要。

這也是他們唯一真正需要的結局。顧嬋並不知道韓啟篡位的事情，她只聽韓拓講過他之所以詐死，是因為韓啟忌憚他，要奪走幽州衛的兵權。那時，韓拓根本沒有謀反之心，韓啟都未必肯放過他，何況是如今？

那麼，反過來，又憑什麼要求韓拓放過韓啟呢……

耳邊傳來韓拓的嘆息聲，接著顧嬋的下巴被他攥住抬起。「璨璨，我只能答應妳，不到迫不得已，儘量不殺他們。」

眼淚迅速瀰漫了雙眼，他竟然如此主動地為她讓步，顧嬋說不出是感動，還是愧疚，整個頭紮在韓拓懷裡，雙手緊緊勒住他窄腰，哽咽道：「我不管別人，王爺，我只要你好好的……」

「我知道。」韓拓只回應了三個字。

之後，便是木床吱呀聲，響徹整夜未曾停歇。

翌日，便由丫鬟們打理行裝，準備上路。

奶娘自是不能跟去的，只能到王帳所在的地方後重新找過，幸而路途並不太遠，只需兩日便可到達，事先將奶水擠在器皿裡備好，總算可以滿足寅兒與寶寶的需要。

韓拓親自把妻兒送到目的地，又停留數日，才終於依依不捨地離去。他走的那日，顧嬋騎著馬，送過一個又一個山丘，最後被他板著臉喝令不許再跟才止步。

一別又是數月。

當顧嬋以新帝皇后的身分回到京師時，已是隆冬。

第二十六章

進京那日正趕上瑞雪初降，皇城一片銀裝素裹，美如仙境，分毫看不出不久前才經歷了一場驚心動魄的宮變。

韓拓親自出城門迎接妻兒歸家。

碧落和碧苓一人一個抱著小主子上了皇帝的車駕，之後又下來，而顧嬋卻是被韓拓抱上車的。車簾一放下，為一家四口營造出一個與世隔絕的小小天地。

當初分離時，兩個孩子不過才三個月大，如今卻已十個半月大。

寅兒健壯些，已能撐著床邊或凳子站立，不時也能邁出幾步來。

男孩子膽子大，見了韓拓也不膽怯。他當然早不記得爹爹的模樣，只瞪著與韓拓如出一轍的眼睛，好奇地打量眼前陌生的男人。

顧嬋在寅兒耳邊教他：「叫爹爹。」一邊教一邊手指韓拓示意。

孩子們七、八個月的時候，已經能模仿說出一些簡單的詞彙，像娘、爹、抱、吃之類，後來還能說些短句。

寅兒今日出奇地警惕，不管顧嬋怎麼哄怎麼教，就是不肯叫上一聲。正尷尬地僵持著，顧嬋懷裡的寶寶卻嬌嬌地叫了一聲「爹爹」。

這一聲可把韓拓的心給叫得化開了。他想把寶寶抱過來。可惜寶寶並非認出了他這個爹，純粹是女娃娃口齒比男娃娃伶俐，平日就好咿咿呀呀地不停自言自語，今日趕上娘親教學，順口學舌而已。

「爹爹……爹爹……爹爹……」寶寶學得不亦樂乎，一邊說一邊吐了個泡泡，咧著小嘴笑個不停。

韓拓哪裡知道其中秘辛，只當還是女兒貼心，果然小棉襖一說是有根據的，再加上寶寶一聲又一聲地叫他，更令他心急想把女兒抱過來。

寶寶的膽子可比寅兒小得多，而且她嬌氣不好帶，適應能力也比寅兒差，這一趟路途遙遠早就多有不適，基本上全部時間都賴在娘懷裡不肯離開，此時忽然發現有個陌生的叔叔試圖把她從娘懷中搶走時，立刻毫不留情面地號哭起來。

「寶寶不怕，不怕，這是爹爹。」顧嬋哄著寶寶，還不忘給韓拓投去個責怪的眼神。

韓拓很無奈，他怎麼知道兩個豆芽兒似的小娃娃，比幾十萬士兵還難搞定。

都說小別勝新婚，小夫妻兩個眼神交流起來，便黏住分不開。

冷不防，韓拓大腿上被一隻小爪子狠狠拍了一掌。低頭一看，竟是寅兒，小傢伙看懂了妹妹是被這個陌生人弄哭的，一鼓作氣搗騰著小短腿撲過來給妹妹出氣。

「壞！」他斬釘截鐵一聲吼。

然後，就像小雞仔一樣，被韓拓拎著後領放到大腿上。

「好啊，居然連你爹都敢打。」韓拓說著，高高舉起手臂，作勢便往寅兒屁股上招呼。

「王爺！」顧嬋嚇得臉都白了，連稱呼都忘記要改，那麼小的孩子哪禁得起打。

韓拓可不是沒輕重的人，他手舉得高，看似用了大力，其實根本沒有，落在寅兒屁股上時「啪」的一聲極響，實情一點也不疼。揮了兩下，顧嬋便看出其中關竅，而身在其中的寅兒，更是發現了極好玩的一樁事，撅高小屁股討打不算，嘴裡還不斷模仿著「啪啪啪」的聲響。

寅兒笑得咯咯叫，寶寶很快也被吸引了注意力。她扭著小腦袋瓜，怯怯地看著哥哥「挨打」還笑得那麼歡，起先只是撇撇嘴便轉回了頭。

寅兒笑聲不停，寶寶又扭了一次、兩次，到了第三次，她終於確定那應該是很有趣的一件事。

唔，她也要。

寶寶扭著小身子，想從顧嬋懷裡掙脫出來，小嘴裡還唸唸有詞：「啪啪啪……啪啪啪……」

「寶寶乖，寶寶不去啊，女孩子不玩這個。」顧嬋哄道。

寶寶見娘不肯放自己，而哥哥又玩得好開心，簡直委屈極了，小嘴一癟又要哭。

韓拓立刻將女兒接過來。這回他換個玩法，把寶寶托在手上，忽地舉高過頭頂，又忽地放低到腰間。

開始幾次，寶寶皺著小臉有點緊張，後來發現陌生叔叔的手又大又暖，牢牢地將她握住，一點都不可怕，立刻眉開眼笑，吐著泡泡蹬著手腳，表示要更多。

等馬車進了皇宮，兩個孩子對韓拓不但不認生，甚至還纏著他不肯放。韓拓只能一手抱一個娃，沒辦法，他放下誰，誰都要癟嘴，只好一起扛，還好他慣於行軍打仗，力氣大，不怕累。

有兩個孩子在中間摻和，顧嬋和韓拓一路也沒說上幾句話，等到兩人終於獨處時，已是夜深人靜，萬籟俱寂。

顧嬋一早卸了妝，也梳洗妥當。韓拓卻因被兩個孩子纏著，直到剛才由奶娘抱了他們去睡，才能得空去淨房沐浴。

他從淨房出來時，見到顧嬋抱膝坐在床邊，轉著頭打量四周。

大殷朝歷代皇后都是住在鳳儀宮中，顧嬋自然也不例外。然而，韓拓知道，她這般打量，並非因為新鮮。

不願她胡思亂想，他快步上前，將人壓在懷裡。夫妻久別，再多溫情說話，也比不過一個炙熱如火的擁抱，還有，纏綿。

顧嬋極柔順地迎合著韓拓，因為太久未曾行事，她極為敏感，在他懷中輕輕發顫。

正緊要關頭，韓拓突然停下，在她耳邊道：「璨璨，我帶妳去一個地方。」

三更半夜的，要去哪裡？而且以他們如今的身分，去哪裡不得好生梳妝打扮？

顧嬋被他撩撥得不上不下，正待紓解，當然不願意去浪費那些時間。

至於韓拓，顧嬋動了動腿，他明明也在興頭上，那處抵著她腿心耀武揚威。

「不去……」顧嬋嬌聲道。「我累，不想再穿衣打扮。」

「那我們就不穿。」韓拓低頭親了親她耳根。

顧嬋完全嚇呆了。新任帝后，不穿衣裳，在宮中亂走……

她愣怔的時候，韓拓已扯了件狐裘大氅披在身上，再將顧嬋打橫抱起裹在氅衣裡。

「皇上……」顧嬋急道。「會被人見到的。」

「不怕，」韓拓抬腳出了殿門。「我們走上面。」

他抱著她飛簷走壁，從屋頂穿越過數個宮殿。

顧嬋的膽子也就只比寶寶大上一點兒，把頭埋在韓拓懷裡，看都不敢往下看一眼。好在這一路並沒多遠，很快聽到韓拓的聲音在耳邊響起。「到了。」

顧嬋小心翼翼地抬起頭來，卻被所見震驚……

今生的顧嬋當然未曾來過此處，而前世……

這是他們前世初遇的地方，也是當時韓拓斬殺韓啟的地方——奉天殿。

他帶她來這裡做什麼？

顧嬋倏地瞪大雙眼，不可置信地看向韓拓，千萬別讓她猜中。即便帶著這般僥倖的心理，顧嬋還是扭動掙扎起來。然而韓拓早有預謀，志在必得，不由分說便將她壓在金龍寶座上，欺身而入。

顧嬋驚叫起來，嬌柔的聲音在空曠的大殿裡回蕩，聽得她自己臉紅得恍如快要滴出血來一般。

韓拓背對著殿門，專心致志，只顧衝鋒陷陣。顧嬋卻是面對殿門，不管是位置還是角度，都與皇帝臨朝時一樣，她本能地羞澀不安，無法投入。

殿內燭火幽暗，隨著身體有節奏地晃動，左右兩側的梁柱都一忽兒幻化成朝臣百官，一忽兒又幻化成前世瑟縮著跪在此處等候發落的妃嬪……

似真又似幻的景象，同時帶來敬畏與恐懼，更令顧嬋無法放開自己。

偏生今日韓拓要得格外急，她以為他的反常是因為久別，忍著疼痛儘量迎合……

韓拓眼前也有許多景象閃過，與顧嬋不同，皆不在這金鑾殿上。

當日，因有顧楓與陳永安接應，攻城的事情極其順利，從圍城到進宮一個時辰尚未用到。然而，兵馬未至宮門已見到黑煙四起，等韓拓帶人趕到時，龍棲殿已燒得七零八落，廢墟裡翻揀出兩具屍體，皆燒得焦黑如炭，面目辨認不清，只能從身量判斷似乎是韓啟與孫皇后。

雖說韓拓手上有元和帝的密詔，可正視聽，不用背負篡位之名。但前頭那個皇帝若留下，多少是個禍患。斬草除根，並非一句成語而已，那是對仇人必行的手段。而他又知顧嬋最是心軟，雖然嘴上說過由他安排，但心中定不願見到寧太后與韓啟身死。

如今，韓啟自焚而死，倒是免去了韓拓左右為難之苦。

至於寧太后，她也存了求死之心。但不知是年紀大了動作慢，還是身為太后消息不如皇帝靈通，韓拓到達慈寧宮捉人時，她正欲親手將床帳點燃。

韓拓一劍挑開她手中燭臺。「想死，可以，待我問完了話，妳想死我便送妳一程，定不讓妳吃苦受罪；若妳想活，我也可以太后之禮奉養妳。」

宮人內監早跑得都不見一個人影，然而寧太后服飾髮髻仍一絲不苟，分毫無損身為太后的儀態。

「你且問。」她驕傲地說道，至於願不願答，那便由不得他了。

「父皇可是你們害死的？」

寧太后面上神情有種奇異的鎮靜，彷彿她如今並非受制於人，仍是可以呼風喚雨的太后。「你想知道？可我不想說。不過，有些事，你或許還無渠道得知，又或者只裝作不知，我卻想詳細說與你聽。」

「少在這兒跟我玩花樣。」韓拓不大耐煩聽她胡謅，若父皇之死有她動手腳之處，那便一劍殺了她為父報仇，不然留下一條命來也無妨。

「我說我沒有，你會信嗎？就像所有人都相信璨璨去慈恩寺修行是為了你，世人皆是如此，遇事時都會選擇自己願意信的去信，至於不願意相信的，只怕旁人說破了嘴皮子，有些傻瓜還以為是讒言。」寧太后不緊不慢地拋出一枚炸彈。

這種時候，她提起顧嬋肯定不會有好話。韓拓不願上鈎，不接她話，只道：「我問妳什麼，妳便答什麼，若妳沒做過，自然有御醫可以為妳作證。」

寧太后似有所動，看看韓拓身後跟著的侍衛。「你將他們遣走，才好說話。」

韓拓不懼她能翻出什麼花樣，依言命手下退出殿外。

「他確實是身體支撐不下去了。」寧太后道。「到底三十年夫妻，我只想讓我兒登上皇位，並沒打算過要殺夫。先帝賓天時，曹德行還守在身旁，確診的是方、楊兩位御醫，我問心無愧，他們自然也不曾遭過罪，如今都還好端端的，你只要找了他們來問話便是。」

「既然妳這般說，我暫且先信著妳，待我查問明白，再來處置妳。」韓拓說完便轉身欲走。

寧太后陰惻惻的聲音從身後傳來。「可惜，方、楊兩位御醫醫術再精妙，也無法確診璨璨除了你之外，是否還有第二個男人。」

韓拓自是聽在耳中，卻全然不去理會，只管繼續往外走。

「當初她從幽州進京當日便在龍棲殿承了幸，不然你以為她為何要尋死？你不信我的話，可以找當日為她治傷的太醫趙三其，問問看他是在鳳儀宮還是在龍棲殿看到的傷者。後來她同意進慈恩寺暫避風頭，為日後……」

後面的話聽不到了，因他已走出來，並命人把殿門鎖起，將寧太后軟禁起來。

那些話韓拓一個字也不信！但也不得不承認，那番話確實狠毒。女子破身前，尚有法可驗其貞潔。破身後，卻是沒有任何辦法去檢驗究竟是否與丈夫之外的人發生過關係。

因無法驗證，不能證明清白，難免成為夫妻間的一根刺。

他不能上當，這不過是寧太后不甘心失敗所設的圈套，她不得好，便也不想讓他們好，僅此而已。韓拓這樣對自己說。之後，他便忙碌了起來，也漸漸將這件事忘記——他以為忘得一乾二淨。

只是，與顧嬋親熱起來，那些是男人聽了都不可能愉快的話，便一句一句地冒了出來……

他是男人，他當然在乎……但那一定不是真的。就算是真的，事後尋死，也是被逼的。

他恨自己，若顧嬋真的受過那般委屈，也是他安排照顧得不周到。

至於其他，韓拓不願再想。他將顧嬋帶來奉天殿，只想在目前能代表他至高無上的權力與地位的處所，狠狠地要她一次，重新給她烙上他的痕跡。他帶著這般想法，下手自然不輕，再加上腦中舊事不斷，各種思緒反覆，便無暇分心顧及顧嬋的感受。

「輕一點，我疼。」顧嬋發現自己說的話，韓拓好像都沒聽見。

她推他，想抽身，卻根本推不動。

從二人成親以來，顧嬋從來都是韓拓的心頭寶，捧在手裡怕凍著，含在嘴裡怕化了，何時受過如此對待。在禁忌之地行禁忌之事，本應是令人臉紅心跳的，然而，因著韓拓的粗魯，將顧嬋心裡有的那一點嬌羞之意盡數褪去，漸漸全變作委屈與屈辱。

最後，她狠狠地在韓拓肩頭咬了一口，這才掙扎出來。

韓拓吃痛，總算醒過神來。再看顧嬋，她紅著雙腳，赤腳站在金磚地上。寒冬臘月，奉天殿並無地龍，地磚自是冰腳，她冷得受不住，左右兩腳不時交替，一腳搭在一腳上。

韓拓將她抱回膝上，卻又不知該從哪裡解釋起，那些污糟的話他不願意讓她知道，更不可能來問她。問了，便是不信，即使說清楚了，也會有心結，他寧願這刺扎在自己心裡。

既然不能說，唯有以行動來表達。

他低下頭去親她，顧嬋卻破天荒地驚恐著轉頭躲避。

韓拓發現她眼中的恐懼，心裡更添難受，將人抱得緊緊地，輕聲道：「別怕，是我不好。」

「輕一點好嗎……」顧嬋小貓似的嗚咽哀求道。「我很疼……」

「我看看傷著了沒。」他說著，順勢往下看過去。

「我自己看。」顧嬋幾乎跳起來，迅速地往旁邊躲。

龍椅只有三尺寬，兩尺長，能給她躲的空間太有限，沒兩下便被韓拓抓住。「聽話，妳自己看不到。」

顧嬋緊緊地閉著眼睛，根本不敢去看他動作，但是耳朵閉不起來，還是能夠聽到他說話。「沒事。」

她咬著唇微微睜開一隻眼，正對上他熱烈如火的目光。

「璨璨，我輕一點，我保證。」

她怯怯地點了點頭。

究竟何時回到鳳儀宮的，顧嬋完全沒有印象。

她一覺睡到晌午，醒來時全身就像散了架，連動動小指的力氣都沒有。

韓拓早已去御書房處理政事，只留話如果她想探望寧太后，可自由前往，不會有人阻攔。

顧嬋不知自己要以什麼樣的心態見姨母，這種時候，就算她沒有惡意，看在對方眼中逃不開耀武揚威與刻薄侮辱。

她嘆一口氣，罷了，何必在這個時候去刺激她呢？

在返程路上，顧嬋已聽林修講過，因查證了寧太后只是假傳旨意，並未謀害元和帝，所以韓拓決定不殺她。這與前世的情況差不多，沒有更好，但也沒有更壞。

因近年底，朝廷快要大休，所以冊立皇后與太子的典禮十分迅速有效地操辦起來。韓拓並未再帶她去過奉天殿，也未曾再像那日一般待她粗魯，反而愈加溫柔體貼。

原本帝后應當分殿而居，但龍棲殿仍在重建中，韓拓理所當然晚晚宿在鳳儀宮中。前朝也沒有言官敢參一本諸如「皇后不應獨寵，新帝應設後宮」之類的事情。那些文官武將還在如今的皇帝、當初靖王的神通廣大中震懾著，不敢輕易造次。

皇帝設後宮，是為了繁衍皇室血脈，雖說開枝散葉不嫌多，但反正中宮有子，太子已立，至於皇上是不是要再娶十個、八個小老婆，多生十五、二十個娃娃，顯然不比當下朝廷各事重整更來得急迫。

就在顧嬋以為往後的日子都會如此平順無波時，卻沒想到在除夕夜裡發生了一件大事。

除夕夜，當然少不得闔家團聚。

顧景吾與顧松夫婦在韓拓登基之初已下旨調職回京，官復原職。

韓拓登基之日是在臘月初三，初五聖旨出京，福建距京師路途遙遠，兩人做完交接再上路，抵京時已是臘月二十七。

還好趕在了年前。除夕這日晚間，韓拓在宮中擺家宴。

至今為止，元和帝的兒子只剩韓拓一個，其餘叔姪等人皆早已封王，自在藩地，無詔不得入京。

韓拓初登帝位，雖說需要爭取更多支援，但因當年元和帝對兄弟並不多信任，那些人手中並無實權，只靠爵位俸祿生活，說白了不過是朝廷的寄生蟲，因此被列入並不急需應酬之列，自然也不會出現在這首次的家宴之上。

家宴上出現的真正皇家人，只有長河長公主及駙馬，以及她的生母麗太嬪。另外一眾主角，便是皇后娘家，永昭侯府各人。

為了讓顧嬋開心，韓拓特命顧家女眷午後入宮，齊聚在鳳儀宮裡，陪她閒話家常。

因如今身分不同，見面後少不得行禮問候，顧嬋一一阻止，頭一個便向蔣老太太道：「璨璨當年迫不得已，出下策離開京師，害祖母與各位長輩憂心，如今應當是我行禮致歉。」

在以為顧嬋被燒成了焦炭快兩年後，如今見她好端端地重現眼前，歡喜都還來不及，哪有人會當真怪責她。

「能在皇上最困難的時候陪伴他，那是娘娘的福氣。」蔣老太太嘴上用著敬稱，說的卻是最貼心的話。「如今苦盡甘來，往後便是一生順遂，萬事順意，娘娘也要惜福。」

「我知道的。」顧嬋一手挽著蔣老太太，一手挽著寧氏，在東次間榻上坐了，其餘人也依序就座，互問近況。

小孩子們都聚在西次間。寅兒穿著大紅衣裳，戴著虎頭帽，趴在床上，撐著胳膊昂著頭，興味盎然地看今日第一次出現的小傢伙。

顧榕的二兒子喜哥兒與顧松的獨子樂哥兒只差半歲，後者三歲，前者兩歲半，走路說話都已十分利索，這會兒一同擠在床前，看著懶洋洋躺在床上吐泡泡的寶寶看得直嘸口水。

「她真可愛……我能摸一下嗎？」喜哥兒探頭看向床側的奶娘。

當然，那是寶寶的奶娘，喜哥兒早就不吃奶了，奶娘自然也沒跟著進宮來。

「當然可以了。」奶娘的聲音又柔又好聽。「小少爺只要輕一點便好，不然妹妹會疼的。」

喜哥兒探出食指，在寶寶白嫩嫩的小臉上戳了一下。寶寶反應很快，立刻偏過頭來看他。

樂哥兒也有樣學樣地伸手來戳，可寶寶這回不樂意了，小手一揮一擋，「啪」一下打在樂哥兒手背上，嗯，勁兒還挺大。

樂哥兒有點兒委屈，低著頭搓著被拍紅的小手，覺得妹妹大概不喜歡自己。

念頭還沒轉完，就聽寶寶哭了起來。

顧榕的大女兒顧萬夏已經四歲了，比兩個弟弟高出一個頭，時時處處都不忘擺出大姊姊的姿態，這會兒當然要教訓兩個弟弟，捉著他倆的手一人打了一下。「讓你們淘氣，都把妹妹弄哭了。」

樂哥兒心道：被打的明明是我，難道會哭的才是王道？這麼一想，他自己也咧開嘴嚎上了。

喜哥兒則道：「不關我事，我摸的時候她沒哭……」

「長姊訓話，你居然回嘴？」顧萬夏對著親弟弟還要更凶幾分。

喜哥兒也繃不住了，跟著寶寶和樂哥兒開始了三重奏……

這會兒顧萬夏也傻了，樂哥兒相處的時間不長不清楚，可喜哥兒，在家的時候皮猴一個，哪有這麼容易哭……

她有點害怕，不知道自己是不是做錯了什麼，小嘴一癟一癟的，終於沒忍住，也掉起了金豆子……

寅兒，太子殿下，身為唯一一個情緒正常的娃娃，原本正像小狗兒一樣趴著看大家玩，發現不對勁，蹭蹭蹭幾下十分迅速地爬到寶寶身邊，小肉手一伸，推了喜哥兒和樂哥兒一人一下。「壞！」

然後小屁股一擰，便轉身給妹妹擦眼淚，之後還不忘回頭給顧萬夏抹一把臉。

他人小，沒多大勁，但是喜哥兒、樂哥兒也不大，一推之下，兩個全往後倒，坐了個屁墩兒……

哭聲把東次間聊天的大人們全引了過來。奶娘把事情的經過一說，大人們全笑了。

顧嬋故意戳著寶寶的小臉蛋道：「妳這個霸道的小傢伙，怎麼連堂哥都欺負上了？」

本是四代同堂，一家和樂的場面，薛氏卻越看越刺眼。

顧姍不知道撞了什麼邪，之前懷孕的時候小產，一晃兩年過去，竟然再不曾有孕，反倒是姑爺的妾室一連生了兩個，還全都是男孩。

薛氏暗地裡帶顧姍看過大夫，說是小產時傷了身子，怕是再難受孕。母女倆傻眼，無子乃是七出之一，會被休棄，於是只能瞞下。偏偏顧姍本就木訥，不大會討丈夫歡心，再多了椿秘密藏在心裡，更添了數分彆扭。弄得姑爺與她越來越疏遠，平日晚間大多都在妾室房中安置，只逢初一、十五才來正妻房中點個卯。

薛氏自己沒兒子，原指望著女兒嫁個好女婿，生個好外孫，卻沒想到得了這般結果。原本還因為顧嬋遭遇更差而有點慰藉，不料顧嬋根本沒死，連靖王也活了，還一個登基當皇帝，一個成了皇后，太子也有了。

薛氏早已滿心泛酸，但忌憚顧嬋如今身分，強壓著不說怪話。眼前情景刺中她心病，便有些忍不住，順著顧嬋逗寶寶的話，接了一句：「娘娘可得好好教養孩子，這天家事盡是說不準的，一朝天子一朝臣，公主殿下仰仗的也是皇上，若性子太過霸道驕縱，再有什麼變故……看那孫皇后一家便是先例。」

韓拓起兵的理由是拿住了韓啟登基並非元和帝本意，自然要將輿論效果最大化，是以無人不知他忍辱負重，詐死偷生，只為聚集力量反擊。再加上當年韓啟削減軍需之事，實在不得人心，京師勛貴中，除了與韓啟利益直接掛鈎者，大多認為韓拓成功奪回皇位，是大快人心之事。

而那些與韓啟同坐一條船的人，如今自然少不得被清算論罪，其中尤以前兵部尚書孫家，亦即是韓啟的皇后孫氏娘家，最為慘烈。

薛氏一番話，表面上看似有幾分長輩語重心長的意思，但拿了孫家舉例，怎麼聽怎麼讓人心裡不舒服。

蔣老太太最先斥道：「大過年的，說兩句吉祥話行不行？」

薛氏反應也快。「都怪我腦筋不清楚，話都不大會說了，娘娘切勿見怪。」

顧嬋昨日已與韓拓合過計，打算教訓薛氏。可是她心軟，也不善施計謀，一直沒找到機會行事，沒想到薛氏自己一頭撞進網裡來。於是，顧嬋先做出大方禮貌的模樣表示不會計較，又像才發現自己不夠周到似的，詢問眾人是否想去御花園走走看看。

蔣老太太道：「外面冷風呼呼的，我這把老骨頭禁不住，還是留在房間裡看我的寶貝孫子孫女們吧。」

她這樣說，寧氏、齊氏、顧嬋、盧湘與馮鸞都紛紛表示要陪伴。

薛氏卻沒有這般孝心，她沒來過皇宮，要說不好奇，不想四處逛逛，絕對是假的。

「娘娘一片好心，我代表大家承個情，去看一看，回來講與妳們聽。」

同一個意思，有不同表達方法，薛氏願意的時候，也能夠像模像樣地把話說得漂亮。

顧嬋便指派了紅樺和白樺陪薛氏前往。沒想到這一去，直到日落西山，晚宴開場，也沒見人回來。

大概是實在不招人待見，薛氏那麼長時間不回來也沒人問上一聲。顧姍又留在婆家未曾來，因而當真一個惦念她的人也沒有。

臨到開席時，紅樺急火火地跑回來報信，說把二夫人給丟了。

「好端端的一個大活人怎麼能丟？」齊氏最先問了一句。

「適才從御花園返回來的路上，二夫人嫌棄我們跟得太近，我們便退後十來步，沒想到因為這樣，夫人先轉過彎，等我們也轉過去的時候，夫人……便不見了。」

紅樺是女侍衛，不擅長作戲，只能儘量低頭，免得被人看出破綻。

「或許是迷了路，」韓拓發話。「我派侍衛去找找，大家先入席吧。」

這一找便找到了晚宴結束，臨別前，韓拓仍在向永昭侯與蔣老太太致歉。「定會命侍衛連夜加緊搜查，絕不怠慢，還請祖父與祖母放心。」

皇帝如此說，即使不放心又能如何呢？顧家眾人只好登上馬車返程。

來的時候是三輛馬車，永昭侯夫婦一輛，大房一輛，三房一輛，顧景言腿腳不便沒來，薛氏便擠在三房車裡，而顧榕等孫輩的男子則是騎馬。

返回時少了一個人，卻多添了一輛馬車，車上坐的是傅依蘭與顧楓。

傅依蘭來得晚，不是她故意耽擱，而是她今日才進京城。

顧楓從入秋便回到京師，他是被韓啟叫回來負責守城的，當時大事未定，仍有危險，自然不會將傅依蘭帶來。而後，又因為兩人之間的尷尬，直到他與韓拓商量好如何安置傅依蘭，才將人接了過來。

「我之前那樣罵你、冤枉你，真是對不住。」傅依蘭看著顧楓，認真道。

這話，從她第一天知道韓拓沒死就想對顧楓說，奈何兩人一直分離，今日在宮裡見到了，場合不對，身邊人又多，此時終於獨處，便再也不願多等，立刻說了出來。

顧楓揮揮手，表示自己並不在意。「妳那是不知道實情嘛，不能怨妳。」

「可是，我還差點殺了你……」傅依蘭攥著衣角，越想越不安，幸虧她沒成功，不然不就攪亂了姊夫的安排，影響了大事。

她性子直，此時又認為顧楓是個英雄好漢，應當坦誠相交，便將想法講了出來。「你明知道我恨不得殺了你，都不肯說，你是不怕死，覺得我殺不了你，還是根本不相信我能保守秘密？」

顧楓在宴席上喝了酒，本就有些頭暈腦脹，叫傅依蘭這樣一問，更覺得腦仁兒隱隱作痛。

為什麼女人家這麼麻煩？真是寧願騎馬打仗，快意恩仇，甚至再給姊夫做十次細作，都好過應付唧唧歪歪的姑娘家。尤其是這個傅依蘭，她提劍對他喊打喊殺的時候，他也從來沒覺得什麼，這會兒她說起了軟話，他怎麼渾身都不自在呢。

馬車不大，兩人面對面坐著，膝蓋幾乎相抵，她誠懇又略顯不安的面孔近在咫尺，顧楓忽然覺得身上躁熱，還有衝動想去摸一摸她的面頰……

真是喝多了。

顧楓掀開車窗圍簾，讓冷風灌進來，想醒一醒酒。傅依蘭毫無防備，被呼嘯而來的風嗆著，猛地咳嗽起來。

「妳沒事吧？」顧楓立刻坐到傅依蘭那側，伸手便想幫她順氣。

眼看那手已要觸到傅依蘭背脊，他忽然意識到這個動作不大恰當，所謂男女授受不親，他們說好只做一對假夫妻，就不能借機占便宜。

手縮了回來，視線卻黏在傅依蘭衣領與髮際之間露出的一小塊白膩的肌膚上……身體甚至生出某種極為隱密的騷動……

顧楓驚慌失措，忙不迭往對面的座位跳過去，沒想到腳底打滑，幸而他身手俐落，撐住了兩旁矮榻，才免去摔倒出糗。

「你沒事吧？」傅依蘭還是發覺了，關切問道。

顧楓端著姿勢坐正，清一清嗓子，笑著做出豪邁狀。「從前的事都別提了。」

傅依蘭一怔，然後才想起他接的是之前的話，便應下了。

可是顧楓這邊還有下文。「那時妳為勢所逼，不得不下嫁於我，掩護我的身分，實乃為姊夫大業得成立下大功。我和姊夫商議過，他會表彰妳的功績，封妳郡主頭銜，在京師賜下郡主府，如此我們可名正言順和離，亦不會有虧妳的名節，屆時再為妳挑選咱們大殷第三英武不凡、優秀可靠之男兒做儀賓。」

前面的話並不新鮮，傅依蘭不甚在意，只問道：「為什麼是第三？」

顧楓酒勁開始上頭，表現出來的是未語先傻笑，笑夠了才答道：「第一當然是姊夫，第二是妳夫君我……」

話沒說完，已經一頭栽倒在矮榻上，睡了過去。

傅依蘭檀口微張，半是吃驚半是無奈，盯著他後腦勺看了半晌，在時斷時續的輕鼾聲中，那些對英雄豪傑的崇敬、對蒙冤受屈仍不改初衷之人的心疼，盡數消退，最後只剩一個感想：如果手上有把匕首，倒是很想再殺一殺他。

鳳儀宮裡，大殷第一英武不凡、優秀可靠的男兒亦是微醺。

不過，韓拓到底比顧楓幸運，床上有軟綿綿的嬌妻一枚，可以名正言順地接受照顧並調戲。

顧嬋舉著碗餵韓拓喝一口醒酒湯，他便低頭擒住她小嘴，將醒酒湯如數哺給她……

鬧到後來，顧嬋這個根本沒喝酒的人，倒比那半醉的臉更紅，氣更喘。

「皇上，別鬧了。」她好不容易才在韓拓餵哺的間隙裡說出一句話來。

「謹遵皇后娘娘旨意。」

韓拓輕飄飄拋出一句回答，之後真是不拿那醒酒湯來作文章。可，他嘴唇一路向下，滑過顧嬋小巧的下巴，又滑過她纖柔的脖頸，最後落在一處不可言說的地方。

他發揮從女兒那裡學來的技巧，只用兩片嘴唇便拱開了皇后娘娘的衣襟，然後一口咬住最溫軟之處。

顧嬋幾乎將手中的碗跌在床上，韓拓一手撈住了，大剌剌往帳外丟出。

「哐啷」一聲，好端端的一只青瓷描金碗便就此粉身碎骨。

床上的皇后娘娘也比那碗好不到哪裡去，儼然變成餓狼口裡的獵物，任那狼爪與狼嘴搓圓又揉扁，完全抵抗不來。當那鴛鴦錦被翻起的紅浪漸漸止歇，顧嬋幾已脫力，當真成了軟綿綿一隻羊，趴在韓拓懷中細細輕喘。

韓拓意猶未盡，但也知凡事適可而止，眼看顧嬋需得休息一時半刻，便由得她，只一手緊攬纖腰，一手來回撫摸，逗得她不時驚叫躲避。

「皇后別鬧……」他模仿著她的腔調。

到底是誰在鬧？

顧嬋無語。可恨她被韓拓折騰得連說長句的力氣都沒有，只短促地吐出兩個字來：「我沒……」

「沒？那是何人一直在撞朕？」韓拓口氣一本正經，心裡卻樂得開懷。

虧他有臉說，若不是他一直捏她、撓她，她怕癢要躲，手腳又怎會一直撞到他身上。

顧嬋又氣又惱，攥著拳頭在他胸口捶了一下。

韓拓故意痛呼一聲。「皇后這是謀刺朕嗎？」

「是又怎樣？」

「那朕要鎮壓刺客……」韓拓說著，一翻身，便將顧嬋壓在身下。

「皇上，讓我再歇一歇。」顧嬋求道。

韓拓握著她的小腰，又是一個翻身，兩人再次交換過位置——反正就是不能分開。

「皇上，二伯母她怎麼樣了？」顧嬋想分散韓拓的注意力，便硬扯出這麼一個不大重要的話題來。

「先關著吧，嚇破了她的膽，再叫林修他們審一審，不怕她不說實話。」

「那要是真的，皇上打算把她怎麼辦？」顧嬋又問。

「妳說呢？」

「就讓她以後再也不能作惡好了。」顧嬋答道。

韓拓皺眉道：「皇后娘娘的這個指示範圍有點廣，屬下們不好掌握程度。」

死人不能作惡，缺手斷腳也不能作惡，改邪歸正還是不能作惡，到底要選哪一齣？

「我只是想，家裡現在孩子那麼多，別讓她再有機會害他們便好。」

顧嬋也有些撓頭。若只說她自己，薛氏當年就算使了壞，卻並沒有真的害到她，還因為這樣讓她認識了韓拓，陰錯陽差得了個好開頭。而且這一世，她的生活雖然並不算一帆風順，卻都是有驚無險，到現在韓拓登基，她做了皇后，還生了兩個可愛的孩子。

沐浴在幸福中，原本就不硬的心腸，只能更柔軟，什麼報復記恨之類的戾氣之事，通通不存在她心中。但一轉念，想到永昭侯府裡還有那麼多活蹦亂跳的小孩子，而薛氏至今仍無一外孫誕生，顧嬋就怕她又生出壞心，做下什麼不可挽回之事。

韓拓聽她說話已經不再喘了，大手便慢慢地向下滑去，嘴上則道：「這回明白了。」

顧嬋發現了那隻作亂的怪手，忙道：「皇上，咱們好好守夜吧。」

「嗯，是守夜啊。」韓拓厚著臉皮答道。「不活動活動該犯睏了，活動精神了才能守到天光。」

兩人正纏成一堆，忽聽殿外一陣急促的腳步聲響起，跟著是徐高陸說話。「皇上，有要事報。」

韓拓頗有些不耐煩，然而若非當真有急事，徐高陸是不可能如此沒有眼力地過來攪擾帝后親熱，只得道：「報。」

「慈寧宮走水，火勢極大，情況堪憂！」

第二十七章

皇宮裡每座殿宇門前都設有兩口銅質吉祥缸，缸中貯滿清水，一旦宮中失火，便可就近取水滅火，因而又有俗稱「門海」，意為門前之大海，希望能以海之水克火，保佑平安。寒冬時節，為防止門海結冰，還會加蓋，套以棉套，並在缸下燒炭以維持溫度。

即便這樣，還是沒能阻止這場災禍。

時值冬季，天乾物燥，又正巧趕上大風天，火勢蔓延極快，連周邊幾座宮殿都跟著遭殃。幸而被殃及的幾座殿宇並無住人，然而慈寧宮中，下自宮女太監，上至寧太后，無一逃脫，皆燒成焦炭，面目全非。

欲殺一人而不能殺，欲留一人性命而她偏喪命，兩樁事一樣讓人惱火。

皇帝盛怒，底下人辦事自然迅速，不到半個時辰便查清出事原因。

「事乃幾個不知事的小宮人私下燃放花炮所致，人已拿住，連同替她們從宮外帶花炮進來的採買太監也一併拿了，且聽皇上處置。」徐高陸弓著腰，將結果呈報。

「每人五十宮杖，以儆效尤。」韓拓冷聲道。

宮中行刑的都是身強力壯的內侍，二十宮杖能見紅，三十宮杖除非是鐵打的，不然必定皮開肉綻，五十宮杖打下來，若是身體弱些，怕是要撐不住，一命嗚呼。

徐高陸領命下去。

顧嬋見韓拓面上仍陰沈，斟了一杯茶遞在他手裡。韓拓一仰頭將茶飲盡，又將茶盞重重擲在桌上，力氣大得險些沒把檀木桌面鑿出個洞來。

寧太后驟然逝世，顧嬋心中十分不好過。

日間得閒時，她與寧氏聊過數句。寧氏認為長姊一生驕傲，如今韓拓雖仍保留她太后的身分，但兒子已死，矯詔篡位之事又公告天下，寧太后即使活著，心中也定滿是鬱悶屈辱。雖說好死不如賴活著，但餘生被軟禁，又無事開心，倒當真有些無味。

顧嬋憶起前世，寧太后原本正當年，向來身體康健，被軟禁不久，卻生了大病，想來多少是受心情影響所致。當時顧嬋有些恍惚，不知宮變後，寧太后究竟是活下來更好，還是立時去了更好……

她畢竟是再世之人，因多活了一世命運也全然不同，心中難免更相信留著命總有更好的日子到來，未糾結太久，便堅定前一種選擇。

誰料到不過半日，老天竟硬生生替寧太后選了後者……

顧嬋把纖纖小手覆在韓拓緊握成拳的大掌上。他反手將她握住，輕輕一帶，把人拽進懷中。

顧嬋小臉貼在韓拓胸膛，清晰地感覺到他此時心跳比平素要快上許多，想來當真氣得不輕。

「皇上，別生氣了。」她摩挲著他心口處，輕聲道。

韓拓並未說什麼，只將箍在她肩頭的手緊了又緊。

「畢竟是花炮惹出的意外，並非事先能夠預料，今日祖母同我說，當年她得知慈恩寺火災，而我未能逃生……」顧嬋說到此處頓住，蔣老太太雖然說得傷心難過，但覺得也好過活著受苦受罪，可換作自己，顧嬋無論如何也講不出寧太后死了或者比活著更好之類的話，不光因為她自己的想法，也因為對方到底是她的長輩。

韓拓卻驀地站了起來，厲聲道：「妳想說什麼？」

顧嬋愣在那兒，她沒想說什麼啊。

「妳以為這事是我安排的？」韓拓又道。

「我沒有……」顧嬋不明白這是怎樣牽連過去的，腦子裡一片混亂，只本能地應答。

「難道妳不是以為這兩件事很相似？」

韓拓有些控制不住自己。今日晚宴上，他和顧楓喝的是孟布彥送來的蒙古烈酒，入口辛辣，後勁極強，而且發作慢。即便如他這等酒中豪傑，也免不了中招。

醉酒的人易怒，缺乏耐心，也敏感。他因而誤解了顧嬋的話，以為她懷疑自己暗中安排人做手腳，心中無限委屈，以為她竟然不信任自己……

顧嬋卻不知韓拓此時心思，接著他的話，吶吶道：「是有些像。」

她說的像，與韓拓問的像，根本是兩回事，誤會便這樣產生。

韓拓怒極，然而到底平素疼寵顧嬋慣了，勉強還能克制住不向她發火，只咬牙道：「若我想殺她，宮變那日便動手了，何須等到今日！」

言畢，甩手將顧嬋推開，大步走出殿外。

兩人成親近四年，顧嬋不曾受過韓拓冷臉，重話更是沒有，今日這事，光韓拓的態度就夠顧嬋委屈的了。她淚眼汪汪地看著韓拓背影越走越遠，終於鑽出門簾，再不見人影，才反應過來他最後那句話的意思。

她沒有那樣想，要跟他說清楚。

顧嬋站起來去追韓拓，可他身高腿長腳程快，待她追出門去，兩邊幽長廊簷，階下廣闊宮院，皆已不見韓拓影蹤。

韓拓走到門外，被刺骨的冷風一吹，酒便醒上三分。

頭腦一清楚，人便有些後悔。事情本就不是他做的，為何不能好好說，偏要鬧脾氣……然而才發完脾氣，立刻回去認錯，身為一個皇帝，面子上有些掛不住……

可是不回去，他又能去哪兒呢？

龍棲殿一個月前被燒毀，至今還在重建中。因著過年的習俗，御書房也從臘月二十八上了鎖，直到破五才重開。

他攏攏袖子，搖搖頭，記起有樁事情還未得到回稟，便邁開步子往翊坤宮走去。按制度，皇后住鳳儀宮，太后住慈寧宮，太皇太后則居翊坤宮。

大殷開國至今，翊坤宮只有過一任主人，便是惠賢太皇太后，她本是太祖皇帝的貴妃，並未登上后位，卻因親子登基而封太后，之後又輔佐了兒孫兩任帝王，在史書上曾留下濃墨重彩的一筆。

自她駕鶴西歸，大殷便再未出過太皇太后，這翊坤宮閒置已超過百餘年。雖說宮人內侍每日早晚皆來打掃，一應維護修葺也比照其他宮院，但長久無人居住之地，總是缺乏生氣——換句話講，難免生出陰氣。

韓拓才邁進宮門，有數隻烏鴉啞著嗓子盤旋飛離。他自幼長在宮裡，對此見慣，毫無反應，腳下不停，拐去西南角門。

那處有座羅剎殿，當年用來做過什麼已無人知曉，正殿中至今仍保有各種姿態的羅剎泥胎不下百個，牆壁還懸掛著各種質地但皆表情凶惡的羅剎面具十數個，端的是禁宮之內再無一處比此地更陰森可怖，最適合用來嚇人。

薛氏就是被關在此處。

韓拓徑直進了耳房，林修和兩個侍衛正在吃消夜，他們如今不再是玄甲衛，盡數升作羽林衛，見韓拓到來，三人立刻停筷，起身行禮。

「免了。」韓拓道。「她說了嗎？」

「關上兩個時辰，再戴個鬼王面具一嚇，她便嚇破了膽，把一輩子做過的虧心事都說了出來。」

林修一邊答，一邊從條桌上拿來一本藍色簿子，雙手呈遞給韓拓。「皇上，她說的全都記在這裡。」

但又不可能真叫皇帝一字一句看著找答案，還是得揀緊要的回報。「嘖嘖，這當真是個毒婦，六歲便因庶姊比她生得漂亮，心生嫉妒，將人推跌在碎石路上，毀人容貌。她說，當年眼看著咱們娘娘比她的女兒長得漂亮，更討侯夫人喜歡，又因兩人只差半歲，將來說親時自家女兒肯定要被咱們娘娘壓一頭，於是生出歹心，琢磨著每年上元節燈會，京師裡都有小兒走失，其中也不乏官宦人家，但拐子猖獗，屢禁不止，已成常態，所以串通陪嫁婆子抱走咱們娘娘，打算把她賣去鄉間，再也不能歸家。」

說完了，探頭看看韓拓神色，又追加幾句。「咱們娘娘是何等福氣之人，如今入主中宮不算，還兒女雙全，那毒婦卻得到惡報，她暗中給顧二爺的小妾灌下絕子湯，沒想到不單自己生不出兒子，連她那閨女都被大夫診出不能生育。」

韓拓隨手翻了翻那簿子，大致與林修口述一致，薛氏其餘如何暗中害人之事，他也沒什麼興趣，便道：「好好教訓她，讓她以後再不敢生害人之心。」

他堂而皇之地將顧嬋拋給他的難題踢給了下屬。

林修倒是挺高興，他性子活絡，因年輕，又有些大男孩的頑皮，最是喜歡裝神弄鬼，作怪整人，這件差事正投他喜好。

有薛氏之事做由頭，便有了理由回去鳳儀宮，還光明正大，理所當然。

韓拓踏出偏殿，發現空中細細碎碎地飄下雪花來，寒氣比他來時更加逼人，真是令人萬分想念鳳儀宮中溫暖的熏籠與地龍。思及此，他不由加快了腳步，在風雪中急匆匆往鳳儀宮去也。

踏入宮殿，便看到顧嬋和衣蜷縮在次間榻上，身上攏著一層薄被。碧落坐在對面交椅上做針線，見韓拓回來，忙起身行禮。

韓拓吩咐她退下後，他自己走去榻前，原想將顧嬋抱回床上脫衣安睡，卻在看清她臉時怔住。

顧嬋緊蹙雙眉，眼角有淚，不知作了什麼夢，會這般委屈難過。她口中低喃不斷，他湊近前去細心凝聽，卻一個字也聽不清，只大概分辨出像是在哀求什麼。

那一聲聲就像錐子一般，戳得韓拓心上一扎一扎地疼。他禁不住自責起來，就為了那無甚實際用處的面子，把顧嬋一人丟下，害她噩夢纏身。

「璨璨。」韓拓俯身輕拍顧嬋臉頰，試圖叫醒她。

大抵他才進門，身上有寒氣，掌心微涼，顧嬋睡得迷糊發熱，小臉就順勢在他掌下蹭了兩下，嘴裡嘰咕一句，仍然未醒。

韓拓伸手擦去她臉頰上的淚珠，脫去外袍，輕手輕腳地擠到榻上，小心翼翼地將顧嬋環入懷中。

這一動，顧嬋醒了。她正睡得迷迷糊糊，睜開眼也不知今夕是何夕。「王爺，你回來了。」

韓拓應聲，在她額頭髮際處親了親。「嗯，好好睡吧。」

說著，人就要下地去。

顧嬋比他更快，手臂環過他窄腰，牢牢抱住，小臉緊貼他背脊，一迭連聲嚷道：「王爺別走。」

「我沒要走，」韓拓安撫道。「我抱妳回床上睡。」

顧嬋聞言，便乖順地由著韓拓打橫把她抱起，踱步到寢間去。

如此一來，顧嬋也漸漸清醒過來，記起之前的事情，也記起委屈，小聲問道：「皇上，你不生氣了？」

韓拓正給她解衣裳呢，聽到問話手上一頓。「我以後再也不生妳氣了。」他保證道。

「皇上金口玉言，可不能說話不算數。」顧嬋跪在床上，猛地往前一撲，趴在他肩膀上，轉換了腔調。「皇上生氣也不許把我一個人丟下，我害怕……」

她適才找不到韓拓，一個人孤伶伶待在鳳儀宮裡，前世裡那些不好的記憶便自動自發地往腦子裡鑽，後來睡著了，夢裡也盡是前世的情景。

「嗯，都依妳。」韓拓許諾道。

這個晚上果然都依了顧嬋的意思，韓拓甚至沒再折騰她，兩人採用了顧嬋最愛的姿勢——僅僅是相擁而眠，溫馨而不荒淫地度過了除夕夜。

過年期間總有許多熱鬧，不能一一記述。

正月十五是皇后壽辰，正月十六則是太子殿下與寶珠公主滿周歲。

韓拓便揀選正月十四這日，帶妻兒同去護國寺祈福。

永昭侯府上上下下自是隨同前往，因朝廷還在大休，所以不光婦孺，連男兒們也一併出席。

薛氏卻沒有到。初一時她已被放回侯府，顧嬋並不知韓拓到底用了什麼辦法，只在慈恩寺見面的時候，聽母親提起，薛氏自回家後便閉門不出，妯娌以為她生病過去探望，向來囂張跋扈的一個人不知因何突然低眉順眼，言詞客氣，甚至還請了一尊觀音像在屋中供奉，早晚唸經禮佛，虔誠得簡直像是換了一個人。甚至還說出終身不再出門，只求洗脫罪孽為女兒求福祉的話來。

護國寺本就是皇家寺院，逢年節或祭祀之日，循例皆要安排各種祈福儀式。只是一般年節之時，皇家中人未必會親來寺廟參加儀式，但今日帝后、太子、公主以及皇后娘家人盡數前來，這等隆重盛大之事，數十年來卻是第一次經歷。

法會初始，由住持不悟大師親率八十一位高僧環布佛臺灑淨，臺下眾人贊唱頌偈，虔誠祈福，再由新帝韓拓親自拈香禮拜，至誠獻供，之後便至午時，照例要在寺中用一餐齋飯。

護國寺的齋飯也是一絕，傳聞前朝御膳大廚於朝代更替後在此出家，因而將宮廷菜加以變化，去其華麗，取其精緻，色香味無一不佳。

顧嬋前世曾隨寧太后來此祈福吃齋，至今仍對之記憶猶新。

先前寺中曾將菜單送上，請皇后娘娘過目並揀選，她便選了當時吃過的幾味菜：一是無為多福，以錫紙包住豆腐，保存熱度，口感柔韌彈牙；二是南瓜福源，將南瓜絞碎成泥，和以麵粉，做成食指與拇指相對成圈那般大小的小南瓜狀，再上蒸籠，出鍋後金黃可愛，口感甜糯；三是荷塘蓮藕酥，此道甜品做法與味道都無甚特別，只是造型有趣，皆紮成穿蓑衣的稻草人一般。

顧嬋選這幾味並非為自己解饞，而是看中它們軟且有趣，想著讓兩個孩子多吃一些，也好多沾沾寺中的福氣。做了母親，所思所想所作所為，與從前俱是大不相同。

這一頓齋飯吃得極為歡喜，卻想不到，午後會出了一場禍事。

帝后駕臨，守衛與盤查極是嚴格，前一日山腳下便戒嚴，若非寺廟中僧侶，皆不能上山，寺中各處也都檢查過。

但是俗語還有道：百密一疏。更何況，有人借故讓它疏。

此事由來乃是當日龍棲殿大火之事，所謂的韓啟屍首根本無法辨認，後來又有內侍向新帝示好，告密曾見到韓啟換了侍衛服，趁亂出宮。此等事到底孰真孰假，卻是難以判斷，但若韓啟當真未死，流連在外，與不軌之人勾結，只怕會生禍端。

所以韓拓此次卻是看準了時機，寧太后在火中喪命之事，已通告天下，他又大肆宣傳過今日帝后出宮祈福之事，若韓啟有心，或許會來尋麻煩也不定。

謀刺皇帝，並捉到現行，便是當場送了命也沒得怨。

他只不過一試，想不到當真有人愚蠢到家，自投羅網。

未出宮時，有密報到，說天矇矇亮時有人假扮採買蔬菜的僧人混過盤查，上山入寺。

守在山路入口的侍衛，表面上是一批人，其實是顧楓與林修，他兩人皆見過韓啟真容。即便那人僧帽低垂，還貼了鬍鬚等物喬裝，卻也能分辨得出。

韓啟通過盤查崗哨，心中沾沾自喜，哪知道從一開始便被人盯上。他原本躲在一處民宅，打算年後借機出城，去兩廣一帶尋一直對朝廷不滿的嶺南王，再謀將來之事。

哪知人還沒走，先聽到母親喪命的噩耗。

他出逃之事，本是寧太后仿照當年韓拓帶走顧嬋之時的佈置，但為以假亂真，卻不得不將孫皇后一併燒死，可是那孫皇后肚中已有兩個月身孕。

韓啟一生，經歷並不多，又有強勢的母親守護著，若說挫折，這當真是頭一次遇到，不想偏偏是喪妻喪子丟皇位，齊齊發生。當初他還能逃，沒立時垮掉，不過是寧太后已為他鋪好了後路，做好了計劃，他即使是行屍走肉，也能照著執行。

但寧太后的死訊，徹底刺激了韓啟。他就算順利逃去兩廣，說動了嶺南王又如何？發兵需時，又不知最後誰勝誰負。

可韓拓，那害死他母親妻兒之人，卻逍遙喜樂，韓啟如何能甘心？

他到底年輕，又無甚雄才大略，沒有那臥薪嘗膽的耐心與毅力，只想圖一時快意，便生出惡膽，打算混上護國寺，尋對方晦氣。前頭的這些，韓拓全都預料得極準，但他萬萬沒料到的，卻是後半截。

韓啟原本穿的僧服，是早幾天山上尚未戒嚴時進護國寺偷的小沙彌服，他如今孤家寡人一個，凡事只得親力親為，這本是寧太后擔心他被人背叛出賣，才沒安排人追隨，想不到發展到今日，韓啟犯了傻，也無人能勸阻。

今日入了寺，他混在小沙彌裡，祈福時小沙彌只能遠遠陪著唸經文，吃齋時又不能靠近，直到放生儀式開始，韓啟便有些絕望了……

如果連靠近韓拓都那般難，又何來刺殺的機會？

韓拓更是無奈，他每次都聽到屬下彙報，說韓啟混在沙彌中，有眼線盯住，御前也派了暗衛守護，一切佈置妥當，只待韓啟行動。可偏偏一直等到放生儀式結束，眼看都要打道回宮了，卻一直沒等到對方的行動。

韓拓是戰場上長大的，簡直恨不得從後面踹這個同父異母的弟弟一腳，好叫他趕緊撲出來俐落行事。

且說回韓啟，他混在沙彌中，整個放生儀式，他沒機會接近帝后身邊，正不知如何是好時，耳中傳來小孩子們的嬉鬧之聲。

永昭侯府所出的孩子，算上寅兒與寶寶，一共是五個，今日盡數到期。前面幾個大的，自不必說，走跑跳說，早都利索得不行。

寅兒與寶寶而今已經學會走路，雖說仍不大穩當，但小孩子學走路，哪有不摔跤的，人小本就不怕摔，再加上冬日天冷衣裳厚，那更不怕摔。

照顧他們的奶娘與宮女們，都只遠遠圍著，並未一直攙著抱著，由著幾個小孩子在一處玩鬧。

韓啟盯著看了一陣子，那些活蹦亂跳的娃娃們也刺了他的眼，令他想起自己那連性別都不知道便送命的孩子來。

其時，放生儀式剛結束，場面微微有些亂。

顧嬋與家人們正往孩子們這邊來，韓拓卻留在原地與不悟大師閒話幾句——他本是想再留個機會給韓啟。然而，韓啟並未發現韓拓的深意，他的注意力已轉移，一併將計劃也改變了。

他當然知道韓拓的孩子即將滿周歲——這是京師內無人不知之事。他還知道永昭侯家另外兩個小孫子都比太子大，哪個孩子年紀最小，有眼睛的人都會看。

小傢伙們玩的是捉迷藏，為了求熱鬧，還特地找了幾個小沙彌陪著。

這一輪正好輪到其中一個小沙彌捉人，寶寶玩了兩次，便躲懶在奶娘懷裡，寅兒卻正在興頭上。

他一個人悄悄躲在樹後面，奶娘與侍衛當然不會跟過去，因為那樣等於暴露了小主子的位置，都只遠遠看著。

他們的目光落在寅兒身上，自然無暇注意到原本該捉人的小沙彌人在何處。

當韓啟慢慢靠近寅兒時，便被當作那個小沙彌。

奶娘與侍衛皆未見過這位前皇帝，顧嬋卻是認得的。她看孩子們玩得熱鬧，也起了興致，躡手躡腳地往寅兒那邊去，想嚇唬嚇唬他，沒想繞到樹後，卻與韓啟打了個照面。

韓拓的謀劃，顧嬋一概不知。

對她來說，韓啟是早就死了的人。毫無防備地與一個死人打照面，任誰都不可能不被嚇得呆愣片刻。

寅兒也看到了韓啟，與奶娘侍衛一般，他也以為這人是前來捉他的小沙彌，他人兒雖小，卻很有遊戲精神，只當自己輸了，並不哭鬧，只笑咪咪地朝韓啟走過去。

對一個母親來說，保護孩子是她天生的本能。

當顧嬋看到寅兒搖搖晃晃地邁著小短腿靠近韓啟時，忽然意識到，眼前這個人，無論是生是死是人是鬼，以如今雙方的立場，他的突然出現絕不可能是為了和她的寅兒敘一敘叔姪情。

顧嬋幾乎是不顧一切地撲過去，欲將走向虎口的寅兒抱走。同一時間，盯住韓啟的侍衛也發現突然從樹後走出的太子殿下，而韓啟亮出了藏在袖中的短刀……

寅兒停了步，他還不懂那是什麼，也絲毫不知道自己正置身在危險之中。鋒利的刀刃映著陽光，閃耀出亮白的光芒，寅兒誤以為那是某種新奇的玩具，他想要。

寅兒笑得更開心了。當他伸出小胖手去抓那刀鋒時，顧嬋一把將他抱住，猛地向旁拖拽。

電光石火間，韓啟持刀的手已落下，尖利的刀鋒狠狠戳入顧嬋手背，並隨著她動作劃開一道長而猙獰的傷口。

侍衛來不及趕到，在遠處便放了箭，韓啟倒下時仍未瞑目，雙目圓睜，背上插了八枝長箭，手中仍緊握短刀不肯放鬆。

侍衛、奶娘、宮人、內侍，爭先恐後地趕過來。

奶娘抱起太子，侍衛檢查屍首，宮人則去攙扶皇后。

「娘娘，妳的手！」碧苓驚訝道。

顧嬋一心都放在受驚嚇的兒子身上，並未注意自己的傷勢，此時聽得碧苓一語，才低頭去看手背。這一看，真是心驚肉跳，傷口深淺且不說，關鍵是流出的血是黑色的。

顧嬋嚇得不輕，為了孩子，受些傷她不怕，留下疤痕也沒事，但她不想死。她如今的生活正是兩世裡最好的時候，這不是唱戲寫話本，沒有在最美好處戛然而止，才令人回味無窮的講究。

過日子就是要在這樣的美好中日復一日延續下去，直到老，直到死——即使最終仍要死，也應是幾十年後，白髮蒼蒼，不是此時此刻，在她將滿十九歲的前一天，在她一對兒女還未滿周歲的時候。

只來得及胡亂想上這麼一段，顧嬋已開始覺得頭暈腳軟，眼前發黑，便往後倒。碧苓、碧落扶著她，但同是女子，力氣不夠大，她跌勢又猛，到底沒能拽得住。

顧嬋感到自己跌進一個寬厚卻帶著寒意的懷抱，鼻尖聞見熟悉的氣息，她知道這是韓拓，有他在，她什麼都不用怕，便安心地閉上了雙眼。

隨行的隊伍中有三名御醫，此時皆被叫到帝后安置的客房中。

對著皇帝陰沈得猶如鍋底的俊美臉龐，三人緊張得手震，這等氛圍，真是走一步路都怕被說有錯，何況還要救治中毒昏迷的皇后。

都說御前行走是把腦袋別在褲腰上，他們這會兒腦袋恐怕連褲腰都搆不到了，已被皇帝拎去斷頭臺上，若皇后娘娘有個什麼萬一，那便要給那個從皇帝變刺客的蠢貨陪葬。

三人分別診過脈，驗過毒，心中悄悄鬆一口氣，再將結果一驗，則像大石落地一般，懸著的心回到肚子裡，腦袋也滾回褲腰上。

那毒是坊間十分常見的一種，多是一些沒什麼門道卻粗通藥理之人買來藥材自配而成，毒性並不強，亦無性命之憂，只需用宮中常備的解毒清心湯便可奏效。至於其中摻雜的麻散，卻是沒得可解，也不用解，只等皇后娘娘睡足睡飽，醒來便無事。

虛驚一場。

韓拓親自餵了顧嬋吃藥，看著她傷口中流出的鮮血漸漸恢復了正常顏色，才終於放下心來，之後便是包紮傷口與上藥。

御醫們長年與宮中的娘娘們打交道，旁的本事或許不那麼強，美顏卻是最強項，隨隨便便就從藥箱裡拎出數種去腐生肌淡疤的靈藥，內服外敷，一應俱全。

韓拓接過擱在床頭，又命李武成快馬加鞭去任丘把蕭鶴年接來，總之不光要解毒救人，還要讓顧嬋絲毫疤痕都不能留，她身上的痕跡只能是他給的，旁的男人，不管是出於什麼目的，都休想得逞。

折騰了這麼一遭，耽誤了不少時間，眼見日已西斜，黃昏將至，皇后受傷中毒，人尚未醒，今日勢必不能回宮，只好留宿在寺內。

皇家寺院，占地極廣，客房夠多，安置皇親國戚、京中勛貴，也早駕輕就熟，雖事出突然，卻井然有序，絲毫不亂。

顧嬋倒是睡得極安穩，呼吸規律綿長，俏臉暈紅，極是可愛。

韓拓坐在床邊看她一陣子，也掀了被子，擠到床上，才躺好，顧嬋就像聞著魚味的小貓一樣滾進他懷中，尋了個舒適的姿勢，繼續呼呼大睡。

韓拓輕笑一聲，低頭親了親她額角，將她受傷的手架在自己腰上，以免不小心碰到。又把人攬得再緊些，然後合起眼來，不多時，與她一同會周公去也。

顧嬋作了一個不大愉快的夢。

夢裡，今世的一切不過是一場鏡花水月的夢境。夢醒來，又回到前世，將所有的事情重新經歷過一番。

她分不清到底孰真孰假，更分辨不出自己身在夢中，只覺一切盡是混亂，心中鬱結難紓，大抵是經歷過兩情相悅的幸福，原本前世等死時的心安理得也不見了，每每想與韓拓開口講出今世的事，卻總是無法開口。

顧嬋並不知道，韓拓也在這個夢裡。

韓拓迷迷糊糊地聽到一陣伴著梵音的樂聲，他睜開眼，發現自己站在一處靈堂裡，滿堂的賓客如幻影般模糊，只有棺前那個一身縞素的小姑娘有張清晰的面龐。

他一眼便認出那是顧嬋，她還很小，約莫十二、三歲，大概就是他從雪地裡撿到她時那般大。

韓拓心生疑惑，他不記得那年顧家死過人。他走上前去，對著棺材行了禮，然而不論是顧嬋，還是她身前身後那些模糊的影子，皆沒有還禮。

賓客席上，也無人對他的到來有所表示。

按理說，顧家設靈堂，來的人皆是非富即貴，自當有許多人與韓拓相識。再退一步，即便不識，他行了禮，主人家豈有不還禮的道理。

除非，他們不知道他行了禮？

韓拓稍一思索，便想出其中關竅，為求驗證，伸手在顧嬋面前搖晃數下。

她依舊毫無反應，只低頭垂淚。

原來當真是看不到他。確認了這點，韓拓有恃無恐起來，極不守規矩地探頭一看，那棺中睡著的，竟是他的岳母寧氏。

然後場景急速轉換，他頭暈目眩中，發現自己回到了皇宮，幸好還跟在顧嬋身邊。

小姑娘一直悶悶不樂，韓啟每天都來找她，送禮物，講笑話，全不起效。

天氣漸漸熱起來，韓啟不時帶顧嬋去花園裡玩，然而他花樣百出，卻極少能引起顧嬋注意。

韓拓心道，那是我的女人，當然不吃你那套，只有我才哄得好。然而，得意完了，想起顧嬋根本看不見現在的自己，又難免鬱悶。

他已經發現事情的奇怪之處，不光是沒人看得見自己，還有他的一切都是隨著顧嬋轉的，就好像旁觀著一場以顧嬋為主角的大戲，只能看，卻不能涉入其中，與她接觸。

時光流轉得很快，韓拓看著顧嬋漸漸長大，元和帝下旨將她賜婚給韓啟，他恨得牙齒都快要斷了，但毫無辦法去阻止改變。

沒多久，顧嬋生了怪病，久治不癒，韓啟登基，納了妃嬪，后位倒是一直懸空。

韓拓一直跟著她，聽過晉王、楚王的悲劇，聽過薛氏的不敬之言，最後還聽到碧落和碧苓與顧嬋議論起靖王以勤王之名起事。

就像觸碰到機括的開關似的，這樣一句話，便將他遠遠送走，回到了他自己的身體裡。

然而，韓拓並不能以自己的意志去控制那具身體，他只能藏在他的身體裡，用他的視角去看一切，卻並不能感受到他所思所想。於是，他眼睜睜地看著顧楓率領的京營被幽州衛大敗，看著城牆上掛出白旗，看著顧楓打開城門走出來，臉上沈重而哀痛，與他所熟知的跳脫飛揚全不相同。

那個他不能控制的靖王說出了惜才招攬之語。

顧楓摘下紅纓盔，跪倒在白蹄烏前，一身重甲在青石板地上擊出清脆的聲響。

「潼林有事相求殿下。百姓無辜，望殿下進城後能維持好秩序，切莫傷及無辜，殿下此去已再無人能阻，大業即日可成，武可得天下，仁方能得人心，殿下雄才大略，自是明白其中道理，不需潼林多說。

「我的姊姊，雖然早被定為未來皇后之選，但因纏綿病榻多年，並未成婚，而如今眼看她命不久矣，還望殿下能網開一面，留她性命，讓她平安度過餘下的日子。」

那個靖王聞言笑道：「你怎知我一定會答應？」

「我不知。」顧楓照實答。「殿下賞識，潼林不勝感激，潼林亦向來欽佩殿下才幹，然而潼林自幼所受教導，一人一生只忠於一君，潼林今生不能報答殿下，只能以自己一命，換姊姊平安。」

他抽出寶劍，刺進自己胸膛。

阻止已然不及，只能眼睜睜看著顧楓命斷。來不及唏噓感嘆，便進了城。

奉天殿上，韓拓再次看到顧嬋，他第一次感受到另一個自己心中的震撼，雖然強自壓抑著，面上不露聲色，甚至故意做出冰冷的態度，行為卻出賣了他——不顧旁人看法，強行立顧嬋為后。

另一個韓拓盡力去對她好，可是她並不快樂，身體每況愈下，終於香消玉殞。御醫內侍跪了一地，韓拓抱著顧嬋仍帶餘溫的身體不肯放。這時他好像與另一個自己真正合為一體，真真切切地觸到了他的思想。

他在後悔，為什麼不早點找回她？即使並未把童年的許諾當真，她卻是他年少時為數不多的溫暖記憶之一。若是早點碰到她，是不是就能保護好她？防止她被人下毒？防止她這般早早死去？

一連串的悔恨與悲痛像重錘一樣擊打著韓拓，將他拋出那具身體。

待他從暈眩中清醒過來，赫然發現自己回到了少年時，正在從京師往幽州就藩的馬車上，而懷中正抱著睡得香甜、年方五歲的顧嬋。

第一道晨曦穿透雲層照進室內時，顧嬋醒了過來，她作了又長又複雜的夢，以至於有些搞不清自己如今活在哪一世，又身在何處。

顧嬋抬起頭，看到韓拓的臉龐，這才安下心來，只要有他在，自己在哪裡都不怕。

她一動，韓拓便醒了，睜開眼與她對視。

兩人都有一番心事。

「皇上，我先作了一個噩夢，後來又作了一個美夢。」顧嬋先開了口。

「講給我聽聽。」韓拓動了動，讓顧嬋在他懷中窩得更舒服些。

「噩夢就像以前給皇上講過的那個一樣，娘中毒了，沒能救活，我自己也死了。」她草草帶過那一節。「然後，我又回到小時候，才五歲大，皇上救了我，卻沒把我送回給家人。」

「哦？那我把妳怎麼辦了？」韓拓心中其實已有了答案，但兩人同作一夢，著實有些匪夷所思，便再求證一次。

「皇上把我帶去幽州王府，就那麼養在王府裡了，還把我寵得無法無天，到爹爹去幽州任職時，才假裝巧合讓我認回家人。唔，皇上讓我回家小住，還把王府裡的廚子送給我家，也就沒有鄭氏母女的事情……」

顧嬋一件事接著一件事往下講。「再後來，皇上就好像現實裡一樣，逼著我嫁給你。」

「是嗎？我怎麼覺得是妳非我不嫁呢？」

顧嬋紅了紅臉，她是說了反話，夢裡的自己沒有前世今生的記憶，從五歲被他養到十二歲，對著一個外表無比俊美又對自己千依百順的男子，難免生出小女兒心思。而這個壞心眼的韓拓，還對她多方引誘，他做的那些事，比今生還要過分，光想著都讓她臉紅，怎麼可能說得出口。

反正那是她的夢，他又不會知道，隨便她怎麼說都成，於是，她堅持道：「就是皇上逼著我嫁的。」

韓拓心中好笑，卻並不與她強辯，只問道：「那嫁了之後呢，妳過得好嗎？可還開心？」

「嗯。」顧嬋傻笑著點了點頭。「就像現在一樣好。」

她小臉在韓拓胸前蹭了蹭，不意外收到大腿處火熱滾燙的「武器」一枚……

回宮的路上，韓拓還在追問顧嬋夢裡的情景。

他自是知道自己做了什麼，可他每問一次，顧嬋便臉紅一次，看得他心癢難耐，若不是礙著與孩子們同車，肯定是要抱她過來親熱。

終於，顧嬋被問得惱火起來，故意扭開臉，坐得離韓拓遠遠的。

韓拓也不去哄她，只抱起了正在狐裘墊上爬來爬去的寶寶，既是親又是逗，不一會兒，顧嬋果然噘著嘴轉回頭來，眼帶控訴地瞪著他，那意思分明是：你又只管女兒不管我了？

目的達到了，韓拓將寶寶放回狐裘上，兩臂張開朝顧嬋一伸，顧嬋便乖乖坐回韓拓懷中去了。

寶寶當然不可能懂得爹娘間複雜的成人遊戲，但她看得明白一件事，那就是爹爹把自己放下，改抱了娘親。那可不行，她是全部人都要疼的寶珠公主。

寶寶立刻站起來，搖搖晃晃地往爹娘走過去，忽然馬車一顛，她腳下本就不穩，順勢便往前撲倒，正抱住爹爹的大腿。

韓拓伸手一撈，寶寶坐到了他另一條腿上。

寅兒呢？

原本正自己咿咿呀呀地不知道在說些什麼，見了此情此景，也學著妹妹牢牢抱住爹爹的大腿。

顧嬋看著這幅全家福，由衷地笑了出來。

韓拓適才問過她一個問題：覺得夢裡好，還是現在好？

顧嬋那時賭氣不肯答，這時湊在韓拓耳邊，輕聲道：「皇上，只要有你和孩子們在，不管是夢裡還是現在，對我來說都是一樣好。」

韓拓聞言，半側了身子，展臂將顧嬋摟在懷中，在她頰上一吻，回應道：「我也是。」

一直偏著腦袋觀察爹娘的寅兒有樣學樣，跳起來抓著寶寶，在她臉上「啵」了一聲，順帶附贈口水洗臉。

寶寶正趴著吮自己的大拇指，突然被哥哥嚇了一跳，老大不高興，蹬著腿兒，嚅著小嘴，口齒不清地抱怨：「濕！」

正含情脈脈的兩個大人見此情景，忍不住相視而笑。

夕陽餘暉中，御駕車隊平穩前行，陣陣笑聲從帝后坐的馬車中不時傳出，再順著風兒飄到隊尾，那份發自內心的愉悅喜樂感染著隨行的每個人，一行人慢慢地在一片輝煌金光中淡出。

——全書完

2016年3月出版

商女高嫁

文創風 388～389

這位大將軍，工作危險係數高，獎金雖多但一毛沒攢下，
爹不親、娘已逝，小媽鳩占鵲巢，同父異母的大哥對世子之位虎視眈眈。
名聲比她差，家底沒她厚，家裡糟心事比她多……
成親，還真難說是誰高攀誰！

娶妻單刀直入．甜的喲！／輕舟已過

世人都道她白素錦不是一般的好命，
一個退過婚的商戶女竟能高嫁撫西大將軍，山雞一朝變鳳凰！
可惜世人看不穿，撫西大將軍府就是個虛名在外的空殼子，窮的喲！
他說：「數日前，偶然經過令府門前，有幸一睹姑娘風采，再難思遷。」
哼，與其說他會提親是對她「一見鍾情」，倒不如說是「一見中意」更恰當，
想他堂堂一方封疆大吏、榮親王府世子爺，帳面上就只有三百多兩的現銀，
這……拮据得讓人難以置信，遇見她這麼會理財又有錢的當然再難思遷了。
不過，看在他拿金書鐵券以死保證他只會有她一個女人的分上，嫁了！
唉，她原是考古學女博士，穿越成了平民女土豪，
這一嫁，怕是要與皇家窮親王互相抱大腿過一輩子了……

2016年3月出版

必求良媛

文創風 386～387

出逃這件事，不就是求低調、求平安嗎？
為啥她會惹上這位難纏的公子！
她家的飯再好吃，他也用不著天天來報到吧……

萌愛無敵　甜蜜至上／林錦粲

意外當選穿越史上最悲催的公主，周媛著實相當無奈，
沒人疼、沒人愛，竟然還被昏君老爹塞給奸臣當兒媳。
天啊……奸臣造反之心路人皆知，她才不要當倒楣的棋子呢，
與其坐以待斃，不如包袱款款落跑吧！
逃出大秦皇室的牢籠，隱身揚州點心鋪，周媛的美味人生正式展開，
生意紅火得訂單接不完，還招來出自名門、人見人誇的謝家三公子。
但周媛深刻覺得，這謝希治根本是披著君子外皮的腹黑吃貨！
天天上門蹭飯，硬拉她組成嚐遍美食二人組，有好吃的就是好朋友，
又打著教授才藝的名號登堂入室，搞得她家忠僕齊心想把主子給賣了。
唉唉，不管是落跑公主，還是市井小娘子，她都惹不起這位公子，
眼看曖昧之火越燒越旺，澆也澆不滅了，該怎麼辦才好哪……

文創風
395

君愛勾勾嬋 下

國家圖書館出版品預行編目資料

君愛勾勾嬋 / 杜款款著. --
初版. -- 臺北市 : 狗屋, 2016.04
冊 ; 公分. --（文創風）
ISBN 978-986-328-572-4（下冊：平裝）. --

857.7　　105002292

著作者　杜款款
編輯　黃鈺菁
校對　黃薇霓　周貝桂
發行所　狗屋出版社有限公司
地址　台北市104中山區龍江路71巷15號1樓
電話　02-2776-5889～0
發行字號　局版台業字845號
法律顧問　蕭雄淋律師
總經銷　知遠文化事業有限公司
電話　02-2664-8800
初版　2016年4月
國際書碼　ISBN-13　978-986-328-572-4
原著書名　《千娇百宠》，由北京晉江原創網絡科技有限公司授權出版

定價250元
狗屋劃撥帳號：19001626
網址：love.doghouse.com.tw　E-mail：love@doghouse.com.tw